www.tredition.de

Klaus Rose

Brandwunden

La Gomera Krimi

ISBN
Paperback   978-3-7439-0745-4
Hardcover   978-3-7439-0746-1
e-Book   978-3-7439-0747-8

Printed in Germany

© 2017 Klaus Rose
Umschlag, Illustration: Klaus Rose
Verlag: tredition GmbH, Hamburg

Klaus Rose

Brandwunden

La Gomera Krimi

Das Buch:

Zwei Monate nach den Bränden auf La Gomera findet Richard die Leiche des Drogendealers Walter. Die hat ein Einschussloch in der Stirn. War's eine Hinrichtung? War das Abfackeln seines Drogendepots der Auslöser für das Brandspektakel?

Im Valle Gran Rey setzt Klaus Kleber auf ein sauberes La Gomera. Die Freaks müssen weg, damit der Qualitätstourismus Einzug hält, so lautet sein Motto. Seither herrscht Krieg. Da findet Richard den Zottelkopf Erwin tot auf, ebenfalls mit einem Loch in der Stirn.

Durch seine Aufklärungsgier begibt sich Richard in Gefahr. Aber nicht er, sondern sein Freund Georg wird angeschossen und eine mondäne Anlage verschleppt. Ein Befreiungsversuch misslingt. Tags drauf liegt Georg tot im Wohnwagen eines Galeristen. Der Gute ist an seinem Knebel erstickt.

Wer hat die Schweinereien veranlasst? Klaus Kleber? Ein Immobilienhai, der Galerist oder die Drogenmafia? Zu der Bagage hat sich Pedro gesellt. Der hat viel Geld durch eine Baupleite im Valle in den Sand gesetzt. Befindet sich darunter der Drogenbaron?

Richard will Georgs Tod rächen. Hilft ihm der verdeckt ermittelnde Fernando? Oder steckt der selbst im Drogensumpf und hält die Hand auf? Die Lage spitzt sich zu, denn eine Hetzjagd durch die Tamina beginnt. Bei der geraten Richard und seine Freunde in Lebensgefahr. Für alle geht es um Leben und Tod.

Der Autor:

Klaus Rose, Jahrgang 1946, kam 1955 als Flüchtling nach Aachen. Nach dem Studium in Köln verlebte er seine Flower Power Phase in München. Später heiratete er. Er wurde Vater und engagierte sich in der Kommunalpolitik. Dann Scheidung, neue Partnerschaft, der Ausstieg aus der Politik und ein Herzinfarkt. Seine zweite Heimat wurde La Gomera.

Wenn wir bedenken, dass wir alle verrückt sind, dann ist das Leben erklärt.

Mark Twain

Für meine mit einem Schlaganfall bestrafte Schwester

1

Hocherfreut über den wolkenlosen Himmel über Teneriffa ruckele ich am Arm meiner schlafenden Partnerin. „Wach auf, Liebste. Wir landen", flüstere ich ihr ins Ohr, schon setzt die Boeing hart auf der Landebahn auf. Schnell holen wir die Rollkoffer vom Band und fahren mit dem Linienbus nach Los Cristianos, wo wir beim Fußmarsch zum Hafen eine Menge Unverschämtheiten registrieren, ausnahmslos von Männern. Witzig finde ich die nicht.

Mit Wut im Bauch quäle ich mich an den Deppen vorbei, dabei strapaziere ich meine Wahrnehmung mit allerlei Fragen. In etwa mit solchen: Warum pöbelt das blöde Pack? Und andere bewegen sich auf ähnlichem Niveau: Bin ich zu flippig angezogen? Trage ich zu warme Klamotten? Steht gar mein Hosenstall offen?

Nach Aufklärung lechzend schaue ich an mir runter und stelle zufrieden fest: Ich scheide als Anschauungsobjekt aus, denn an mir ist alles in Ordnung. Die Klamotten sind urlaubsgerecht und frei von Mängeln. An meinem Outfit liegt's nicht.

Es ist wohl eher so, dass mich das hiesige Mannsvolk um meine drei Begleiterinnen beneidet, mit denen ich durch die Hotelansammlung eile. Attraktive Weiber wecken auch auf Teneriffa die sexuellen Sehnsüchte der Dreibeiner. Das ist eine Tatsache. Warum auch immer gönnt mir die Machocouleur keine der hübschen Grazien, weshalb ich fluche: „Sakrament! Fehlt euch irgendwas?"

Aber prompt wird mir klar, wo ich bin, und ich nehme mich zurück. *Never mind*, denke ich. Ob blöde Machos oder verhinderte Toreros, die Burschen sind mir piepegal, solange sie's beim Glotzen belassen und nicht zum Angrabschen übergehen.

In Los Cristianos reihen sich die Hotelbauten wie Schriftzeichen auf Gebetsteppichen aneinander. Im Rekordtempo hat man viele Bettenburgen aus dem Boden gestampft. Die recken sich wie als Windschutz angepflanzte Pappeln um den Sportplatz herum gen Himmel.

Außerdem wimmelt es von vergreisten Engländern, die ihr von der Sonne ausgemergeltes Klappergestell würdelos zur Schau tragen. Der Rollstuhl dominiert das Pauschalreiseparadies. Los Cristianos ist für unbeschwerte Urlaubsfreude der miserabelste Platz.

Jedem das Seine, denke ich, trotzdem verabscheue ich den Moloch für Urlauber. Uns treibt der Fluchtinstinkt hinüber nach La Gomera. Auch die vernichtenden Berichte in der Heimat über die Brandkatastrophe haben uns nicht abgeschreckt. Meine Partnerin Anna, dazu die blondgelockte Karla, das Turteltäubchen Vera und ich, der gut fünfzigjährige Ingenieur Richard, wir stecken voller Vorfreude. Das Ziel ist es die Seele baumeln lassen. Auf La Gomera wollen wir den Horror des Weltgeschehens ausblenden, zum Beispiel die Griechenlanddramatik, den wachsenden Rechtsradikalismus und die horrenden Flüchtlingszahlen. Diese Themen und andere Alltagsquerelen müssen raus aus den Köpfen. Der gesamte Mist hat uns an den Rand der Belastbarkeit getrieben.

Doch gegenüber den Politikwirren ist es ein Klacks, dass man die Route zum Hafen in Vueltas im Valle gran Rey stillgelegt hat. Der Benchijigua Express existiert nicht mehr. Für immer? Das weiß hier keiner. Der Idealzustand ist ein Relikt der Vergangenheit. Schuld daran ist die länderübergreifende Finanzkrise. Die hat die Kanaren im Griff, und das ist schade.

Die Anreise mit dem Flieger aus Belgien war preiswert. Wir sind nachts gegen vier Uhr aufgestanden, dann hat uns meine Ex-Frau zum Flughafen in Lüttich mit unserem Wagen gebracht. Wir besitzen einen Citroen Berlingo. Den behält sie für die zwei Wochen unserer Abwesenheit, dann holt sie uns wieder ab.

Tja, auf der freundschaftlichen Ebene klappt's wunderbar mit uns. Das war in der Ehe leider selten der Fall, trotz gemeinsamer Kinder. Aber das Scheitern ist Schnee von gestern.

Es ist dreizehn Uhr. Wir sind auf Teneriffa mit wolkenlosem Himmel. Ich liebe den Sonnenschein und das milde Klima auf den vor der afrikanischen Küste gelegenen Kanaren. Eine Stunde bleibt bis zur Abfahrt der Fähre nach San Sebastian. Mit Glück finden wir auf der Hafenterrasse einen schattigen Tisch und harren der Dinge, die da kommen. Hungrig esse ich ein mit Schinken belegtes Brötchen, zu dem gönne ich mir einen Kakao mit Sahne. Meine Begleiterinnen schlürfen einen Cappuccino. Die sind allesamt Lehrerinnen, daher scheint das Gesöff eine Lehrerkrankheit zu sein.

Um uns herum erkennen wir vertraute Gesichter, denen nicken wir grüßend zu. Man kennt sich vom Valle gran Rey. Im Tal des großen Königs ist das Treiben überschaubar. Doch in diesem Jahr sind's nur wenige Mitreisende. In den Schulferien der Vorjahre waren mehr Gleichgesinnte an Bord. Es fehlen die treuen Stammgäste, die wie wir im Valle eine zweite Heimat sehen.

Halleluja, es ist eine Farce. Durch die Brandkatastrophe geht die Zahl der Touristen im Valle gran Rey den Bach runter. Das aber ist nicht verwunderlich, denn La Gomeras beliebte Wanderstrecken führen über verbrannte Erde, durch niedergebrannte Waldregionen wie den weltberühmten Lorbeerwald, und angekokelte Dörfer. Große Flächen des Nationalparks sind zerstört. Das Trauerspiel will sich der Wanderfreak aus Germany nicht antun.

Tja, wie sieht's jetzt aus auf der Bananeninsel? Das haben wir uns während der Anreise oft gefragt. Ist La Gomera nach der Apokalypse noch üppig grün und damit liebenswert? Wir sind gespannt auf das Ausmaß der Feuersbrunst. Die hatte bis hinunter ins Valle gewütet. Das Vernichten der Lorbeerwälder und von viel Natur hat unsere Trauminsel nicht verdient. Aber wie kam es zum Szenario? Welche Mächte wollen La Gomera schaden? Womöglich hat ein Trottel mit einer weggeworfenen Zigarette das Inferno verursacht? Oder liegt doch die zu vermutende Brandstiftung in der Luft?

Ermittlungserfolge lassen auf sich warten. Nach Pressemitteilungen gibt es keine Festnahme. Ist die verheerende Aufklärungsquote auf die Polizeiarbeit zurückzuführen? Wir haben keinen Einfluss auf die laufenden Ermittlungen. Und dass das mit der Beschaulichkeit auf La Gomera ein Traum bleibt, und wir uns stattdessen mit Mord und Totschlag herumschlagen werden, das ahnt keiner von uns zu dem Zeitpunkt auch nur ansatzweise.

*

Seit zwanzig Jahren treibt es mich und meine Lebensgefährtin an die Playa. Alljährlich zu Ostern und in den Herbstferien. Zwar haben sich einige Touristenanlagen angesiedelt, zum Beispiel in Borbolan, in La Puntilla und auch viele in Playa, am befestigten Weg zur Playa del Ingles, doch dessen Menge hält sich in Grenzen. Zudem sind's keine stupiden und geschmacklosen Betonsilos siehe Teneriffa, die den Charakter des Landschaftsbildes verschandeln. Nein, Gott bewahre, denn die im Stil der Kanaren gestalteten Wohnanlagen fügen sich zurückhaltend in die Küstenregion ein.

Anna und ich, wir bevorzugen ein Studio an der Uferpromenade in Playa. Es bietet das beruhigende Meeresrauschen und einen Balkon mit bezaubernder Aussicht aufs Meer und den Strand. Von dem können wir das Wirrwarr um uns herum beobachten und fühlen uns mittendrin im Geschehen. Und auch den weiteren Vorteil hat unser Studio: Von dem kann ich vor dem Frühstück beherzt ins Wasser springen und schwimmen.

Auf all das ist die Freude riesengroß, aber noch sind wir auf Teneriffa und es ist viertel vor zwei. Die Vierzehn Uhr-Fähre biegt ins Hafenbecken ein und wendet, dann legt sie rückwärts an der Kaimauer an. Das Anlegemanöver ist ein beglückendes Schauspiel. Eine Menge Autos fahren aus dem Bauch des Katamarans, als wir die Seitengangway zum Oberdeck nutzen, zuvor hatten wir das Hin- und Rückfahrtticket käuflich erworben. In solch einem Riesenpott ist die fast einstündige Überfahrt bei bewegter See ein Kinderspiel, und das sogar für Anfällige für die Seekrankheit, aber wehe, das Meer wird rau, doch an den Extremfall will ich nicht denken.

Während der Überfahrt quatsche ich mit Karla und Vera. Meine Partnerin schläft oder sie tut so. Danach legt die Fähre pünktlich im Hafen der Hauptstadt San Sebastian an. Zufrieden staksen wir von Bord. Endlich betreten wir den heiß geliebten La Gomera Boden. Wir holen unser Gepäck aus dem Transportwagen und gehen zum wartenden Carlos mit seinem Taxi. Den hatte Karlas einheimischer Freund Manuel in den Hafen beordert. Er wird uns auf der Fahrt über die Bergkämme ein Gesamtbild über die Schäden der Brände im Parque Nacional de Garanjonay liefern. Carlos wäre der allerbeste Führer durch die Welt der Brandschäden auf der Insel. Mit derlei

Lobhudelei hatte Manuel die Qualitäten des Taxidrivers unserer Karla angepriesen.

Vor zwölf Jahren sahen wir Karla am Schalter in der Abflughalle des Brüsseler Flughafens. Damals flogen wir per IBERIA über Madrid nach Teneriffa. Sie stand da in ihren Wanderstiefeln und ich wusste sofort: Aha, die Schönheit ist eine La Gomera Urlauberin. Und beschnuppert haben wir uns als Fahrgemeinschaft im Taxi ins Valle. Die mündete in eine wunderbare Freundschaft. So kam es, das La Gomera zu unserem gemeinsamen Lebensfixpunkt wurde.

Die Prophezeiung Manuels kommt hin, denn wir sind kaum in der zerfurchten und zerklüfteten Bergwelt La Gomeras unterwegs, schon hält Carlos einen detailgetreuen Vortrag über die Dramaturgie der Brandtage. Auf Spanisch natürlich. Ich habe Mühe, dem Erguss zu folgen. Er stoppt an gruseligen Stellen mit den scheußlichsten Brandwunden und erläutert uns das Ausmaß an Schäden. Es dauert hundert Jahre, bis sich der Nationalpark in all seiner Urwüchsigkeit präsentieren wird, erklärt er.

Nun ja, das Zeitfenster ist wahrscheinlich übertrieben, denke ich, dennoch überfällt mich Gänsehaut-Feeling. Das Verherrlichen ihres Archipels liegt den Nachfahren der Guanchen im Blut, obwohl der Verlust an Flora und Fauna unerträglich ist. Carlos vergöttert jede Palme, jeden Berg- und Stausee, jedes malerische Bergdorf und den über eintausendvierhundertachtzig Meter hohen Garanjonay. Er ist wie alle Gomeros vernarrt in jeden Quadratmeter der Landschaft, bestehend aus Regenwald oder Lorbeerwald. Besonders stolz ist er auf die Ausstrahlung des Valle gran Rey, auf Deutsch Tal des großen König. Doch brennend interessiert mich begeisterten Krimileser etwas anderes, und das ist die Brandkatastrophe. Carlos spekuliert vogelwild: „Für mich liegt der Beginn der Brände in der Nähe der Ortschaft Alajero. Ich gehe felsenfest von absichtlicher Brandstiftung aus."

Aha? Ich werde kribbelig und spitze die Ohren. Absichtliche Brandstiftung? Hol mich der Henker. Hat da tatsächlich jemand Feuer gelegt? Und wenn ja, warum?

Und Carlos behauptet weiter: „Gut möglich ist auch ein Abfackeln zum Vertuschen irgendeiner Schweinerei."

Hm, abwegig klingt das nicht, denke ich. In südeuropäischen Ländern ist das Brandroden eine Methode zum illegalen Landgewinn. Aber wer macht das hier auf La Gomera und dann in den Bergen? Da sind Grundstücksspekulationen ähnlich normal wie in der eisigen Antarktis. Es muss einen anderen Grund geben, einen Brand mit dermaßen katastrophalen Folgen zu legen, aber welchen?

Betrifft es die rapide angestiegene Kriminalitätsrate auf La Gomera? Die Insel ist längst nicht mehr so unbefleckt, wie sie es vor etwa zwanzig Jahren mal war.

Das Drumherum stimmt mich nachdenklich. Was waren das damals für göttliche Zustände, frage ich mich. Mit leuchtenden Augen kann ich mich an die achtziger Jahre erinnern. Es war eine phantastische Zeit. Das Zusammenleben war friedlich und von Achtung getragen. Das kann man guten Gewissens sagen. Die Zustände waren von Harmonie geprägt. Das Verhältnis zwischen den Freaks und den Wanderern war in Ordnung, denn damals stand der Massentourismus noch nicht in voller Blüte.

Als wir seinerzeit auf der Insel der Glückseligkeit aufkreuzten, da gab's im Valle noch keine Polizeistation der regionalen Polizei, geschweige denn eine Niederlassung der Guardia civil. Doch das bunte, sorglose Hippietreiben der Vergangenheit wurde durch die Ottonormalverbraucher an den Rand gedrückt. Natürlich gehört zu denen auch lichtscheues Gesindel. Der Traum von der freien Liebe und von anderen wunderschönen Errungenschaften ist leider restlos ausgeträumt.

Heute bestimmen Bustouristen aus Teneriffa und die Polizeikontrollen die Abläufe im Tal. Was hat deren Präsenz erzeugt? Der Handel mit Drogen und deren Gebrauch ist nicht neu, doch auf einmal ist er den Geschäftemachern ein Dorn im Auge. Wer aber verdient seinen Zaster mit der Drogenkacke?

Wir kennen einen Kleindealer, den Walter aus der Eifel. Der trägt sein Haar zum Pferdeschwanz gebunden. Kann das Schlitzohr von der Dealerei leben?

Ich verachte den Kerl und mache um ihn einen Bogen. Er ist mir durchweg unsympathisch. Wir lernten ihn über Karla kennen, denn in die hatte er sich bis weit über seine abstehenden Ohren verknallt. Dem

Mistkerl würde niemand eine Träne nachweinen, wäre er von der Insel verschwunden.

*

Der Taxitrip über die Höhenstraße führt uns vorbei am Alto del Contadero und an La Laguna Grande, dem wunderschönen Grillplatz der Einheimischen. Die Luft riecht verbraucht, irgendwie muffig und ranzig. Der Gestank von verbrannter Erde und schwarzverkohlten Resten des Bewuchses liegt wie eine Käseglocke über La Gomera. Weiter überwacht die Feuerwehr unterirdisch lodernde Brandherde. Als Vorsichtsmaßnahme ist sie in Alarmbereitschaft.

Nach dem Abzweig Vallehermoso fahren wir durch Arure. Der Ort dient als Eingangstor zum Valle Gran Rey. Und nach dem Weg zum Mirador dos Santos biegen wir ins Tal der Palmen ein. Nun geht's in Serpentinen abwärts, dabei durchfahren wir zwei lange Tunnel. Und den zweiten Tunnel hinter uns wird uns mulmig. Im einzigartigen Tal der Terrassen und Palmen verblüfft uns die riesige Anzahl an verbrannten Palmstämmen. Doch den Silberstreif gibt es am fernen Horizont, denn aus den Kronen ragen frische Büschel Palmzweige heraus. Auch das nachwachsende Schilf im Barranco erfreut uns mit leuchtendem Grün.

Carlos erzählt, dass die Evakuierung des oberen Tals wie bei einem Wunder vonstatten ging. Wie stundenlang einstudiert hätten alle Maßnahmen geklappt, und das rechtzeitig. Menschen kamen nicht zu schaden. Nur die in ihren Stallungen eingesperrte Tiere, seien es die Ziegen, die Schafe oder das Federvieh, kamen jämmerlich in den Flammen um. Sogar die Esel und Pferde unterhalb der Ermita waren vom Verbrennungstod bedroht. Aber ein Hoch auf die Solidarität. Die Geflüchteten fanden problemlos Unterschlupf bei Fluchthelfern, und das waren nicht nur Verwandte. Die Bewohner rückten enger zusammen. Ein Segen für die Brandbekämpfung war die Baustelle des Barranco bei La Calera. Die Bruchsteinmauereinfassung, durch EU-Mittel finanziert, und der böige Wind vom Meer, das alles hatte das Vordringen der Feuerwalze bis hinunter an die Playa verhindert. Durch den Kahlschlag im Bereich der Baustelle fand das Feuer keine

Nahrung, somit hatte die Finanzspritze aus Brüssel auch eine gute Seite.

„Bravo, Carlos", entfährt mir ein Lob. „Deine Schilderungen sind irre interessant."

Hat mich Carlos verstanden?

Ein Lächeln huscht über seine Mundwinkel, aber er geht nicht auf mich ein. So erreichen wir hinter Lomo del Balo, Retamal und Casa de la Seda mit El Guro ein schmuckes Hangdorf. Der Ort ist fest in deutscher Künstlerhand. In der Hochburg der Esoteriker hatte das Feuer erbarmungslos gewütet. Carlos hält auf dem Parkstreifen der Durchgangsstraße unterhalb der Wohnbebauung an.

Bum, bum, gestikuliert er. Wie bei einem Bombardement oder dem Silvesterfeuerwerk hatte es sich angehört. Explosionen erschütterten das Valle, erzählt er weiter. Als die Propangasflaschen in der Küche der Häuschen explodierten, da glich das dem allzu oft prophezeiten Weltuntergang. Mehrere verzierte Künstlerklausen wurden zerstört. Von denen blieben zerfallene Ruinen übrig, aber an anderen sieht man die Fortschritte des Wiederaufbaus.

Wir setzen unsere Fahrt bis La Calera fort. Dort steigt Karla aus, denn sie wohnt bei Manuel. Uns Verbliebene fährt Carlos hinunter vor die Casa Maria. Dort bedanken wir uns gestenreich, dann eilt Vera ein kleines Stück zurück ins Casa Domingo. Meine Freundin und ich watscheln krumm und lahm zum Schlüsselabholen in den Ausschank. Die Sitzerei fordert ihren Tribut, sei's im Flieger, in der Fähre oder im Taxi. Von Pepe, er ist der Chef der Casa Maria und gleichzeitig der Vermieter unserer Unterkunft, erhalten wir die Schlüssel zum Studio. Danach ergötzen wir uns am super breiten Strand. Der präsentiert sich makellos bis hinüber nach La Puntilla. Trotz allem herrscht reger Seegang. Die Wassermassen donnern mit Karacho auf den schwarzen Sand, oder sie zerschellen an der Mauer zur Promenade. Gigantisch bäumen sich die Wellen auf und bersten in salzhaltigen Elemente. Es ist die sich ständig wiederholende Sze-nerie einer begeisternden Dramaturgie. *Aqui Tene Manos del Paradiso*, wir haben im Valle das Paradies. Zurecht behaupten das viele Gomero's.

Nun gut, es war eine dreizehnstündige Anreise, von der Haustür bis an die Playa. Wir reißen uns von dem Anblick los und staksen ins vertraute Studio, dort verstauen wir die Klamotten im Schrank und hasten zum Einkaufen in den Supermercado. Und den Einkauf in der Küchenzeile untergebracht und geduscht, dann in frische Klamotten geschmissen, treffen wir uns mit Vera. Zum Abendessen gehen wir in die Yaya Bar. Ich bevorzuge die kanarische Küche und esse mein Lieblingsgericht. Das sind Chocos a la Plancha mit Papas Arogadas, dabei genießen wir die Show der Anbeter des Sonnenuntergangs. Ein beliebtes Ritual überall auf den Kanaren. Mit einem Feuerspektakel feiert die bunte Schar vor der Casa Maria das faszinierende Szenario am fernen Horizont.

Wir sind zwar hundemüde, nichtsdestotrotz wechseln wir von der Yaya Bar zum Szenelokal hinüber. Das ist ein absolutes Muss für die tanzwütige Vera. Sie steht auf Salsa und zelebriert ihre Tanzauftritte bei phantastischer Live Musik. Spötter nennen sie Kanaren-Polka. Sie ist übrigens frisch verliebt. In drei Tagen erscheint ihre frische Neuerwerbung aus Köln hier im Valle. Wir kennen ihn nicht, daher sind wir mächtig gespannt auf diesen Georg.

Aber nun zurück ins hier und jetzt.

Pepe lässt seine Truppe zum Gitarrenspektakel mit Gesangsuntermalung aufspielen. Durch Esteban haben die Auftritte eine stattliche Fangemeinde, obwohl die Songs über Liebe, Trauer und Schmerz vor Schmalz regelrecht triefen. Anderseits haben die Interpreten ein Lob verdient, denn ihre Evergreens servieren sie hochklassig. Wie bei allem gilt folgendes: Entweder man mag die Dudelei auf Volksmusikniveau, oder man bleibt weg. Auch unsere Freundin Karla ist mit ihrem langjährigen Freund Manuel aus La Calera zu uns vor die Casa Maria heruntergeeilt. Er vermietet Apartments oben in La Calera. Außerdem ist er der Friedensrichter und in seiner Funktion eine Institution im Valle.

Wir lauschen den Gitarrenklängen und der Stimme Estebans, doch trotz des enormen Geräuschpegels und der Begeisterung zeigt mir Karla einen Mann, natürlich von Manuel unbemerkt. „Der sieht gut aus", flüstert sie mir ins Ohr. „Sei ehrlich. Der hat was."

Und ich frage ungläubig zurück: „Der mit dem schütteren Haar und dem Schwänzchen?" Bei Männern hat Karla einen merkwürdigen Geschmack.

„Ja, der. Er ist der Schwager vom Oberkellner und heißt Fernando. Er kommt aus Teneriffa und gehört zur Einheit der Geheimpolizei, die hier nach dem Brandstifter forscht. Er arbeitet praktisch als verdeckter Ermittler."

„Aha, so eine Art Spion im Untergrund", erwidere ich, dabei muss ich schmunzeln.

„So ist es, Richard", beteuert Karla. „Lache nicht über mich, denn ich finde ihn toll. Sehr charismatisch. Aber sei vorsichtig was du sagst, denn er spricht deutsch."

„Woher weißt du das?"

„Mein Freund Manuel ist Friedensrichter. In der Funktion erfährt er natürlich alles", klärt mich Karla auf. „Außerdem sind im Tal Hinz und Kunz verwandt. Nichts bleibt bei den Einheimischen geheim."

Ein mit viel Herzschmerz vorgetragener La Gomera Song erzeugt lautstarke Emotionen bei Einheimischen. Die Folge ist orkanartiger Beifall aus Geklatsche und Getrampel. Für uns gestaltet sich das Fortführen des Gesprächs als schwierig.

Ich ziehe mich unauffällig zurück und überlege. Das Thema mit dem Geheimagenten hat meine kriminalistische Ader geweckt. Dieser Fernando mischt sich also unters Volk, denke ich an den Spion. Aber was will der ausrichten, da ihn eh jeder kennt? Mit seinem Grad der Bekanntheit klärt er den Hintergrund des Brandes nie auf, wenn er's überhaupt vorhat. Meine Gedanken gleiten ab zu der in Spanien weit verbreiteten Korruption. Ist der Gedankengang logisch, oder sehe ich Gespenster?

Verbirgt die Brandattacke eine Überschneidung von Interessen? Ja klar, denke ich unkompliziert. Im Korruptionssumpf liegt der Hase im Pfeffer. Eine Krähe hackt der anderen kein Auge aus, so sagt man dazu passend, und besser ausgedrückt, irgendwie stecken hier alle unter einer Decke.

Ein Griff an meinen rechten Arm schreckt mich auf. Anna ist mir gefolgt und reißt mich aus meinen Gedanken, daher kehre ich mit ihr zu den anderen zurück. Neben alten Bekannten hat sich ein Pärchen aus Stuttgart in die Runde gesellt. Wir begrüßen sie, denn Petra und Rainer kennen wir seit Ewigkeiten. Meistens meiden wir sie, denn wie so oft haben sie Krach und das nervt. Doch da sie bereits eine Woche vor Ort sind stelle ich ihnen die bedeutsame Frage: „Wo treibt sich Walter herum?"

Petra ist nicht überrascht und antwortet: „Meinst du den Dealer? Den Arsch habe ich den ganzen Urlaub nicht gesehen. Er ist wie vom Erdboden verschluckt."

„Man munkelt", mischt sich Rainer ein, „die Guardia civil hat ihn festgesetzt. Aber was genaues weiß keiner."

„Was du so erzählst", wird Petra prompt zickig. „Du weißt gar nichts. In Alajero wird er sein, wo sonst."

Ihre Streiterei bahnt sich erneut den Weg. Ich wage den Versuch sie abzulenken und stelle die spekulative Frage: „Von Alajero aus könnte sich das Feuer nach Nordwesten durch die Berge gefressen haben? Was wisst ihr darüber?"

Worauf Karlas Freund Manuel, der mit zugehört hatte, für beide in schlechtem Deutsch das antworten übernimmt: „Das ist Vermutung. Niemand kann wissen. In dunkel tappen La Policia. Sagt man so bei euch?"

Oh jemine. Niemand ist im Bilde. Das war zu befürchten, denke ich. Der Ermittlungsstand zur Brandstiftung basiert auf lockeren Vermutungen. Wie konnte es anders sein. Aber unwiderruflich hat mich die Feuerursache im Griff. Mit Wucht hat mich der Trieb des Ermittlers vereinnahmt. Es ist wie bei einem Rausch.

Ich befriedige meine Sucht, indem ich Gleichgesinnte herausfiltere: „Was haltet ihr von der Idee? Ich will rauskriegen, was das Inferno der Brände ausgelöst hat. Übermorgen mache ich die Wanderung vom Roque de Agando über Benchijigua nach Alajero. Wer geht mit?"

Zögerlich meldet das Frankfurter Pärchen sein Interesse an, worauf der Besserwisser Rainer die Route vollendet: „Und von da latschen wir bis Playa de Santiago und fahren mit der Tina heim ins Valle."

„Super", ergänze ich seine Ausführung. „Dann sehe ich endlich mal die Edelferienanlage Tamina und den Aeroporto. An dem war ich noch nie. Ob Walter seinen Stoff über den Flugplatz importiert? Das wüsste ich gern."

Meine Freundin ahnt wie's weitergehen wird und reagiert wütend: „Der Walter kann mich mal", schimpft sie wie ein Rohrspatz. „Ich bin nicht hier, um Verbrechen aufzuklären. Aber schön ist die Strecke allemal. Ich bin dabei."

Ja, so liebe ich meine Anna, denn sie kann ihre Wanderleidenschaft nicht zügeln. Die hat sie mit der Muttermilch inhaliert. Die Zusage ist das Signal an Karla, sich uns Wandervögeln mit Pauken und Trompeten anzuschließen.

„Wunderbar", bläst sie ins gleiche Horn. „Müßiggang ist aller Laster Anfang. Wir nehmen den acht Uhr Bus, zuvor spreche ich die Rückfahrt mit den Leuten der Tina ab."

Dazu ist zu erwähnen, das sie durch die Freundschaft zu Manuel perfekt Spanisch spricht.

Der Ausflug ist im Kasten. Danach heißt es: Schluss, aus und vorbei, denn es ist Feierabend vor der Casa Maria. Es ist Schlag elf. Im Valle läutet die Guardia civil die Sperrstunde ein, und die Musiker beenden ihr Programm. Sie stehen auf und bedanken sich für den Applaus. Mit viel Effekthascherei, aber leider ohne Zugabe, packen sie ihre Instrumente ein und bringen sie in den Abstellraum. Pepe und seine Spießgesellen haben das Abendprogramm routiniert runtergespult, so löst sich die Runde vor der Casa Maria auf.

Wir Frischlinge verabschieden uns voneinander mit dem Gefühl, eine Wanderung der Superlative zum Leben erweckt zu haben. Karla und Manuel gehen nach La Calera und Vera ins Casa Domingo. Ich setze mich mit Anna auf den Balkon. Auf dem gönne ich mir einen Cuba Libre als Gutenachtgetränk, dann gehen wir zu Bett.

Lange liege ich wach. Mich beschäftigt die Brandursache. Doch irgendwann wiegen mich die nimmermüden Atlantikwellen in einen von Albträumen überschatteten Schlaf. Dass ein atemberaubender Urlaub beginnt, bei dem wir die Kontrolle über die Abläufe verlieren werden, das kann ich ohne Gewissensbisse vorweg nehmen.

2

Der erste Urlaubstag dient dem Erholen von den Anreisestrapazen. So machen wir es seit Jahren und das Ritual beginnt mit einem vielversprechenden Frühstück auf dem Balkon. Bewusst verschiebe ich das Schwimmen wegen des hohen Wellengangs, stattdessen unternehmen wir den viele Erinnerungen auf die Sprünge helfenden Spaziergang durch die Ortsteile La Calera, Borbolan und Vueltas, dabei stellen wir erschüttert fest: Unzählbare Bananenplantagen werden dem Tourismus geopfert. Leichtfertig setzt La Gomera den Ruf einer verträumten Bananeninsel aufs Spiel.

Auf einer Bank vor der Eisdiele am Baby Beach schlecke ich in der prallen Sonne drei Kugeln Eis. Leider bin ich durch mein schütteres Haar am Hinterkopf nicht resistent gegen aggressive und intensive Sonnenbestrahlung. Meine Kappe aufgesetzt, so verhindere ich den möglichen Sonnenbrand. Meine Anna begnügt sich mit einer Kugel Bacio, allerdings mit Sahne. Einstimmig stellen wir fest: Das La Crema ist die beste Eisdiele der spanischen Hemisphäre.

Und an die Playa zurückgekehrt, fühlen wir uns sofort heimisch. Wir gehen die wenigen Schritte zum Strand und lassen uns in den schwarzen Sand nahe unserem Studio fallen. Ab da genießt der erste Badetag oberste Priorität. Dick eingecremt aalen wir uns auf den frisch erworbenen Strandmatten und Handtüchern in der Sonne, dabei lese ich im Valle Boten, der Satirezeitschrift La Gomeras. In dem steht ein interessanter Artikel über eine fragwürdige Organisation. PULG nennt sich der Verein.

PULG? Ich denke nach, denn der Name sagt mir nichts. Ich habe ihn noch nie gehört. Was soll das sein?

Die Bezeichnung PULG ist das Pseudonym für eine militante Gruppe, erfahre ich im Gespräch mit einem Nachbarn. Im vollen Wortlaut heißt es: „PARA UNO LIMPIO GOMERA" und frei übersetzt ins Deutsche soll es „FÜR EIN SAUBERES GOMERA" bedeuten.

Aha, warum nicht? Ich halte den Quatsch für eine Erfindung, für blödsinnige Satire. Öfter mal was Neues, denkt sich das clevere Blatt. La Gomera ist reich an witzigen Anekdoten

In der Story über die PULG ist von einem Sonnenkönig die Rede. Demnach ist einer der Mitglieder ein Deutscher, dem große Bereiche des Valle Gran Rey gehören, mutmaßt der Schreiberling der Story. Aber typisch für das ultimative Inselmagazin nennt es keine Namen. Auch ein Makler gehöre zu den zwielichtigen Gesellen. Das sind schon mal zwei dicke Fische.

Ich tippe, zwischen den Zeilen spekuliert, auf Klaus Kleber, so heißt die deutsche Lichtgestalt. Und dieser Kleber hat's faustdick hinter den Ohren. Er ist ein Workaholic und regelt die Geldgeschäfte auf seine Art. Aber wie er alles deichselt, das bleibt sein Geheimnis. Jedenfalls führt kein Weg am Allmächtigen vorbei.

Und in der Inselpostille steht außerdem, dass allerhand Raffzähne im Valle auf gewinnabwerfende Strategien für La Gomera setzen und rigoros auf den Qualitätstourismus. Sie haben der langhaarigen Mischpoke den Kampf angesagt. Brutal treten sie den Hippies mit ihrer Einschüchterungspolitik entgegen. Jedes unerlaubte Mittel ist den Ausbeutern recht für ihr Wunschziel, die Gutbetuchten auf die Ferieninsel zu locken. Sogar Kreuzfahrtsschiffe sollen im Hafen von Vueltas anlegen. Nur beim Thema Abfackeln der Primitivhütten in der Schweinebucht hält sich das Satireblatt bedeckt, obwohl es weiß, wer dafür verantwortlich ist.

Das ist starker Tobak. Oder ist es fragwürdige Satire, und demnach erstunken und erlogen? Beim Valle-Boten ist man sich da nie sicher. Werden zwei Einflussreiche mit dem Artikel durch den Kakao gezogen? Spekuliert das beliebte Blatt in den blauen Dunst? Das ungewöhnliche Magazin gilt als unabhängig und überparteilich. Es hat Kultcharakter. Völlig zurecht wirbt es mit total abgedreht zu sein. Ich habe mich über das Blatt oft genug krumm und buckelig gelacht, aber am PULG Artikel ist wenig Lustiges zu entdecken.

Sei's wie es ist. Ich sollte das Machwerk nicht ernst nehmen, denke ich. Der Valle Bote ist das, was er immer war, nämlich ein Blatt mit Klamauk, dessen Berichterstattung wird sich nie ändern. Doch in einem Punkt unterstütze ich den Beitrag, denn mich würden die Touristenhorden in der Tat von der Insel vertreiben, nähmen die überhand. Kleber dagegen würde sich die Hände reiben, würden die Spitzenverdiener wie Heuschrecken über La Gomera herfallen. Wie ich den Geldhai einschätze sind Blechlawinen durchs friedliche Valle für ihn kein Alptraum. Die würden ihn nicht stören, schon eher stört Kleber der sich haltende Ruf, La Gomera sei ein Hippieparadies.

Erhebt man seine Meinung zum Evangelium, dann sind's die Junkies, Lebenskünstler und Gelegenheitsfreaks, die La Gomeras Image schaden. Die Schmarotzer und Parasiten gehören zerquetscht. Die bringen nur Ärger und nicht das große Geld. Zumindest eins hat Kleber mit seinen Aktivisten erreicht: Das regelmäßige Abfackeln der Hütten in der Schweinebucht.

O je, was ist bloß aus dem friedlichen Aussteigerparadies geworden? Aber direkt unsympathisch ist mir der selbstsichere Kleber gar nicht. Ich kenne ihn von seiner zuvorkommenden Seite. Nun gut, er ist arrogant. Er will immer gewinnen und muss in allen Belangen der Beste sein. Und um das zu untermauern, schmückt er sich mit einer attraktiven Frau.

Null Problem, die gönne ich ihm. Das Leben spielt ihm eben in die Karten. Und die Gier nach dem schnöden Mammon treibt auch auf der Insel der Sanftmut unerfreuliche Blüten.

Ich kehre aus meinem Gedankengeflecht ans Geschehen am Strand zurück, denn nach der Flut folgt die Ebbe, wodurch die Wellen handzahm geworden sind. Kurzentschlossen springe ich ins Wasser und kühle mein Gemüt. Und kaum abgetrocknet und mich auf meine Matte geknallt, bin ich innerlich erneut bei diesem Dealer.

Seit langem denke ich darüber nach, ob Walter mit Drogendeals seinen Unterhalt zum Leben finanziert. Das er mit Haut und Haaren im Drogensumpf steckt, vermuten alle, aber aus dem Verkehr gezogen wurde er nur kurzzeitig. Für ihn gilt: Abends werden die Faulen fleißig. Aber wie schafft er es, unentdeckt oder unbehelligt zu bleiben? Hat er prominente Helfer? Wo versteckt er sein Sammelsurium an

Drogen? Seit die PULG existiert, möchte ich nicht in seiner Haut stecken.

Ein Drogenabnehmer ist bisher nicht im Valle aufgetaucht, der gutaussehende Günther aus der Pfalz. Der hatte sich kontinuierlich um den Verstand gekifft. Doch irgendwann wurde der Frauenschwarm unangenehm. Es war eine qualvolle Tortur sich sein Geschwafel anhören zu müssen. Letztendlich wurde er aggressiv. Logischerweise hatte er Dresche bezogen. Ist dieser Günther aus Angst vor weiteren Handgreiflichkeiten nach Deutschland zurückgekehrt?

Nun mal halblang. Was kümmert mich dieser abgewrackte Günther. Er kann mir gestohlen bleiben. Ich mochte ihn sowieso nicht. Nur der Urlaub ist wichtig. Versprochen habe ich Anna Ruhe und Erholung, daher konzentriere ich mich auf meinen Roman. „Leo Berlin" heißt die Kriminalgeschichte aus den zwanziger Jahren, die Berlin in der damaligen Zeit hochinteressant widerspiegelt. Es ist ein genial geschriebener Krimi.

Die Bedingungen am Strand sind hervorragend. Einige Badegäste spielen Fußball, andere Federball oder Softball. Daher ist es spät, als Anna das Signal zum Aufbruch gibt. Außerdem hat die intensive Sonne ihre Wirkung nicht verfehlt, denn leicht gerötet packen wir den Strandkram in die Badetasche und rollen die Matten ein. Mit Sack und Pack verschwinden wir ins Studio.

Wir duschen das Salzwasser vom Körper und ziehen saubere Klamotten an. Ich eine Jeans und einen langärmeligen Pulli. Abends wird es empfindlich frisch. Der erste Urlaubstag neigt sich dem Ausklang zu, außerdem hat das Baden hungrig gemacht. Anna und ich speisen im El Paraiso, in einem der klassischen Gomera Restaurants. In dem bestelle ich das hochgelobte *Conejo* Gericht. Das Kaninchen schmeckt im El Paraiso am besten, so steht es im Valle- Boten, und das stimmt. Ich genieße zweimal im Jahr diese Gaumenfreude.

Doch mit dem Festmahl ist der Abend nicht beendet, denn als Nachspeise musiziert, anstatt der gewohnten Volklore Truppe, die Punkband „Poisen Folk vor der Casa Maria." Der Auftritt der Punker ist eine überraschende Neuerung, doch sie treffen nicht jedermanns Geschmack, aber sie sind eine gelungene Abwechslung und deren rockige Stücke gehen ins Ohr. Mir gefällt der Sound.

Nach den letzten schrägen Töne der Punker ist Schicht im Schacht. Ich verabschiede mich mit Anna von den Miturlaubern, dann gehen wir gegen zwölf schlafen. Am Morgen heißt es früh wach werden.

*

Sehr früh mit den Hühnern aufgestanden und superpünktlich wie die Maurer, treffen wir uns mit Karla und den Frankfurtern Petra und Rainer an der Bushaltestelle nahe der Casa Maria. Vera will auf den Freund warten und bleibt zuhause. Der Bus nimmt uns auf und würgt sich die Ausfallstraße nach Arure hinauf. Bei der Fahrt durch das obere Tal sehen wir die Brandschäden aus einer anderer Perspektive, doch sie ist nicht weniger verheerend.

Hinter Arure, am Abzweig nach Vallehermoso, biegen wir rechts ab auf die Höhenstraße und von der aus zu den Bergdörfern Las Hayas, El Cercado und Chipude, dabei schlängelt sich das Monstrum auf sechs Rädern mit traumwandlerischer Sicherheit durch die verzwickten Dorfdurchfahrten und engen Serpentinen. Die Busfahrer liefern ihre Meisterleistung ab. Sie sind Artisten am Lenkrad.

Und wieder zurückgekehrt auf die Höhenstraße in Richtung San Sebastian, verabschiedet uns der Dompteur der Bergstraße am Roque de Agando. Mir ist schlecht. Ich vertrage lange Busfahrten nicht gut, umso weniger durch das faulig stinkende Brandgebiet. Dennoch hat die Sicht auf das Szenario meine Aufklärungsgier nach der Brandursache immens erhöht.

In unserem Wanderbereich hat es wenig gebrannt und in den Bergen ist es früh am Tag recht kühl. Die Sonne wird uns den Schweiß erst ab den Mittagsstunden mit ihrer geballten Kraft aus den Poren treiben. Wir beugen dem Totalverlust an innerer Wärme vor und ziehen die wärmenden Wanderjacken an, dazu feste Wanderschuhe. Dann stiefeln wir vom Waldbranddenkmal steil abwärts in Richtung Benchijigua.

Manchmal ist der Boden weich, dann und wann bedecken ihn Nadeln des Kiefernwaldes. Ansonsten trotten wir durch die Massen an Gestein aus alter verwitterter Lava. Wir benutzen die Wanderstöcke zur Absicherung gegen das Abrutschen. Die Gegend hatte das Feuer weitgehendst verschont, aber der durchdringende Brandgeruch, der wie ein imaginärer Schleier die Luft über der Insel beeinträchtigt, versaut einem die Freude am Riechorgan. Kein Laut eines Vogels ist zu hören, nichtsdestotrotz ist es wegen der überragenden Fernsicht ein beglückendes Wandergefühl. Mit innerer Ruhe blicken wir über das durch weiße Schaumkronen vom Wind aufgeraute Meer bis zur kleinsten Kanareninsel El Hierro hinüber. Unvorstellbar prickelnd ist die Fernsicht auf das besuchenswerte Miniaturatoll. Den erneuten Aufenthalt auf El Hierro kann ich mir sehr gut vorstellen.

Das Wetter ist hervorragend. Die dreizehn Grad in der oberen Bergregion sind normal. Und ständig wird es wärmer. Nach zwei Stunden erreichen wir das dreihundert Meter tiefer gelegene Benchijigua. In der Dreihäuseransiedlung legen wir unsere erste Rast ein. Hier beträgt die Temperatur immerhin neunzehn Grad, daher ziehen wir die Jacken aus, außerdem sind sie schweißnass. Bestens trocknen sie über den Rucksack gehängt. Wir fühlen uns bärenstark und sind guten Mutes. Die Wanderung verläuft im erwarteten Rahmen. Keine Pannen oder irgendwelche Negativvorkommnisse deuten auf einen tragischen und überraschenden Paukenschlag hin.

Nachdem wir viel Wasser getrunken haben, gehen wir ausgeruht die nächste Herausforderung an. Die erfordert aufmerksame Wandermechanismen und Trittsicherheit, denn der steile Aufstieg zum Bergkamm hat einen hohen Schwierigkeitsgrad. Wir überqueren ihn ohne Probleme, allerdings verlieren wir eine Menge Kraft. Die Beschilderung durch deutliche Hinweistafeln ist hervorragend. Die Markierungen mit roten und weißen Balken auf markanten Felsbrocken oder auf großen Steinen sind ausreichend vorhanden. Sich zu verlaufen wäre grotesk. Nach der Kletterei führt uns ein ebener Weg zu einem Eukalyptushain, vor dem kreuzen wir einen brüchigen Wasserkanal. Dann steht ein nochmaliges Hinaufstaksen an, diesmal nach Imada. Das dauert eine weitere Stunde und ist anstrengend. Die Strecke prüft uns auf Herz und Nieren und testet unsere Leidensfähigkeit. Unsere beeindruckende Ausdauer setzt eine große Zahl an Glückshormonen frei. Von der terrassenartigen Landschaft um den Ort Imada herum sind wir begeistert. Sie ist eine Belohnung für die Quälerei. Mit Jubelausbrüchen genießen wir die

Freiheiten des Wanderns. Aber auch das abgedroschene Zitat bewahrheitet sich: Der Mensch lebt nicht vom Brot allein.

Der eine ist mehr, der andere weniger erschöpft, so erreichen wir Lomo del Azadeo. Wir haben noch alle Zeit der Welt bis zur Abfahrt mit der TINA. Der neuerliche Rastplatz bietet Rundblicke auf Imada, den Roque de Agando und zum Fortaleza hinüber. Die Sicht auf das wuchtige Felsmassiv ist ein Höhepunkt der Wanderung nach Playa de Santiago. Anna hat leckere Brote mit Serrano-Schinken und Käse vorbereitet. Ich habe hartgekochte Eier und einen Minisalzstreuer mitgenommen. Dazu sind wir mit Bananen, Äpfeln und ausreichend Wasser eingedeckt. Die vom Brandgeruch geschwängerte Luft ist übel, nichtsdestotrotz verschaffen wir uns mit einer üppigen und vor allem zünftigen Brotzeit einen unermesslichen Genuss. Auch den Vorteil, dass sich durch die Mahlzeit der Ballast verringert, kann man nicht hoch genug bewerten.

Karla kaut noch auf dem letzten Bissen herum, dabei wühlt sie in ihrem Rucksack. Zufrieden kramt sie eine kleine Dose hervor. Sie dreht sie auf und reicht sie rum, dabei fragt sie lächelnd: „Ein Kräuterbonbon für den frischen Atem?"

Wir lachen. Die Kraftanstrengung ist aus unseren Gesichtern verflogen. Frisch und ausgeruht haben wir den Schalk im Nacken und den Frohsinn gepachtet. Bis auf Petra und Rainer sind wir gut gelaunt. Mit dem einen oder anderen spaßigen Spruch auf den Lippen geht's nur noch abwärts weiter. Nach einer weiteren Stunde durch leichtes Gelände erfolgt der Angriff auf den El Drago, das ist der weltberühmte Drachenbaum. Wenn wir schon einmal hier sind, sage ich mir, ist der Besuch des Baumes eine Notwendigkeit.

Leider verlieren wir durch das Gastspiel eine Menge an Zeit. Der Abstecher war nicht eingeplant. Und da ich die verbliebene Strecke zum Hafen nach Santiago schlecht einschätzen kann, dränge ich zur Eile. Das Ausflugsschiff TINA darf uns nicht vor der Nase wegfahren. So kommen wir im strammen Tempo alsbald zur Casa Agalan, von wo wir uns dem Städtchen Alajero nähern. In dessen Umgebung vermute ich den Brandherd.

Geraume Zeit danach bewegen wir uns auf dem Teilstück nach Alajero. Unvermeidbar führt uns der Weg über verbrannte Erde, also mitten durch das Brandgebiet. Hatten wir uns vorher Witze erzählt und uns darüber amüsiert, vergeht uns das Lachen. Das liegt einerseits am Brandgestank, zum anderen an den Stuttgartern. Petra und Rainer streiten sich wie die Kesselflicker. Mittlerweile liegen bei allen an der Wanderung Beteiligten die Nerven blank.

CARAMBA.

Es passiert das Ungeheuerliche, wir befinden uns in der Nähe von Montana. Urplötzlich stolpert Petra und stürzt ab. Wie konnte das passieren? Und vor allem, wo ist sie hin?

Petra ist in eine etwa fünfzehn Meter tiefe, scharf eingeschnittene, aber versteckt liegende Schlucht gefallen. Wie war der Absturz möglich? Der Boden ist geröllhaltig, trotz allem sind die Umstände merkwürdig. Wandert man achtsam, dann ist die Absturzstelle ungefährlich.

Hat Rainer sie in die Tiefe gestoßen? War er der Versuchung erlegen und wollte die Partnerin loswerden? Ich kann mich täuschen, aber andeutungsweise habe ich ein Schubsen oder den Stoß in Petras Rippen beobachtet.

Rainer ist durch den Wind. Wir anderen legen uns an den Rand der Unglücksstelle und horchen hinunter. Leicht gedämpft hören wir die fluchenden Laute aus der Tiefe. Ist das Petra?

Natürlich. Wer sonst. Das ist sie. Ihre Schimpflaute haben sich durch die Streitereien mit Rainer in uns eingeprägt. Sie wettert zu uns rauf: „Scheiße, ich habe mir den Knöchel verstaucht."

Ich glaube, mich tritt ein Pferd, denn was macht dieser Rainer? Der reagiert nicht. Er ist wie gelähmt. Wie kann das sein? Immerhin ist sie seine langjährige Freundin. Normalerweise bemüht man sich um die Partnerin. Aber nicht so dieser Muffensauser. Der zeigt keinerlei Regungen und schweigt.

Ich bin dann derjenige, der aktiv wird. „Warte, Petra. Ich komme zu dir runter", rufe ich ihr zu.

Seit meiner Jugend habe ich die verwegene Gabe, keinem Problem ausweichen zu können. Andauernd presche ich bei den verwegensten Situationen in die Poleposition. Es ist wie ein Fluch, der meine Anna oft in den Wahnsinn treibt. In diesem Fall allerdings bleibt sie ruhig.

Sie hat die Stelle erkannt, an der das Gefälle des Hangs ungefährlich und nicht sonderlich steil zu sein scheint.

Genau dort mache ich mich ohne Absicherung an den Abstieg. Und mittendrin vernehme ich aus der Tiefe, wie mich Petra auf eine Besonderheit aufmerksam macht. „Irgendwas ist komisch", ruft sie mir zu. „Hier stimmt was nicht."

„Ich bin gleich bei dir", antworte ich beschwichtigend, dabei steigt meine Anspannung, woraufhin Petra hart ausschnauft: „Mensch, da liegt etwas."

Was fange ich mit dem Schnaufer an? Das denke ich. Da liegt was, das hat Petra mir zugerufen. Aber was da liegt, das bleibt im Unklaren. Ist es ein Tier, eventuell ein Mensch?

Wenige Augenblicke später habe ich sie erreicht. Sie hockt vor der angekokelten Hütte. Und tatsächlich, auch ich sehe eine bis zur Unkenntlichkeit verbrannte Masse. Das Gebilde hat in etwa die Größe eines Menschen. Ist es ein Körper?

O ja, es ist ein Körper und zwar eine männliche Leiche. Aber das Besondere an ihr ist, die Gestalt liegt nicht, sie sitzt merkwürdig aufrecht an die Hüttenwand gelehnt.

Sehe ich's richtig? Hat die Haltung einen rituellen Touch? Doch trotz der schweren Verbrennungen des Toten ist eins unverkennbar, mitten auf der Stirn befindet sich ein Einschussloch.

„Das war eine Hinrichtung", tätige ich einen spontanen Verdacht.

Seit wir auf der Insel sind, habe ich daran gedacht, dass sich durch das Branddebakel einiges verändert hat, allerdings hatte ich Intrigen und Missgunst im Hinterkopf. Aber ein Mord ist mir nicht im Traum in den Sinn gekommen. Und nun stehe ich vor einer vollendeten Tatsache.

„Kommt runter", fordere ich die anderen auf, es mir gleichzutun. „Seht euch den grausigen Fund aus der Nähe an."

Kurz danach versammeln wir uns am Leichenfundort und hocken vor dem Ermordeten. Ich bin es, der mit der Analyse beginnt: „Die Leiche stinkt fürchterlich. Es ist der Geruch der Verwesung. Warum hat das bisher niemand gerochen?"

Worauf Anna nachhakt: „Hier kommt kein Wanderer vorbei. Auch wir haben da oben nichts gerochen. Der Brandgeruch übertüncht den Leichengestank. Aber wer ist der Tote?"

Und Petra, die hat ihre Verstauchung längst vergessen, rätselt an der großflächig verbrannten Leiche herum: „Der Statur nach könnte es Walter sein. Findet ihr nicht?"

„Ja, jetzt wo du's sagst", mische ich mit. „Es ist also nicht verwunderlich, dass Walter so lange nicht gesehen wurde. Der Kerl ist mehrere Wochen tot."

Die Vermutungen sind gut und schön, aber erst Karla denkt praktisch. „Ist er's, oder ist er's nicht? Das Herumspekulieren nützt gar nichts. Was wir hier vor Ort brauchen, das ist die Polizei. Eventuell vermisst man einen Touristen?"

Karla schnappt sich ihr Handy und wählt eine Notrufnummer, denn ihr Spanisch ist nahezu perfekt. „*Buenos dias*", stottert sie aufgeregt hinein. „*Usted se llamo Karla Winter. Entiendes Alemania? Si?*"

„Wunderbar. Also, ja? Ich habe mit Freunden hier am Rand von Montana bei Alajero einen Toten gefunden."

Karla horcht auf die Antwort, dann bestätigt sie die Anordnung. „Ja, wir warten bei dem Toten. *Por supuesto*. Und sie schicken einen Hubschrauber vorbei? Sehr gut."

„Okay. *Muchas gracias*."

Karla wendet sich an uns. „Gleich kommt der Hubschrauber. Wir müssen auf ihn warten. Aber wo ist Rainer?"

Alle schauen Petra an, doch in deren Gesicht rührt sich nichts. Sie macht aus der Mücke keinen Elefanten, sondern kraxelt trotz Behinderung mit uns zum Rand der Schlucht hinauf. Und endlich oben richtet sie ihre Blicke in alle Richtungen. Weit und breit kein Rainer. Er ist verschwunden.

„Der Depp", murrt Petra. „Manchmal hat er nur Schwachsinn im Kopf. Dann hat er eine Schraube locker."

Worauf Anna bissig erwidert: „Ihr solltet euch trennen. Es ist doch zwecklos mit euch. Ihr streitet ja nur noch."

Petra bekommt einen roten Kopf. „Findest du?" Sie reibt sich erschrocken über die Schläfen. „Darüber muss ich nachdenken."

Kommentarlos setzen wir uns auf einige Steinbrocken. Was ist das zwischen den beiden, denke ich. Abgestumpftheit, Lieblosigkeit? Ich weiß es nicht, und sogar Anna fehlt es an entsprechenden Worten zu so viel Sinnlosigkeit.

„Mach Schluss mit ihm. Was gibt's da noch zu überlegen", sagt Anna und wendet sich erbost von Petra ab.

Jeder ist in seine Gedankenwelt versunken und ich bin beim Toten, denn für mich steht fest: Der Tod Walters war eine Hinrichtung mit Abschreckcharakter. Der Kopfschuss ist eine Warnung. Aber wem traue ich die Abscheulichkeit zu?

Ist die Leiche tatsächlich Walter, dann wäre ein Drogenstreit das logischste Mordmotiv. Walter war eine undurchsichtige Figur in der Szene. Hat er auf eigene Rechnung gearbeitet? Hat das den Bossen auf Teneriffa nicht gepasst? Werden die Drogen von Marokko über den Aeroporto eingeschmuggelt? Hatte Walter sein Drogendepot deshalb in Alajero angelegt?

Selbstverständlich, denke ich. Den Drogenscheiß hatte Walter in der abgefackelten Hütte gebunkert? Oder verbirgt sich hinter dem Mord die PULG, der Zusammenschluss von Saubermännern? Diese Schwachköpfe schrecken nicht vor Mord zurück. Sie sind für ein drogenfreies La Gomera zu allem fähig. Ein Haufen Knete war zu allen Zeiten ein astreines Mordmotiv.

Das sich nähernde Brummen eines Rotors schreckt mich auf.

O Mann, das ging verdammt schnell. Auf unser intensives mit den Armen rudern landet der Hubschrauber auf einer ebenen Fläche, dann holen zwei Mann mit einer Trage den Toten aus der Schlucht. Das geht ruckizucki, ganz ohne Fragen oder andere Reaktionen über die Bühne. Und den Toten in den Hubschrauber verladen, notiert man unsere Personalien und die Unterkünfte mit dem Hinweis, die Polizei würde sich mit uns in Verbindung setzen.

Das war's. Wen interessiert unser verständnisloses Kopfschütteln? Niemanden. Soll das ein Abwicklungsverfahren sein? Sind das die Merkmale der spanischen Mordaufklärung? Man tut, als ob es sich um einen harmlosen Verkehrsunfall mit Blechschaden handelt, dabei steckt ein heimtückischer Mord dahinter.

Der Hubschrauber hebt ab, fliegt noch eine Schleife, dann verschwindet er am Horizont und lässt eine Horde belämmerter Schafe zurück. Keiner sagt ein Wort. Alle sind sprachlos, bis ich fluche: „Das kann nicht wahr sein! Keine Spurensicherung wurde bestellt, die sich um den Fall kümmert. Es wurden keine Protokolle angefertigt. Wir sind unserem Schicksal und Gefühlen überlassen. Da sind wir durch deutsche Krimiserien an aufwändigere Abläufe gewöhnt. Wissen die Bullen überhaupt, was sie tun?"

Da keine Reaktion erfolgt, beginnen wir mit vogelwilden Gedanken im Gepäck den weiteren Abstieg Richtung Santiago. Über Alajero führt ein Pfad am Aeroporto vorbei. Ich rate jedem, diese Strecke unbedingt zu gehen. Für mich ist die Wanderstrecke empfehlenswert. Aber neben dem Thema Nichtbeachtung durch die Bullerei bleibt der Streithansel Rainer unser Ärgernis.

Daher suchen wir mit Argusaugen den fernen Horizont nach dem Verschollenen ab, aber keine Spur von Rainer. Niemand entdeckt die menschliche Gestalt. Was in aller Welt ist in den Trottel gefahren?

Uns stellt sich die Frage aller Fragen. Hat er Petra geschubst und in die Schlucht gestoßen, oder ist der Verdacht aus der Luft gegriffen? Bei den unsäglichen Streitereien des Paares wäre das eine logische Vermutung. Oder es war der mögliche Ausraster?

Petra humpelt neben uns her und brubbelt: „Wie ich Rainer kenne, ist er aus Wut über sich selbst abgehauen und längst in Playa de Santiago."

Sie ist gramgebeugt wegen des Freundes. „Er schämt sich, weil er mir nicht geholfen hat."

Worauf Anna fragt: „Warum vermutest du das? Macht er solchen Scheiß öfters? Ich glaube eher, er legt sich für sein Stoßen und deinen Sturz eine Taktik zurecht."

Was wiederum die begriffsstutzige Petra so nicht stehen lässt. „Das glaube ich nicht", antwortet sie. „Der Stoß war unbeabsichtigt."

„Ach, Petra", widerspreche ich und stelle klar: „Es sah eindeutig nach Absicht aus. „Vielleicht ist Rainer ausgeflippt? Eure Streiterei treibt ja jeden Floh in die Flucht."

Erreiche ich bei Petra ein Umdenken über ihre Beziehung zu Rainer? Wohl kaum. Also beende ich die fruchtlose Diskussion mit dem Satz aus meiner Hippiezeit: „*Make Love Not War*."

*

Im für Wanderer ungewöhnlich rasanten Tempo erreichen wir den Miniflugplatz La Gomeras. Geschwindigkeit ist keine Hexerei. Und den vor Augen besteht der aus dem Bürotrakt, einer Lagerhalle und der überschaubaren Rollbahn, alles in picobello Zustand. Von dem Moment an verändert sich der Gesprächsverlauf.

Ich erörtere meinen Eindruck. „Auf dem Airport ist der Hund begraben. Nicht eine Menschenseele treibt sich hier rum. Seht ihr hier irgendwo Flughafenpersonal?" Die Frage ist an meine Mitstreiter gerichtet.

„Das Büro ist nur stundenweise besetzt", antwortet Karla. „Für die läppische Anzahl an Flügen am Tag reicht das aus."

„Ja, und genau das ist im Sinne der Drogenmaffia", bestätige ich. „Leichter geht es nicht, den Drogenkram aus dem Flieger in die Hände des Dealers weiterzuleiten. Wenn das auf Teneriffa ähnlich einfach ist, na dann prost Mahlzeit."

„Weswegen regst du dich auf?"

Anna hat sich eingemischt, worauf ich ihr antworte: „Ich sehe keine Kontrolleinrichtungen und keine Überwachungskameras. Warum? Das Drogenkartell lacht sich ins Fäustchen."

„Das ist ein kleiner, popeliger Inlandsflughafen", bemerkt Karla. „Wozu der Überwachungskram? Der ist teuer."

Natürlich stimmt ihre Einschätzung, überlege ich. Meine Stirnfalten vertiefen sich. Für die zwei oder drei Teneriffaflüge am Tag wäre der Überwachungskram rausgeschmissenes Geld. In Zeiten klammer Kassen fällt der unter die Rubrik Einsparpotenzial.

„Apropos Geld. Wo wir gerade dabei sind", bringe ich das Thema Flugplatz ins Endstadium und stelle eine wichtige Frage an Karla: „Hat Walter dir gegenüber von einem Batzen Kohle gefaselt, den er in Aussicht hat?"

Karla zieht ihre Augenbrauen hoch. „O ja. Mit viel Kohle hat mir der Angeber das Blaue vom Himmel versprochen", sagt sie staubtrocken. „Der hat bis zuletzt gehofft, dass ich auf ihn anspringe."

„Da seht ihr's", triumphiere ich. „Walter hat sein eigenes Ding gemacht, und das ist ihm schlecht bekommen. Großspurig fand ich ihn schon immer."

„Den verdeckten Ermittler Fernando schalten wir ein", wägt Karla den nächsten Ermittlungsschritt ab. Sie sieht darin die Möglichkeit, den geheimnisvollen Spion zu becircen. „Am Abend spreche ich Fernando auf Walter an", fährt sie fort. „Wer weiß, welche Pappnasen sich von Teneriffa aus um den Fall kümmern?"

Karla hat recht, denke ich. Sie setzt auf die richtige Methode. Dem Täter oder den Tätern gehört auf die Füße getreten. Warum nicht vom Phantom Fernando? Stimmt es, dass er als Geheimpolizist auf die Brandstiftung angesetzt ist, dann wird er mit den Informationen die Brut des Bösen nervös machen. Andererseits sind spanischen Bullen träge, ähnlich den deutschen Geheimdiensten. Auch die Mühlen in Spanien mahlen langsam. Hoffentlich ist Fernando anders gestrickt? Womöglich ist er der Gegenpol zur Trantüte?

Mir war von Anfang an klar: Walters Tod und die Brandstiftung sind eins. Mit dem Feuer wollte man den Mord vertuschen, doch die Ausführung war dilettantisch. Irgendeine Panne hat das Feuer außer Kontrolle geraten lassen. Berechtigterweise steht der Feuerteufel vor Regressansprüchen in Millionenhöhe, falls man ihn findet. Eine große Anzahl an zerstörten Häusern, das verbrannte Vieh und die Ernteausfälle, das alles kostet viel Geld. Kein noch so Wohlhabender kann den Schaden aus der Privatschatulle ersetzen. Das könnte nicht mal der fest im Sattel sitzende Klaus Kleber.

Und da kommen die Mitglieder der PULG ins Spiel. Besonders den Scheinheiligen war Walter ein Stachel unter der Haut, das ist Fakt. Walter musste aus verständlichen Gründen weg. Oder wie wär's mit folgender Theorie: Die PULG und die Drogensippschaft haben gemeinsam ein Süppchen gekocht?

Ach was, das ist absurd. Ich wische den Gedankengang weg und grübele. Ein Komplott der Drogenmaffia mit den PULG Banausen ergibt kein stimmiges Mosaik. Das Drogenkartell und die PULG sind sich spinnefeind. Diese Aasgeier kriegst du nicht gemeinsam ins Boot oder unter einen Hut. Deren Aktivitäten in die Quere zu kommen bedeutet, man bewegt sich auf gefährlichem Parkett. Wegen deren Interessenkollisionen herrscht Krieg auf der Insel. Die Existenz einiger Gehässiger steht auf dem Spiel. Der tote Werner war erst der Anfang. Okay, so wird ein Schuh draus.

Wo bin ich stehen geblieben? Egal. Ich weiß nur, dass ich nichts weiß. Sicher ist nur, das Walter erschossen wurde. Von wem? Das muss Fernando herausbekommen. Er ist der bezahlte Fachmann. Anna macht mir die Hölle heiß, rühre ich weiter mit der bisherigen Inbrunst im Verbrechenseintopf. Sie braucht einen stressfreien Urlaub zur Regeneration.

Ich schaue auf das Zifferblatt meiner Uhr. Was, schon fünf nach drei? O Gott, schaffen wir es noch rechtzeitig bis zum Hafen in Santiago? Der ist ein ganzes Stückchen entfernt.

Hurtig verlassen wir das Flugplatzumfeld, wobei ich die Belastung für die Wadenmuskulatur durch das unentwegte Bergabwärtssteigen unangenehm spüre. Allerdings verkneife ich mir meine Blöße und das Wehklagen. Das Ausflugsboot TINA legt in einer Stunde an der Mole des Hafenbeckens in Playa de Santiago an. Jetzt heißt es die Zähne zusammenzubeißen.

Und endlich den Hafen im Visier, sehe ich Rainer. Er sitzt am Anleger und hat das Gesicht tief in seine Hände vergraben. Tut er das aus Scham? Wie gehen wir mit ihm um? Einfach Schwamm drüber sagen und den Kopf in den Sand stecken?

Das soll Petra entscheiden. Er ist ihr Freund. Uns geht ihr seltsames Zusammenleben nichts an, nehme ich mich ins Gebet. Ich mische mich ungern in verworrene Beziehungsangelegenheiten ein, komme es, wie's wolle. Trotzdem bleibt ein fader Beigeschmack. Ich würde mich in ihrer Haut unwohl fühlen.

Und was macht Petra?

Für uns unbegreifbar fällt sie Rainer stürmisch um den Hals. Als ob nichts war. Spinnt sie? Kann sie nicht über ihren Schatten springen? Aus der Beziehungskiste soll man schlau werden.

Ich finde das Verhalten lächerlich, ja kindisch, aber ich sage nichts dazu. Verhaltenstipps könnten sich als Bumerang erweisen. Aus den

Augen, aus dem Sinn, denke ich, das passt wunderbar zum Liebesdrama. Auch Anna und Karla halten sich bedeckt.

Das Ausflugsschiff legt an und nimmt uns auf. Eine Berg- und Talfahrt aus seefahrerischer Sicht beginnt. Der Mageninhalt Annas hält dem Wellengang nicht stand, also tut sie was für die Möwen und kotzt über die Reling, und ich stehe kreidebleich daneben.

Schwer gezeichnet gehen wir nach dem halbstündigen Martyrium im Hafenbecken von Vueltas von Bord der TINA. Mit Anna und Karla marschiere ich gen Playa. Wir lassen das streitsüchtige Paar zurück, ohne es weiter zu beachten. Von den Verrückten haben wir die Schnauze gestrichen voll.

*

Es ist kurz vor Sonnenuntergang. Schon von Weitem sehen wir die auf uns wartende Vera vor der Casa Maria stehen. Sie sieht hübsch aus in ihren farbenfrohen Indienklamotten, vielleicht etwas gewagt und zu schrill. Mit ihrer Aufmachung konkurriert sie mit diesen hübsch gefiederten mittelamerikanischen Papageien. Ich vergleiche Vera mit einem rausgeputzten Paradiesvogel.

Als sie uns sieht, fuchtelt sie aufgescheucht wie solch ein Vogel mit den Armen herum. „Juhu, hier bin ich", ruft sie über die Playa. Vera hat sich anscheinend aus Vorfreude auf ihren Georg ein paar Gläschen Wein hinter die Kiemen gekippt.

Wir sind bei Vera angekommen, schon sprudelt aus Karla unser Abenteuer heraus: „Halt dich fest, Vera. Walter hat man in der Nähe Alajeros erschossen."

„Was?" Vera ist von den Socken. Trotz ihres Weinkonsums ist sie aschfahl geworden.

„Walter? Erschossen?"

Vera grübelt laut vor sich hin. „Hast du erschossen gesagt? Letztes Ostern habe ich mit ihm hier auf der Bank gesessen", redet sie konsterniert weiter und zeigt auf die schäbige Bank, die seit anno dazumal vor der Casa Maria steht. „Eigentlich wollte ich mit euch was futtern", schnattert sie wie eine Ente, „aber mit Walters Tod habt ihr mir den Appetit verdorben."

Karla wartet ab. Sie knetet sich die eingeschlafenen Finger und schaut zur Casa Maria hinüber. Als sie den erhofften Fernando nicht sieht, fragt sie die weiterhin fassungslose Vera: „Hast du Fernando gesehen?"

„Ja. Warum?"

„Ich will mit dem Ermittler über Walters Tod sprechen. Er muss eingeweiht werden."

„Vorhin war er noch da", antwortet Vera.

Das reicht Karla fürs erste, denn die merkt mit knurrendem Bauch an: „Fernando kann warten. Mein Magen ist leer. Ich brauche was Herzhaftes zwischen die Beißer."

Anna ist stimmlich angeschlagen. Vom Füttern der Fische fühlt sie sich hundeelend. „Okay. Essen wir in der Yaya Bar, dann ziehe ich mich um. Nach dem Sonnenuntergang treffen wir uns hier."

Anna zerrt Karla und mich ungestüm hinter sich her, was mir recht ist. Mich frisst der Heißhunger auf. Ich lechze nach den Chocos mit den unwiderstehlichen Papas Arogadas und der feurigen Mojo Soße.

3

Meine Chocos waren superlecker. Ich habe sie mit Hochgenuss verspeist. Danach verabschieden wir Karla, denn die eilt zu Manuel hinauf. Wir duschen im Studio und setzen uns mit frischer Kleidung auf den Balkon. Mit riesigem Interesse glotzen wir zur Casa Maria hinüber.

Weil ich unsicher bin, frage ich Anna: „Ist das Fernando?" Für mich lehnt der Spion mit einem Glas Rotwein am Gläserabstellfass, das neben der Eingangstür zum Schankraum steht.

„Natürlich ist er das", antwortet Anna.

„Dann lass uns rübergehen, denn Fernandos Alkoholpegel steigt", rege ich an. „Noch ist er für Fragen ansprechbar."

„Selbstverständlich tun wir das", unterstützt Annas mein Interesse. „Wir trinken unseren Aperitif vor der Casa Maria."

Eine halbvolle Mülltüte für die Abfalltonne geschnappt, geht's ab durch die Mitte. Um die Kakerlaken nicht anzulocken gehört der Abfall täglich entsorgt. Ich versperre die Tür zum Studio, dann eilen wir, mehrere Stufen auf einmal nehmend, hinunter zum Hauseingang und betreten die Promenade. Dort mache ich Dampf: „Hurtig. Bis zur Casa Maria ist es ein Katzensprung.

Auf halbem Weg treffen wir Karla mit Manuel, die wir zünftig begrüßen. Karla erklärt uns: „Ich habe Manuel in die Geschichte um Walters Tod eingeweiht. Und stellt euch vor, er will uns helfen. Er kennt Fernando ganz gut."

„Eine gute Idee", freue ich mich, einen Arm um Manuels Schultern gelegt. „Aber beeilen wir uns, sonst ist Fernando zu breit. Dann redet er nur Scheiß."

Die Trommler vor der Casa Maria, unter ihnen Ayram und die charismatische Esoterikerin Marita aus El Guro, die ihr Haus durch den Brand verloren hat, geben unter dem Beifall der Gleichgesinnten ihr Bestes. Am Firmament steht die glutrote Sonne in ihrer anbetungswürdigen Pracht. Keine Wolke verbaut den Blick auf den Horizont. Der gleicht einem tiefblauen Strich. Gleich versinkt der Feuerball hinter dem Meeresspiegel. Das Spektakel ist immer wieder ein ergreifendes Farbenspiel.

Nach der Veranstaltung stößt Vera zu uns. Sie hat die Nachricht von Walters Tod überwunden, denn sie strahlt wie ein Honigkuchenpferd.

Ihr Glück notdürftig verbergend, erklärt sie uns: „Georg trifft in drei Stunden an der Playa ein. Er kommt mit dem Spätbus aus San Sebastian. Vor fünf Minuten habe ich mit ihm telefoniert."

„Toll, Vera", sagt Karla. „Da hattest du Dusel. Wegen dem defekten Sendemast funktioniert das Telefonieren oft nicht. Aber zuerst zählt Fernando. Ich pirsche mich an ihn ran. Der steht auf mich."

Manuel ist hellhörig geworden. Das Gehörte hat ihm nicht gefallen, daher radebrecht er: „Nein, nein, lasst mich machen. Manuel gut in Gespräch."

Es ist eindeutig, dass Eifersucht sein Motiv ist.

„*Hola*, Fernando", begrüßt Manuel den Ermittler. „*Que tal*? Reden wir deutsch?"

„*Por que*?"

„Sehr gut, dann können Freunde aus Deutschland mithören."

Manuel zeigt reihum auf uns. „Die haben wichtige Neuigkeiten für dich."

Der verdeckte Ermittler stutzt. Unsicher blickt er in alle Richtungen, doch kein Neugieriger schaut zu uns rüber. „*Claro*, Manuel", willigt er ein und nestelt linkisch am Gürtel in seinem Hosenbund herum. Der sitzt ihm zu locker. Dann wendet er sich an uns und sagt mit den Wimpern zuckend: „*Que pasa*? Was ihr wollen wissen? Wegen Mord bei Alajero ich kann sagen, ich arbeite."

„Ach, komm schon", werde ich ungeduldig. „Mach das Maul auf und rede."

Das war unverschämt, taktisch total unklug und dämlich. Ich habe Fernandos Gegenwehr provoziert, anstatt Sympathie zu gewinnen, was uns weitergeholfen hätte. Noch dazu frage ich den Spion ziemlich unverblümt: „Wer hat Walter erschossen?"

Es wird mucksmäuschenstill. Niemand sagt was. Nur das quietschende Bewegen der Hocker im Schankraum stört die Stille, dazu das Rauschen des Meeres. Doch Fernando macht keine Anstalten, die Geräuscharmut zu beenden. Er fährt sich mit dem Handrücken über den Mund, dabei erkenne ich sein Erstaunen im Gesicht, als er zurückfragt: „Woher weißt du Walter?"

„Wir haben den Toten bei Alajero gefunden."

„Was? Das ward ihr? Ihr habt ihn gefunden?"

„Ja, wir."

Mit einem lauten Krachen schmettert Fernando sein Weinglas auf das Fass und überlegt, dabei schaut er mich wie ein Habicht an.

Dennoch rückt er mit der Wahrheit raus: „Du recht hast. Toter ist Walter. Er Dealer und Tod verdient. Der in *La Prison*, äh, Gefängnis gehört. Aber wer ihn macht tot? *No se*. Ich nicht wissen."

Mit der linken Hand deutet der Geheime auf den leerstehenden Neubauappartementkomplex neben der Casa Maria. Das Gebäude ist ein typisch spanischer Immobilienskandal. Nur ein Ladenlokal in der Tiefparterre ist vermietet. Zehn Läden stehen leer und etwa vierzig Appartements sind unbewohnt. Der Komplex ist eine der unzähligen Bausünden, die auch vor La Gomera nicht halt gemacht haben. Mancher Geschäftsmann steht vor dem Ruin.

„Das Ding Pedro gehört", fährt Fernando fort. „Pedro ist pleite. Er supernervös. Geht an Krückstock. *Como se llama esto?*" Er lacht verächtlich. „Aber Pedro sich nicht selbst umbringen, lieber er bringt Anderen um."

O Gott, o Gott, das soll einer verstehen. Kann uns die Information weiterhelfen? Ich erkenne keinen Zusammenhang mit dem Mord. Was sagt uns die Skandalbausünde? Warum macht uns Fernando auf Pedro aufmerksam? Warum lenkt er den Verdacht auf Pedro? Auch Karla macht sich keinen Reim darauf.

Aber sie ist geradeaus und trägt das Herz am rechten Fleck. Also hakt sie ungestüm nach: „Gehört Pedro zur PULG?"

Die Schultern des Spions durchfährt ein Zucken. Wahrscheinlich unbeabsichtigt, dennoch habe ich es bemerkt. „*Si, claro*", sagt er. „Vielleicht Pedro, Kleber und Alonso auch. Ich nicht wissen. Nicht das beweisen kann."

Unvermutet ist aus Fernando eine Labertasche geworden, aber seine Andeutungen sind zweideutig, unpräzise, und dementsprechend unbrauchbar. Liegt es am reichlich konsumierten Rotwein?

Immerhin hat der ihn redselig gemacht, so plappert er ungeschickt: „Sorge macht Heim für Hippies an der Playa. PULG-Leute will die Hippies Teufel jagen. Schaden Geschäft. *Esta bien asi*? Sagt ihr das so? Drohbrief an La Familia ich kann zeigen."

Aha, überlege ich. Endlich wird's handfest. Die PULG Aktivisten sind in Rage. Sie verstehen keinen Spaß und haben von den vielen Zottelköpfen die Schnauze voll, was wiederum den Drogenbaronen missfällt. Die denken wie das Zitat: Von nichts kommt nichts. Sie brauchen einen Absatzmarkt und der sind die Freaks. Irgendwie ist das kein Klatsch und Tratsch, denn die Zusammenhänge sind für jeden nachvollziehbar.

Bedauerlicherweise für die Drogenmaffia verhält sich der einfache Pauschaltourist entgegengesetzt zu den Freaks. Der schnieft höchstens mal hier und da. Kleinvieh macht zwar auch Mist, aber für Profi-Dealer ist das uninteressant. Es ist zum Sterben zuviel und zum Leben zu wenig. Die PULG Mitglieder dagegen sehen das einfacher. Die sagen klipp und klar, der Drogen-Kladderadatsch hat von der Insel zu verschwinden, ohne Widerrede. Mit ihrer Sturheit machen sie den Kriegszustand wahrhaftig. Und Walter war zwischen die Fronten zu geraten. Das hat er mit dem Leben bezahlt. Es liegt also nahe, dass es weitere Tote geben wird.

Ich lege die Stirn in Falten und wende mich an Fernando: „Du weißt also nichts über den Mord, auch nichts über den Täter oder die Täter. Und wie sieht deine Suche nach dem Brandstifter aus?"

„*Yo trabajo*. Ich arbeiten."

Mehr Geistreiches sprudelt nicht über Fernandos Lippen, daher werde ich resolut: „Herr Gott noch mal, das soll arbeiten sein? Leg endlich eine Schippe drauf."

Doch der Spion winkt ab und antwortet knapp: „*La excusa.*"

Herr im Himmel, was Fernando denkt, sieht man ihm an. Warum sollte ich den Deutschen vertrauen, geht ihm durch den Kopf. Davon halte ich gar nichts.

Mit dieser Einstellung fertigt mich Fernando ab: „Du frech", sagt er. Dann schwankt er in den Schankraum und bestellt sich ein weiteres Glas Wein.

Und was mache ich?

Ich murre, was man im Schankraum vernehmen kann: „Dein dumm Rumstehen soll arbeiten sein? So einer wie du wird die Kastanien niemals aus dem Feuer holen."

Woraufhin sogar die den Spion anhimmelnde Karla mit der abfälligen Reaktion auffällt: „So ist es, Fernando. Du enttäuschst mich. Aber mittlerweile erwarte ich nichts anderes von dir und das ist schade. Ich dachte, in dir steckt ein echter Kerl."

Sie dreht sich abrupt um und hängt sich ihre Jeansjacke über, dabei fordert sie uns auf: „Kommt, wir gehen zur Casa la Familia, dem Heim für Hippies. Sie sind die Bedrohten. Womöglich wissen die, inwieweit es in der Takelage brennt?"

Den Ermittler nicht weiter beachtend, schließen sich Anna, Vera und Manuel der davon stürmenden Karla an. Und da auch ich hinter Karla herhaste, kommen wir zusammen an der Hippieburg an.

Die Casa la Familia, eine frühere Autovermietung zwischen der Playa und La Puntilla, ist heute ein Zankapfel, und der ist geschätzte hundert Meter von der Casa Maria entfernt. Neben der bemalten Mauerumrandung am Eingang hocken zwei Langhaarige, beide mit beeindruckender Mähne. Sie sprechen Englisch miteinander. Die gezwirbelte Lockenpracht des einen ist wahrlich imposant, denn die reicht ihm bis zum Hintern.

Überrascht stelle ich fest: „Mensch, Anna. Schau mal, der Bob Marley Verschnitt wohnt bei uns im Haus."

Über den Engländern hängt ein Konzerthinweis. Demnach treten sie am späten Abend mit ihrem Reggae Programm in der Casa la Familia auf. Mit den spärlichen Einnahmen aus Getränken finanziert sich das Unternehmen Menschenfreundlichkeit.

Das Innere der Trutzburg wirkt schmuddelig. Alte und schäbige Teppiche dienen als Sitzgelegenheit. Zwanzig Bewohner schlafen in den kaputten Wohnwagen, und Treffpunkt auf dem Gelände ist eine umlagerte Feuerstelle. Als Aufnahmestelle fungiert ein ausrangierter Baucontainer am Eingang. Vor dem sitzt die Leiterin. Gunda heißt sie. Sie lebt seit mehreren Jahren im Tal. Ihre vermögenden Eltern starben bei einem Verkehrsunfall, seither ist sie sozial aktiv. In Sachen Betreuung hat sie ein dickes Fell.

Gunda steht auf und räumt auf. „Mach dir bitte keine Umstände wegen uns", versucht Karla sie davon abzubringen. „Das können doch die Bewohner machen."

Und diese Äußerung reicht. Gunda hat sofort ein Ohr für uns. Sie wird auch nicht grantig, als Karla sie fragt: „Was läuft zwischen euch und den Einheimischen ab?"

Gunda überlegt kurz, dann fragt sie: „Wen meinst du mit Einheimische? Etwa die Bonzen?"

Sie holt tief Luft, dann gibt sie zu: „O ja, da kam es zu diversen Reibereien. Zum Beispiel Strafmandate wegen unerlaubtem Zettel-Verteilen. Dann gab es Abfackelandrohungen und weiß der Henker was. Aber Erwins Verschwinden geht über das übliche Maß hinaus."

„Was ist mit ihm?"

„Erwin ist weg, spurlos verschwunden", betont Gunda und macht eine in die Weite deutende Bewegung. „Er hat sich in Luft aufgelöst und darüber mache ich mir Sorgen."

Erwins Verschwinden ist mal eine Hausmarke, denke ich. Mit der kann ich was anfangen, allerdings sagt mir sein Name nichts, deshalb frage ich Gunda: „Wer ist das, dieser Erwin? Was macht der so?"

„Nun ja, was soll ich sagen."

Gunda grübelt, dabei wurstelt sie sich den auffällig bestickten Rock zurecht. Danach erklärt sie uns: „Erwin sieht verwegen aus, aber er hat was auf dem Kasten. Der war in der Heimat mal Anwalt, oder so was. Mich hat er in Rechtsdingen perfekt beraten."

„Und das stört deine Gegner."

„Natürlich", poltert Gunda aufgeregt. „Erwin hat tolle juristische Tricks drauf. Damit hat er das Nervenkostüm der PULG-Bagage mächtig strapaziert."

„Da haben wir's wieder. Die Bezeichnung ist allgegenwärtig. Wo man hinhört, überall PULG und nochmals PULG", kommentiere ich ihre Frotzelei. Der Name des Vereins hat meine Herzschlagfrequenz verdoppelt. Bisher aber ist mir der Erklärungswust der guten Gunda zu schwammig, weshalb ich sie gezielt frage: „Nimmt der Erwin Drogen? Wie stand er zu Walter? Waren sie dicke Freunde?"

„Wieso waren?" Gunda ist erstaunt.

„Walter wurde mit einem Schuss in die Stirn hingerichtet", erkläre ich ihr die Todesursache. „Wusstest du das nicht?"

„Aber nein", staunt Gunda. „Er wurde hingerichtet? Wie schrecklich."

Ist Gundas Ahnungslosigkeit echt?

Und Gunda versucht sich als ehrliche Haut, als sie auf die Freundschaft zwischen Erwin und Walter antwortet: „Meines Wissens verstanden sich die Burschen gut. Na ja, und das mit den Drogen. Wer kifft hier nicht?"

Tja, das hatte ich erwartet. Und da wir gerade bei der Ehrlichkeit sind, bringe ich Gunda die Todesursache nahe: „Wir haben die verkohlte Leiche Walters bei Alajero gefunden. Mensch, Gunda, der hatte ein Loch in der Stirn. Warum?"

Doch anders, als ich's erwartet hatte, reagiert Gunda unaufgeregt: „Ja, ja, er ist eben tot. Na und?"

Die Frau ist das Gegenprodukt eines Sensibelchens. Verspielt lässt sie ihre bunte Perlenkette durch die Hände gleiten. „Mag sein, dass ich ihn nicht mochte", gibt sie zu. „Außerdem habe ich es geahnt. Das er auf der Abschussliste stand ist ein offenes Geheimnis."

Tja, überrascht zeigt sich Gunda wahrlich nicht, als sie ergänzt: „Bei uns in der Casa la Familia regiert die Angst, wegen Erwins Verschwinden. Hier hausen Weicheier ohne Arsch in der Hose. Jeder denkt, er könnte der Nächste sein. Höchstwahrscheinlich hat man auch Erwin umgebracht."

„Mal nicht den Teufel an die Wand", beschwichtige ich, obwohl ich ähnlich denke. „Oder hast du einen bestimmten Verdacht?"

Ein im Hintergrund gebliebener Zuhörer richtet sich auf. Er kommt zu uns rüber und stellt sich zu uns. Schutz suchend fasst er Gunda an den Arm. „Du, Gunda", sagt er stark nuschelnd. „Der Erwin wollte Walter in Alajero suchen."

„Warum?" Gunda motzt. „Spinnt der?"

„Erwin hat nicht gesagt, warum", antwortet der Mitteilsame. „Hoffentlich ist ihm nichts Schlimmes zugestoßen?"

„Walter ist tot. Ich habe es gerade erfahren."

„O nein", jault der Mitteilsame. „Dann weilt der arme Erwin auch nicht mehr unter uns? Und das nur, weil wir den PULG-Kanaken ein Dorn im Auge sind."

„Das wird wohl so sein." Gunda spricht es sehr leise aus und nimmt den Betroffenen in den Arm.

„Da haben wir's", stöhnt Karla. Und Manuel, der interessiert zugehört hatte, schüttelt den Kopf. „*Hombre*, die Saubande", mault er. „Alle Angst haben vor PULG. Das mit Erwin müssen sagen Fernando. Er soll wissen."

„Genau, Manuel", springe ich ihm bei. „Das sehe ich ähnlich. Inzwischen bin ich klüger geworden. Wir sollten versuchen, Fernandos Vertrauen zu gewinnen. Mal sehen, ob's hilft."

Innerlich sträube ich mich zwar, mir den Fehler einzugestehen, denn langsam wird mir der Bedeutung des Spions bewusst, daher schmiere ich Manuel Honig um den Bart: „Mit Fernandos Präsenz werden die Erfolgsaussichten größer."

„Fernando ist guter Mann", springt Manuel darauf an und klopft sich auf die Brust.

Und diese Reaktion ist Wasser auf meine Mühle. Trotz allem, die Friede, Freude, Eierkuchen Scheiße lehne ich strikt ab. Skepsis bleibt oberstes Gebot gegenüber dem Agenten. Doch die Vorbehalte drücke ich kameradschaftlich aus, indem ich Manuel eine Hand auf die Schulter lege und ihn frage: „Wie siehst du das, altes Haus? Kann man dem Suffkopf trauen? Könnte auch Fernando im Korruptionssumpf stecken?"

Manuel wehrt ab: „Fernando und Korruption? Niemals."

Habe ich Manuel beleidigt? Warum schaut er mich überrascht an? Mit dem Begriff Korruption kann er zwar was anfangen, aber nicht mit der Wortwahl „altes Haus". Für einen Nichtdeutschen entbehrt sie jeglicher Logik. Bin ich mit dem alten Haus gemeint, wird er denken. Mit sichtlicher Beklemmung wendet er sich ab und hüllt sich in Schweigen.

Auch ich schweige, dafür verweist mein Kleinhirn auf kompetente Erfahrungswerte: Korruption ist eine spanische Errungenschaft. Man darf es nicht verwechseln mit dem sinnvollen sich unter die Arme greifen. Das hat nichts mit Korruption zu tun. Sich helfen ist vertretbar und wichtig.

Und die Spanier ist Bestechung und Schmiergeld ein legitimes Mittel. Sie haben sich daran gewöhnt und sind abgestumpft. Eine Hand wäscht die andere. Das ist eine gängige Faustregel, die Immobilienblase als Beweis. Aber wäre es normal, würde sogar Fernando die Hand aufhalten? An diese Möglichkeit will ich keinen weiteren Ge-danken verschwenden.

Tristesse kommt im Urlaub jedenfalls nicht auf, dafür ist gesorgt, schließlich gibt es einen Killer auf der Insel. Jeder könnte es sein. Man erkennt ihn nicht. Nur eins ist sonnenklar: Walter wurde hinge-richtet und wir stolpern zwischen ungelegten Eiern herum. Gegen Annas Willen bewegen wir uns in einer Endlosschleife. Gerät man in deren Strudel, dann gibt's kein Entrinnen. Jedes Verbrechen übt eine unerklärbare Faszination aus. Die Krimis über Gewaltexzesse, Psychopaten, Sexualmorde und über Morde als letzten Ausweg sind Bestseller. Und in fast allen Handlungen geht es um die Suche nach Erfolg und Macht. Und was ist mit mir? Was treibt mich an? Womit befreie ich mich von der Sucht nach dem Ermitteln?

Uneigennützig versucht Anna mir aus dem Schlamassel zu helfen, doch die Liebesmühe ist vergeblich. Eher das Gegenteil ist der Fall. Selbst das mir den Vogel zeigen nützt nichts. Mit der Nachricht von Erwins Verschwinden hat sich mein Aufklärungsdrang in unüberbietbare Höhen geschraubt. Vielmehr ist es an der Zeit herauszubekommen, wie La Gomera in der jetzigen Phase tickt.

Wir verabschieden uns von Gunda mit dem Versprechen, später noch mal reinzuschneien, dann schlendern wir diskutierend zurück zur Casa Maria.

*

Vera macht uns darauf aufmerksam, dass ihr Freund jeden Augenblick mit dem Linienbus ankommt. Also warten wir mit ihr. Wir warten und warten. Es ist zum Haare raufen. Und wir warten. Die Ankunftszeit verstreicht, doch weder der Bus aus San Sebastian erscheint, noch ruft der Bursche an.

Fernando hat Schlagseite. Er schwankt wie ein Grashalm im Wind. Verzweifelt klammert er sich an das überdimensionale Bierfass. Ich wage es nicht, ihn während der Sensationsschnulze „Kommandante Che Guavera", anzusprechen, denn der Spion verdreht schmachtend und mitsummend die Pupillen. Zudem stehen zu viele Einheimische um ihn rum.

Bei seinem Anblick fuhrwerkt mir durch das Gehirn: In manchen Dingen sind die Gomeros ein gewöhnungsbedürftiges Völkchen. Vieles an ihnen bleibt mir ein Rätsel. Auch bei Fernando blicke ich nicht durch, denn arbeiten ist das nicht, was er allabendlich vorführt. Für das, was der Mann veranstaltet, dafür gibt es eine unverwechselbare Wortwahl: Besaufen nennt man das.

Natürlich ist La Gomera unvollkommen, doch der Mix aus Einheimischen, Residenten, Wanderern und Freaks macht das Flair des Valle aus. Mich stört kein Kiffer. Nur die Hetzkampagne, die von der deutschen Öffentlichkeit gegen sie betrieben wird, geht mir gehörig gegen den Strich. Demnach ist jeder Kiffer drogensüchtig, während auf Oktoberfesten lustig vor sich hingesoffen wird. Ich stelle mir vor, es gäbe eine Art Anti-Wiesn. Dort würden anstelle von Bier nur Joints verkauft. Wo gäbe es mehr Gewalt? Na wo? Und wo gäbe es mehr Verletzte und kollabierte Vollrauschzombies? Ich wette, die Wiesn für Kiffer schneidet besser ab.

Aber sei's wie es ist. Ich schlage mich niemals auf die Seite der Drogenbarone. Es gibt gute Möglichkeiten, ohne die Auswüchse mit Alkohol und den Drogensalat glücklich zu werden. Ein perfektes Beispiel ist die Liebe. Und als wolle ich es beschreien, bestätigt mich das herbeigesehnte Ereignis, denn der verspätete Linienbus aus San Sebastian fährt vor und Georg steigt aus.

Das ist also Georg. Das Gespanntsein auf ihn hat ein Ende und der Kerl sieht verdammt gut aus. Stolz trägt er eine hellgraue, kurze und wuschelige Haarpracht zur Schau, die ihm ausgezeichnet steht. Dazu ist er eine Sportskanone. Sein durchtrainierter Körper deutet den Extremradler an.

Oh, la, la, Vera. Was für ein optisches Prachtexemplar hast du dir da geangelt? Ob das gut geht? Und mir fällt auf, das mit Vera und Peter zwei extravakante Charakter aufeinanderprallen. Ich bin weit entfernt davon zu unken, aber Skepsis ist angebracht.

Wir trinken auf die Ankunft und prosten uns zu. Anna und die anderen bleiben beim Wein, ich gönne mir zwei Baileys aus riesigen Kognakschwenkern. Wir schwatzen durcheinander und machen unsere Späße, was die Musiker nervt, doch das stört uns nicht die Bohne. Wir kennen ihre Programmfolge in und auswendig. Zum Abschluss erklingt ein Schunkellied aus dem Kölner Karneval auf Spanisch, dann ist es elf Uhr.

Schluss der Vorstellung. Pepe und seine Erfolgsband packen ihre Instrumente ein, und das viel zu früh und überwacht von der Guardia civil. Was treiben die überhaupt an der Casa Maria? Die Uniformierten sollten sich besser um die Mordhintergründe bezugnehmend auf Walter kümmern.

Vera und Georg setzen sich knutschend an den Strand. Liebe ist schön. Ich hocke mich mit Anna, vom Liebespaar animiert, auf die Befestigungsmauer der Promenade, von der aus bewundern wir die Wellen und das Sternenmeer am pechschwarzen Himmelszelt. Unser Aufenthalt könnte die pure Erholung sein, geht mir durch den Kopf, würde mich das Chaos um Walters Tod und Erwins Verschwinden unberührt lassen. Aber ich bin infiziert. Was soll aus dem merkwürdigen Urlaub nur werden? Was steckt hinter den Wirren? Wie geht das Hauen und Stechen zwischen den Interessengruppen aus? Erle-ben wir während unserer Anwesenheit das Ende, oder zieht man uns sogar in die Kriegswirren hinein?

Jeder Krieg ist eine Niederlage des menschlichen Geistes. Und trügt uns der Schein nicht, dann geht's beim Kriegführen meist um drei Dinge. Geld, Geld und nochmals Geld.

4

Wer klopft da so ungestüm gegen die Studiotür? Wir sitzen aufgeschreckt im Bett. Unser Vermieter? No, no, so etwas hat er noch nie gemacht. Und unsere Putzfrau Conchita? Für die ist es zu früh, außerdem ist sie erst am folgenden Tag mit der Studioreinigung dran. Wer dann?

Ich öffne und blicke in die hartgesottene Visage eines Mannes der Guardia civil.

„*Buenos dias*", begrüßt mich der Gorilla, worauf ich mit „*Hola*" zurück grüße.

Ich fühle mich in den Arsch gekniffen. Beurteile ich die Miene des Bullen richtig, dann wedelt er gleich mit dem Haftbefehl, suggeriert mir mein Entsetzen. Wird uns das Auffinden Walters zum Verhängnis? Schiebt man uns den Mord in die Schuhe? Legt uns der Bulle Handschellen an?

Nicht lange überlegt, äußere ich mich hektisch: „*Que pasa*? Was wollen sie?" Dabei sehe ich aus, als hätte ich mit Zitronen gehandelt, doch Anna beruhigt mich: „Warte erst ab, was er will."

Ergo bitte ich den Polizisten herein.

Der Störenfried verlangt unsere Pässe.

Wir reichen sie ihm.

Der Mann in Uniform schaut sie sich an, sehr lange, dann lockern sich seine Gesichtsmuskeln. Die Pässe sind in Ordnung. Er zeigt sich zufrieden und reicht sie uns zurück. Danach erfahren wir beim Gespräch mit zigtausend Hindernissen den Grund seines Überfalls.

Und mit welchem Ergebnis? Der Uniformierte lädt uns vor in die Polizeistation in einer Stunde. Dann verabschiedet er sich mit „*Hasta luego*."

Wir sind sprachlos. Draußen sitzt eine Möwe auf dem Balkongeländer und die Tauben gurren.

„Das ist Schikane, nichts als Schikane", betont Anna und scheucht den Vogel weg. „Die Tunichtgute sind kleinkariert. Sie begreifen partout nicht, dass sie erfolgversprechenderen Spuren nachzugehen haben, als sich mit uns zu befassen."

„Das sehe ich genauso", greife ich den Faden auf. „Die Guardia civil ist berühmt für Fisimatenten. Damit vergraulen sie die Urlauber. Sogar beim Evakuieren während des Brandes haben sich die Bullen allerhand Feinde gemacht."

Ich denke an den toten Walter und an den verschwundenen Erwin. Was sind die Hintergründe? Und wo bleibt die erfolgversprechende

Spur? Erfahren wir im Präsidium mehr? Trotzdem ist die Störung am frühen morgen ein Ärgernis.

In Windeseile geduscht, schmeißen wir uns in tadellose Klamotten. Mit denen wollen wir Eindruck schinden. Dann trinken wir ein Glas Orangensaft, das reicht fürs erste. Alsdann beeilen wir uns, die Polizeistation hinter der Playa aufzusuchen, dazu brauchen wir drei Minuten. Und die erreicht, gehen die Unverschämtheiten auf keine Kuhhaut, denn der Chef der Guardia civil, auf dem Namensschild an der Tür steht Gonzales, bittet mich allein zu sich und lässt mich seinen Unmut spüren.

Zornig fragt er: „*Habla espanol*?"

„*No*", antworte ich sachgemäß und frage unschuldig in deutsch: „Sie wollen mich sprechen? Was ist..... ?"

„Herrgott noch mal", schimpft der Oberbulle. Er ist der deutschen Sprache mächtig. „Packen Sie aus, was sie in Alajero wollten? Nennen Sie mir irgendwas, was Sie entlastet, sonst behandele ich Sie wie einen Mörder, oder Sie machen sich wegen Verdunkelung strafbar."

„Äh...., wir ..... ."

„Nichts, äh."

Gonzales knurrt: „Was haben Sie dort gemacht? Einen Erschossenen findet man nicht zufällig. Und dann der Notruf. Der war doch wohl die perfekte Finte."

Ich bin nicht der vielzitierte deutsche Panzer, aber mein Immunsystem ist intakt. Ruppig antworte ich: „Das ist die Höhe. Etwas groteskeres habe ich noch nie erlebt. Wollen sie mich mit ihrer schrägen Psychologie aufs Kreuz legen? Ich habe mit dem Mord nichts zu tun."

Doch mein Redeschwall bleibt wirkungslos, denn Gonzales nörgelt: „Das sagt jeder."

„Darüber kann ich nicht lachen", ergänze ich. „Warum soll ich oder einer von uns den Mord begangen haben? Nun sagen Sie's schon, warum?"

„Das weiß ich noch nicht", krächzt Gonzales, „aber ich kriege es raus."

„Ach was, das ist Quatsch", wehre ich mich. „Wir waren auf der Wanderung vom Roque de Agando nach Playa de Santiago. Mehr war da nicht."

Fällt bei dem Wüterich der Groschen? Natürlich nicht. Meine Rechtfertigungen machen das Logikgenie eher grantiger.

„*La mentira.*" Es war ein Fluch des Chefs der Guardia civil, dann brubbelt er: „Ihr Wanderdrang interessiert mich nicht. Was war in Alajero so wichtig? Ging's um Drogen? Ein Mord passiert nicht alle Tage."

Ich schnappe nach Luft. Doch anstatt loszudonnern, mime ich den Spielverderber und puste die Luft provozierend in die Richtung des Bullen. Und der Rest ist Schweigen, weil ich mich ihm verweigere.

Und wie reagiert Gonzales?

Der hat sein Pulver verschossen. Hunde die bellen, beißen nicht. Mit den Fäusten in die Hüften gestemmt und stockfinsterer Miene entlässt er mich aus seinen Fittichen.

Als ich hinausgehe bedeckt graue Asche meine Gesichtszüge. Auch Anna wirkt blass wegen meiner Leichenmiene. Behutsam wende ich mich an die Erblasste: „Wie einen Meuchelmörder hat mich Gonzales behandelt. Stelle dir das vor, ich soll mit seiner Fasson selig werden, aber der kann mich mal. Ehrlich währt am längsten, nur das zählt."

Annas Lachen klingt gallig: „Ha, ha, ha."

„Ach Gott", hole ich sie auf den Boden zurück. „Mach dir keine Sorgen. Der Spuk ist bald ausgestanden. Aber was führt der Idiot im Schilde?"

„Ich habe keinen blassen Schimmer", antwortet Anna.

Und ich spekuliere: „Gonzales nimmt uns die Wanderung nicht ab, weil er mit leeren Händen da steht und er jemanden ans Messer liefern muss, egal wen."

Anna hüstelt.

Dann betont sie: „Wahrscheinlich steht der Oberschmierfink auf einer fragwürdigen Gehaltsliste. Was sonst ist der Grund für seine Vorgehensweise? Aber auf wessen?"

Sie wendet ihr besorgtes Gesicht ruckartig ab.

Im Vorzimmer treffen wir Karla, Petra und Rainer. Die hatte man ähnlich rabiat aus dem Bett geholt. Doch höre und staune, Petra und

Rainer sitzen händchenhaltend wie ein frisch verliebtes Paar nebeneinander. Sie sind wieder ein Herz und eine Seele.

„Der Oberbulle ist heimtückisch", erläutere ich ihnen. „Er bringt uns mit dem Mord an Walter in Verbindung. Oder er will uns lästige Mitwisser loswerden. Das Erwin verschollen ist, davon weiß er nichts."

Spontan fällt mir ein Spruch von Kurt Tucholsky ein: Der Vorteil der Klugheit liegt darin, dass man sich dumm stellen kann. Das Gegenteil ist schon schwieriger.

Nachdem auch die anderen das Drama mit Gonzales durchgestanden haben, gehen wir missmutig von der Polizei vor zur Promenade. Ein gemeinsames Frühstück vor der Yaya Bar soll den Trübsinn wegwischen.

Und wir haben uns kaum an einen Tisch gesetzt, stelzt Kleber vorbei, die graue Eminenz des Valle. Er sieht uns, bleibt nachdenkend stehen, dann strafft er sich und schreitet majestätisch zu uns rüber. Mit den Augen rollend baut er sich aufplusternd vor uns auf.

„Mischt euch nicht in Dinge ein, die euch nichts angehen", zischt er Gefahr verspritzend wie eine Viper, dabei streicht er sich seine halblangen Haare aus dem Gesicht. „Macht euren Urlaub, aber mehr nicht. Schreibt euch das hinter die Ohren."

Er dreht sich mit Hüftschwung um und verschwindet in Richtung seines Geländewagens.

Verhält sich so jemand, der koscher ist, denke ich. Dann resümiere ich gegenüber den anderen den einschüchternden Auftritt. „Was sollte das werden? Was für eine Laus ist dem über die Leber gelaufen? War's eine Drohung?"

„Hörte sich so an", sagt Anna.

Und ich frage mich: „Aber weshalb ist er übernervös? Steht ihm dass Wasser bis zum Hals?"

„Da ist was dran", redet mir Anna in die Karten. „Im Valle munkelt man, Kleber hat sich verspekuliert. Die umgebaute Bananenverladestation bei Vallehermoso ist ihm ein Klotz am Bein."

„Ja klar", weiß Petra. „Durch den Brand bleiben die Qualitätstouristen weg. Die Geschäfte laufen höchstens so lala. Seine Appartements stehen leer."

Und Anna merkt an: „Dem geht der Arsch auf Grundeis, weil die Angriffe auf das Anwesen der Casa la Familia nicht fruchten. Die Freaks bleiben, obwohl sie die Hosen voll haben."

„Ja, sauber", bemerke ich dazu. Ich fahre mir betroffen durch die Haare, als ich ergänze: „Das Verschwinden Erwins ist ein Verzweiflungsakt. Vielleicht hat Kleber neben Walter auch Erwin locker um die Ecke gebracht?"

Und das Spekulieren geht weiter, da Karla vollendet: „Und nachdem er auch Erwin hingerichtet hat, hat er ihn in seine Geländekiste verfrachtet. So war's. Aber wohin bringt man eine Leiche? Wir müssen Erwin finden."

„Ach ne", meutert Anna. „Spielen wir Spürhund? Nein, nein, nicht mit mir. Ich will keinen Abenteuerurlaub, sondern Ruhe."

„Relaxen kannst du später zur Genüge", beschwichtige ich. „Sobald wir die Bullen los sind schonen wir uns. Aber mich beunruhigt, wie aggressiv Gonzales mich angegangen ist."

Worauf mich Karla bestätigt: „Richard hat recht. Ohne Eigeninitiative kommen wir aus der Sache nicht raus. Nehmen wir uns Gunda noch mal zur Brust."

„Ja, Karla", setzte ich den Schlusspunkt. „Genau das lag mir auf der Zunge. Ich gehe zu ihr. Vielleicht erinnert sich Gunda an für uns wichtige Abläufe. Irgendeinen Fehler hat der Mörder gemacht."

5

Das Frühstück hat gemundet. Und es ist ein wunderschöner Tag, als die Sonne über der Montana de Guerguenche aufgeht. Das sanfte Wellenplätschern lädt zu längeren Badeeinlagen ein und der witzige Wirt der Yaya Bar spielt mit seiner schwarzweißgefleckten Katze. Die klettert auf seinen Wunsch und der Mithilfe eines Palmwedels an der vor dem Lokal stehenden Palme hinauf.

Tja, La Gomera könnte die heile Welt sein, hätte uns das Auffinden Walters nicht in die Verdächtigungsmaschinerie der Guardia Civil geraten lassen. Die Schikanen des Oberbullen beeinträchtigen unser Wohlbefinden. Dazu beschäftigt mich Erwins Untertauchen. Wo steckt der Freak? Dazu kommt Klebers merkwürdiges Verhalten. Der Mann ist eine Wundertüte. Man weiß nie, was drin ist. Aber hat er das Recht, uns zu bedrohen? Und was bezweckt er damit? Sollten wir die Finger von den Ungereimtheiten lassen?

Während die anderen ihre Badeutensilien holen, gehe ich zu Gunda in die Casa la Familia. Sie sitzt beim kargen Frühstück mit den vom Alkohol gezeichneten Mitbewohnern zusammen. Als ich freundlich grüße und in die Runde trete, steht sie auf. Sie nimmt meinen Arm und geht mit mir ein paar Schritte, wobei sie fragt: „Na? Schon so früh unterwegs?"

Ich erkläre ihr mein frühes Erscheinen: „Gegen acht musste ich zur Guardia civil. Gonzales macht mir die Hölle heiß, nur weil wir den Walter gefunden haben. Der Bulle hat Stroh im Hirn."

„Ja, ja, so bescheuert kennen wir ihn", grunzt Gunda, womit sie mich zur Initiative veranlasst. „Das glaube ich dir. Aber nun zu was anderem. Ist dir an Erwin vor seinem Verschwinden irgendwas aufgefallen? War er anders als sonst? Jede unbedeutende Äußerung kann helfen."

„Nun ja", druckst Gunda herum, denn sie fühlt sich unwohl. „Der Kleber war kurz bei ihm."

„Wer? Klaus Kleber?"

Ich glaube, mein Schwein pfeift. Habe ich mich verhört? Wegen der Ungewöhnlichkeit des Vorgangs hake ich nach: „Sag das noch einmal."

„Warum?" Gunda bekommt Kulleraugen. „Hat Kleber eine ansteckende Krankheit oder ein anderes Gebrechen?"

„Quatsch nicht dumm."

Energisch sorge ich für den angemessenen Respekt, dann frage ich Gunda: „Was wollte er von Erwin?"

Zuerst windet sie sich um eine Antwort herum, doch dann erzählt sie ohne Scheu: „Ich weiß nur eins, Erwin war hinterher verstockt. Richtig ekelig. Aber irgend ein anderer hat ihn am Tag des Abtauchens abgeholt."

„Er wurde abgeholt?"

Ich hebe die Lider und starre sie verständnislos an, denn ich will es nicht glauben. „Weißt du von wem? Und warum hast du uns nichts gesagt?"

Worauf Gunda ihr weises Haupt schüttelt. „Weshalb sollte ich? Erwin war auf einmal weg. Außerdem war ich nicht da."

„Verstehe, du warst nicht da. Und deine Schluckspechte? Haben die was mitbekommen?"

„Vergiss die Saufsäcke." Gunda macht eine abwertende Handbewegung. „Aus denen kriegst du nichts raus. Die sind zwar meschugge, aber nicht lebensmüde."

Gunda hat mich von der Zwecklosigkeit überzeugt, ihre Kumpane in den Schwitzkasten zu nehmen, so sage ich mehr zu mir selbst: „Wer sitzt da mit wem im Boot?"

Doch meine Frage kaum ausgesprochen, beschleicht mich ein seltsames Gefühl, weshalb ich Gunda frage: „Hat man Erwin für sein Untertauchen eine Menge Stoff angeboten? Hand aufs Herz. Was denkst du?"

„Mit harten Drogen kannst du Erwin nicht kommen."

„Dann war's Geld?"

„Niemals. Das bedeutet ihm nichts."

Herrgott noch mal, wo ist die Lasche zum Nippel?

Ich denke nach: Erwin kennt keine Geldgier, was zu ihm passt. Sich abzusetzen und auf Teneriffa in Saus und Braus zu leben scheidet aus. Mit welchem Vorwand hat man ihn dann aus der Casa la Familia gelockt? Und weiter: Was wusste Erwin über die Ermordung Walters?

Aus Unwissenheit halte ich inne und kratze mich am Nacken. Dann spekuliere ich weiter: Erwin kommt eine Schlüsselrolle im Mordfall zu, aber mit den jetzigen Kenntnissen ist die Ursachenforschung ein Waten durch den Morast. Ohne seine Leiche oder ein Lebenszeichen passiert gar nichts.

Und an Gunda gewandt sage ich meine Meinung: „Erwin ist also eine ehrliche Haut."

„Oh ja, eine ganz Ehrliche."

Gunda ist voll des Lobes. „Erwin ist keine Schnapsdrossel, die für Schnaps oder einen Schuss die Freunde verrät. Das unterscheidet ihn von Pedro, denn dass der eine Sackratte ist, pfeifen bereits die Spatzen von den Dächern."

„Deine Worte in Gottes Ohr. Aber wo könnte man Erwin suchen? Das halbe Tal ist verbrannt. Hat man ihn wie ein räudiges Tier verscharrt, ist die Suche zwecklos."

„Kennst du den Mirador dos Santos mit Blick nach Tagaluche hinunter", fragt Gunda. „Da oben war Erwin oft. Eventuell fuhr der Unbekannte mit ihm hinauf und hat ihn die achthundert Meter ins Tal gestürzt. Ist so eine Ahnung."

„Wie soll ich ihn dort finden?"

Die Frage war dumm, aber Gunda reagiert mit dem richtigen Tipp. „Fahr nach Tagaluche und such ihn unterhalb des Mirador. Zu was anderem kann ich dir nicht raten."

„Hoffentlich ist's kein Holzweg."

„Ach was." Gunda wirkt aufmunternd. „Versuchs einfach. Findest du ihn nicht, war's ein schöner Ausflug."

„Okay, Gunda, du hast was gut bei mir." Entspannt und zuversichtlich verabschiede ich mich: „*Muchas gracias*, du warst eine große Hilfe."

Ich verlasse die Casa la Familia, dabei verfolgt mich die Idee, einen Mietwagen zu chartern. Mit Anna wollte ich die Tagaluche Wanderung eh diesmal machen. Das benachbarte Tal ist von den Bränden verschont geblieben. Dort wird es unberührt und halbwegs grün sein. Womöglich finden wir Erwin, wo sich Hase und der Igel gute Nacht sagen?

Jawohl, so machen wir's. Aber lange sollten wir die Suchaktion nicht aufschieben, sonst nimmt sich die Tierwelt des armen Erwin an. Außerdem versuche ich Karla, Vera und Georg von dem Wandertrip zu überzeugen.

Gesagt, getan, beichte ich Anna mein Vorhaben. Und die ist begeistert und fällt mir vor Freude um den Hals. „Oh, Richard. Endlich kehren wir zur Urform des Urlaubs zurück. Dass bisschen Sucherei nehme ich in Kauf."

Alle anderen schreckt die Autofahrerei ab, also werden wir den Trip allein unternehmen. Das Wandern übt zu zweit den besonderen Reiz aus. Wir brauchen Zeit für uns und Abstand zum Remmidemmi. Immerzu für die Unterhaltung der Meute zu sorgen, das ist furchtbar anstrengend.

Wir mieten einen knallroten Micra für den nächsten Morgen und zwei darauffolgende Tage. Die längere Nutzung bietet einen respektablen Preisnachlass. Und abends ist Halli Galli vor der Casa Maria angesagt. Gott sei Dank haben wir das Lachen trotz Mord und Totschlag nicht verlernt.

*

Der fünfte Urlaubstag ist warm und sonnig, ideal für den Ausflug ins Tagaluche Tal. Nicht zu spät aufgestanden, frühstücken wir ausgiebig und packen die übliche Verpflegung für den Wandertag in die Rucksäcke. Danach holen wir mit zehnminütiger Verspätung den Micra bei der Frau von der Autovermietung ab. Achtzig Euro verlangt sie für drei Tage, da will ich nicht meckern, denn das ist wenig für den kleinen Sprinter, allerdings kommt der Sprit hinzu.

Die kleine Blechbüchse fährt sich gut. Zügig geht es durch das untere Tal bis El Guro und dann hinauf nach Lomo del Balo. Ab da schlängelt sich die Ausfallstraße aus dem Valle serpentinenartig durch die Tunnel bis auf neunhundert Meter über dem Meeresspiegel hinauf nach Arure.

Während der Fahrt bereden wir den Ablauf der Aktion. Wir einigen uns auf eine Wanderung durchs Tal bis zum Steilhang unterhalb des Mirador del Santo. Dort hoffen wir den runtergestürzten Erwin zu finden. Anschließend besuchen wir das Meer und kehren zum Micra zurück. Die Route ist okay, darin stimmen wir überein. Anna lässt sich aus Begeisterung fürs Wandern auf den Wandergang ein. Wer A sagt, der muss auch B sagen, das war ihre Begründung. Finden wir Erwin nicht, war das Wandervergnügen nicht umsonst, denn dann haben wir zumindest ein uns unbekanntes und raues Gebiet auf der verwegenen Westseite La Gomeras erforscht.

Hinter Arure fahren wir bis Caserio de Epina, von dort biegen wir auf eine Nebenstrecke nach Tagaluche ab. Die Wetterverhältnisse sind vom feinsten, nur der Passatwind weht kräftig, dafür ist die Weitsicht bestechend. In der Ferne erkenne ich die vor drei Jahren erkraxelten Bergmassive La Palmas. Sie wirken so gestochen scharf, als könne man hinüberschwimmen. La Palma ist zum Greifen nah.

Nach einer Stunde Fahrtzeit parken wir den Micra bei der Ermita San Salvador am unteren Ende von Tagaluche kurz vor dem Abstieg zur Bucht. Die Regenfälle im Winter waren auf der gesamten Insel ausgeblieben. So hatte es auch hier leicht gebrannt, doch das Feuer wurde rechtzeitig eingedämmt.

Wir ziehen die Sandalen aus, dann streifen wir die Wandersocken über die Füße und die derben Wanderschuhe darüber. Anschließend cremen wir uns dick ein und schnallen uns die Rücksäcke um. Darin befinden sich neben reichlich Proviant die Wasserflaschen. Die nicht ausgefahrenen Wanderstöcke klemmen wir uns unter den Arm und als Schutz vor der Sonne setzen wir die Kappen auf. Wir haben an alles gedacht. Es kann losgehen.

Der beschwerliche Fußmarsch durch schwache Vegetation ist monoton, dennoch spannend wegen der Hoffnung, wir könnten jederzeit auf Erwins zerschmetterten Körper stoßen. Den Anfang bildet ein Anstieg durch das steinige und ausgetrocknete Bachbett des Boco de Tagaluche. Dessen Trockenheit ist nicht verwunderlich ohne den Segen von oben. Zielstrebig schlängeln wir uns hinauf ins obere Tal bis kurz vor den Steilhang, der liegt unterhalb des Mirador dos Santos. Für die Strecke brauchen wir eine knappe Stunde. Ab da begeben wir uns in unübersichtliches Terrain. Parallel geht's an einer Stromleitung entlang, dann erschweren unübersichtliche Buschwaldzonen das Gehen, aber da müssen wir durch. Ich stelle mir vor, von wo aus man Erwin über die Brüstung des Mirador geschmissen hat.

„Da drüben, Anna."

Ich zeige auf eine Strauchansammlung. „Das Unterholz müssen wir uns genauer ansehen."

Wir durchstreifen das Gebiet, und das dauert.

Doch dann sehe ich etwas. Unerwartet aber erhofft sticht mir eine undefinierbare Masse ins Auge.

„Da hinten liegt was", sage ich zu meiner Partnerin.

„Ja, Richard, jetzt sehe ich es auch."

„Komm, Anna. Ich glaube, wir haben Erwin entdeckt."

Und tatsächlich ist es ein Wesen aus Fleisch und Blut. Jedenfalls ein menschenähnlicher Fleischklumpen, der entsetzlich verkrümmt und mit verdreckten Klamotten aus dem Bewuchs herausragt. Das kann nur der vermisste Erwin sein.

Ich zerre an der Gestalt und drehe ihr den Kopf zur Seite, um das Gesicht erkennen zu können. O nein, uns offenbart sich ein wahrlich grauseliger Anblick. Erwins Gesicht kenne ich nicht. Und das Objekt, welches ich zu identifizieren versuche, ist vom Sturz und den Folgen bis zur Unkenntlichkeit entstellt.

„Ist das Erwin?"

Allein die Frage fällt mir schwer. „Na?" Ich stiere Anna an, wobei ich vorsichtig mit den Händen abwäge.

Anna schüttelt sich. „Igitt, igitt, sieht der ekelhaft aus."

Dann nickt sie und erwidert: „Ich glaube ja. Das lange Haar, dazu Hippieklamotten, das passt. Der Fleischklumpen ist die rechte Hand Gundas."

Es entsteht eine gedankliche Pause, dann zieht Anna fragend die Augenbrauen hoch. „Rufen wir bei der Guardia civil an?" Sie kramt im Rucksack nach dem Handy, den Blick von der Leiche Erwins abgewandt.

„Nein, Anna", blocke ich entrüstet ab. „Bloß nicht die Bullen. Wähle Karla an. Wir beratschlagen mit ihr, was in dem Fall zu tun ist."

Anna zückt das Handy und wählt Karlas Nummer. Dann reicht sie mir das Ding. „He, Karla", melde ich mich. „Wir haben Erwin gefunden. Der liegt unterhalb des Miradors. Ich beschreibe ihn lieber nicht. Siehst du Fernando, sag ihm das."

Karlas Frage erfolgt spontan: „Kannst du klipp und klar sagen, das es Erwin ist? Und wie kommt er dorthin? Was vermutest du?"

„Es ist Erwin, da besteht kein Zweifel", erkläre ich ihr lapidar. „Er wurde vom Mirador geschmissen oder gestoßen, such dir was aus. Aber die PULG steckt dahinter, ich meine unsere Spezis Kleber und Alonso. Die geraten in Erklärungsnot."

„Oh, oh."

„Moment mal. Da war noch was. Ach ja, Gunda hat gestern Pedro erwähnt und als Sackratte bezeichnet."

„Pedro? Den Pleitekönig?"

„Wen sonst", bestätige ich Karlas Gefrage. „Ich kenne nur den einen Pedro."

„Ist klar", sagt Karla. „Pedro ist in großen Geldschwierigkeiten und rennt wie ein Bekloppter im Valle herum. Und was nun?"

Ich unterbreche das Telefonat und beratschlage mich mit Anna, dann gebe ich Karla den Ratschlag: „Du meldest den toten Erwin anonym von der Telefonsäule bei der Guardia civil. Dann erfährt Gonzales nicht, wer den Toten gefunden hat."

Karla lacht gehässig. „Okay. Gonzales verarsche ich gern. Sonst noch was?"

Ich zermartere mein Hirn, aber die diesbezüglichen Windungen sind leer. Daher antworte ich mit Verspätung: „Nein, Karla. Dann bis später. Heute essen wir im El Paraiso."

„Wir auch", freut sich Karla. „Ich komme mit Manuel. Der hat Blut geleckt. Er will wissen, was die Stunde geschlagen hat."

„Macht er sich Sorgen?"

„Ein bisschen", seufzt Karla. „Manuel besitzt schließlich mehrere Appartements oben in La Calera und muss von deren Ertrag leben. Bis nachher am Abend."

Wir beenden den Kurzdialog und ich gebe Anna das Handy zurück, dann wenden wir uns von dem Toten ab. Ohne uns groß umzudrehen verschwinden wir von dem unappetitlichen Ort. Für Erwin können wir nichts tun. Das ist Aufgabe der Ermittlungsbehörde, aber in mir brodelt so eine Vorahnung in bezug auf den Oberbullen. Gonzales macht bestimmt viel Wind.

Und wenn schon, denke ich. Ein Tötungsmotiv kann uns Gonzales nicht unterjubeln, kalkuliere ich. In unserem Interesse liegt keiner der Todesfälle, noch weniger das Brandchaos. Trotz allem sollten wir die Toten nicht auf die leichte Schulter nehmen. Aber wie gehen wir bei den Ermittlungen vor?

Ich rücke mir den Rucksack bequem. Welche Schritte an Eifer traue ich der Guardia civil zu? Schnappt Gonzales den, eventuell die Täter? Oder gelingt gar dem die Arbeit scheuenden Fernando der Überraschungscoup? Ach Gott, ist das müßig. Erfolgsmeldungen aus der Ecke der Guardia civil und von Fernando sind unwahrscheinlich. Deren Ausstrahlung strotzt nicht vor Intelligenz.

Noch in brütende Gedanken versunken setzen wir den Bewegungs- apparat in Gang. Zuerst sehr geruhsam, doch dann beschleunigen wir das Wandertempo, bis wir nach zwei Stunden, und nicht mehr weit vom Meer entfernt, ein Rastplätzchen ansteuern. Die Aussicht ist wunderbar. Wir blicken hinaus auf die türkisblaue und spiegelglatte Wasserfläche. Hier stundenlang meditieren und den Tag vor sich hertreiben zu lassen, so stelle ich mir den geruhsamen Lebensabend vor.

Ein knatterndes Geräusch brandet auf. Das haben wir auch bei Alajero so gehört. Es ist der Hubschrauber, der sich nähert. Er fliegt über uns hinweg und landet irgendwo oberhalb an der Böschung des Mirador. Aha, denke ich. Gonzales hat auf Karlas Anruf reagiert und lässt Erwin abholen.

Nach etwa fünfzehn Minuten steigt der Vogel auf und knattert mit lautem Getöse über uns hinweg hinüber zum Valle, und von dort in Richtung San Sebastian davon. Sein Ziel wird der Landeplatz für Hubschrauber am neuen Krankenhaus sein. Anscheinend gibt es in dem eine gerichtsmedizinische Abteilung.

Wir können nichts mehr tun. Die erkennungsdienstlichen Schritte sind eingeleitet. Zum Essen fassen setzen wir uns unter einen schat- tenspendenden Baum auf eine Bank und speisen wie Gott in Frank- reich. Wir essen unsere opulenten Brote, belegt mit leckerem Serra-

noschinken, dazu verspeise ich zwei hartgekochte Eier und einen leckeren Apfel, den hatte Anna in bissgerechte Stücke geschnitten. Und
mit Unmengen an Wasser im Bauch sieht das Tal von Tagaluche nicht
nur erträglich, sondern freundlich aus. Eine spärliche Ve-getation kann
ungeahnte Reize auslösen.

*

Gut ausgeruht zum Micra zurückgekehrt, die Füße von den staubi-
gen Wanderschuhen befreit und durch Latschen ersetzt, macht sich
Enttäuschung breit. Der Ansiedlung Tagaluche ist alles andere als ein
Oberbringer. Die Häuschen liegen oberhalb der Steilküste, daher
haben sie keinen direkten Zugang zum Meer und keinen passablen
Strand, auch keine Bar, nicht mal ein bescheidener Kiosk. Einen Supermercado vermisse ich besonders. Oder habe ich den Laden über-
sehen? Wo kaufen die Leute ein? Wo treffen sich die Bewohner zum
Stelldichein? Hier fehlt es an allem. In Tagaluche ist der Hund
begraben.

Vertieft in eine intensive Aussprache über den unbeschreiblichen
Urlaub, schrauben wir den Micra zur Caserio de Epina hinauf. Es ist
ein sich in die Länge ziehendes Kurvengewurstel, das ähnelt dem
Schlängeln durch die Enge Arures. Danach geht's in Serpentinen
runter ins Valle gran Rey. Ich habe die Blechlaube zwei weitere Tage
gemietet, deshalb lasse ich meinen Wunsch nach der El Cedro
Wanderung in mir Revue passieren. Die liegt mir inklusive des Hin-
aufkraxeln auf den Alto de Garanjonay am Herzen.

Auf der Inselnordseite hatte es nicht gebrannt. Das Geschenk der
unverletzten Natur sollten wir zur dritten Wanderung nutzen. Ich habe
Riesenbock auf El Cedro, und es wäre gut, wir würden uns in
Begleitung von Vera und Georg befinden. Wir lernen den Burschen
besser kennen, außerdem könnte er Neuland mit dem Wanderweg
betreten und wir verschaffen uns vom Garanjonay einen unschönen
Überblick über das Schadensausmaß durch die Brände. Riesige Flächen des Nationalparks sind verwüstet. Ich erschaudere bei der Vorstellung.

Meine Überlegungen abgeschlossen, unterbreite ich sie Anna. Und die findet die Idee genial. „Okay, wir machen die Tour", heult sie freudestrahlend auf und gibt mir einen Klaps. „Sie ist die Königin unter den Wanderungen."

Anna ist glücklich über jeden Wandertag. Wahrscheinlich ist sie mit Wanderschuhen auf die Welt gekommen. Zuhause in der kalten Heimat bewältigen wir derzeit die Etappen des Eifelsteigs. Bewegung ist überlebensnotwendig. Ich hatte vor zehn Jahren einen Herzinfarkt. Der hat mir die Augen geöffnet. Also habe ich das Rauchen aufgegeben, stattdessen treibe ich Sport. Mein Kardiologe hält große Stücke auf mich.

*

Auf der Promenade an der Playa tummelt sich viel Volk. Die Tische vor den Lokalitäten sind bis auf den letzten Platz besetzt. Eine Boulegruppe veranstaltet am angrenzenden und abgetrennten Platz ein Turnier. Daneben werden die Tribüne und Getränkebuden für die Fiesta auf dem ehemaligen Basketballplatz aufgebaut. Das Salsa-Spektakel steigt in drei Tagen und beginnt nachts zwölf Uhr, dann spielen mehrere Bands bis in den frühen Morgen. Das Dröhnen der Musikanlage röhrt dermaßen, dass die Gehörgänge kapitulieren. Praktisch befinden sich die tanzwütigen Einheimischen mitsamt den deutschen Touristen im Salsarausch.

Den Micra abgestellt kaufe ich im Eckladen eine Tageszeitung und eile mit Anna zu unserem Studio. Und nun raten sie mal, wer vor dem Haus auf uns wartet?

Natürlich, der nervige Gonzales in zivil. Als ich ihn sehe, weiß ich sofort, dass ich was vergessen hatte. Ich hätte nachschauen müssen, ob man Erwin erschossen hat. Verdammter Mist.

Gonzales zu ignorieren nützt nichts, daher schmeißen wir missmutig die Rucksäcke auf die Bank vor dem Haus mit unserem Studio, prompt setzt sich der Oberbulle daneben und pflaumt uns an: „Aha, die Deutschen. Wieder im Lande?"

„Natürlich. Wir wohnen hier."

„Ich wette, Sie waren in Tagaluche", vermutet Gonzales. „*Por suspuesto*. Bestreiten Sie das etwa?"

Und ich antworte keck: „Und wenn wir da waren? Was machen Sie dann?"

„Herrgott noch mal, weichen Sie nicht aus. Ich habe eine unmissverständliche Frage gestellt und erwarte eine Antwort."

Das Ekelpaket lässt nicht locker.

Anna und ich beäugen uns unsicher. Machen wir auf ahnungslos? Das wäre die einfachste Reaktion. Und sollten wir auf ihn eingehen, sagen wir dann die Wahrheit? Erst einmal die Ruhe bewahren, denke ich. Aber das ist leichter gesagt, als getan, denn der Ton macht die Musik. Und die Töne des Bullen missfallen mir.

Gedanklich wünsche ich den Kerl sonst wohin. Irgendwas stimmt nicht mit dem Schurken. Hat er nichts Wichtigeres zu tun, als uns zu belästigen? Warum kümmert er sich nicht um die Mopedrüpel? Soll er doch die aus dem Verkehr ziehen.

Er ist ein eklatanter Fremdenhasser, das ist eine verbreitete Unart bei spanischen Polizisten, obwohl gerade wir Deutsche das Geld auf die Insel schaufeln. Die Restaurants existieren nur durch uns. Wir sorgen für Arbeitsplätze im Tourismusbereich. Aber das ist alles schön und gut, trotzdem mag Gonzales keine Deutschen. Jawohl, so wird's sein, denn seine Fragerei zielt auf den toten Erwin.

„Ich habe viel Zeit." Er nölt seine Worte genüsslich und reibt sich seine Wampe. „Daher noch mal zu meiner Frage zurück. Waren Sie in Tagaluche?"

Wir antworten nicht.

„Zwei Tote und sie finden beide", zählt Gonzales auf. „Das ist kein Zufall. Warum mussten die sterben?"

Oh, la, la. Gonzales geht aufs Ganze, denke ich. Für ihn ist es fünf vor zwölf. Friss oder stirb, das ist seine verunsichernde Taktik. Deutsche sind potenzielle Mörder. Von der Seite hatte ich seine Vorgehensweise bisher nicht betrachtet. Das wirft ein anderes Licht auf die Ermittlungen. Ihn irritiert unsere Aufklärungslust. Die lenkt ihn von den wahren Tathintergründen ab. Der Mann kann nicht aus seiner deutschfeindlichen Bullenhaut.

Ich war zu oberflächlich, denke ich über meine Tatorteindrücke nach. Hätte ich mir den Toten genauer angesehen, dann wüsste ich, woran Erwin sein Leben ausgehaucht hat. War's auch bei ihm der ominöse Kopfschuss?

Aber frage ich das Gonzales, dann gebe ich indirekt zu, dass wir am Fundort Erwins waren. Woher wüsste wir sonst von dem Toten? Doch wäre das so schlimm und wären wir deswegen verdächtig? Zu meinem Leidwesen hatte der Oberbulle kein Sterbenswörtchen über die Todesursache erwähnt.

Okay. Eigentlich sind Anna und ich außer Tatverdacht. Gonzales kann uns nichts anhaben, denn wir haben kein Motiv oder gar eine Waffe. Daher raus mit der Wahrheit. Die lässt sich eh nicht geheim halten. Ich mache Nägel mit Köpfen, als ich cool antworte: „Na gut, Sie haben den Braten gerochen."

Ich setze mich neben Gonzales auf die Bank und fahre fort. „Wir waren tatsächlich in Tagaluche. Zufrieden? Aber eine Frage stellt sich mir trotzdem. Wurde dem Toten in den Kopf geschossen?"

Gonzales strahlt. „Sie geben es zu?"

„Selbstverständlich. Aber nur, dass wir in Talaluche waren."

„Warum nicht gleich so", schnurrt Gonzales. „So bewahrheitet sich, dass Mörder zum Ort der Tat zurückkehren."

„Das ist Schmarren", wische ich den althergebrachten Einwand weg. „Wir haben ein reines Gewissen. Nennen Sie uns ein Motiv, weshalb wir die Morde begangen haben sollen?"

Gonzales überlegt lange. „Vielleicht ein Streit in der Heimat?"

Gonzales versucht uns Bauernschläue zu suggerieren, stattdessen vermittelt er nichts als Unwissenheit. „Irgendwelche Ausflüchte haben die Deutschen immer. Und dann schmeißen sie uns die Bomben auf den Kopf."

„Ja, toll." Ich bin wegen seines Einfallsreichtums geplättet. „Womit kommen Sie denn jetzt?"

„Ist doch egal", krächzt der Oberbulle und steht von der Bank auf, dabei starrt er mich verächtlich an und betont. „Fest steht, Sie haben den Toten wunderschöne Einschusslöcher in die Stirn verpasst."

„Aha. Das steht also fest. Bei dem Toten in Tagaluche wie bei dem in Alajero?", vergewissere ich mich. „Das spricht dafür, dass es sich um den selben Mörder handelt", erkläre ich Gonzales. „Stimmt doch, oder? Wir aber waren beim ersten Mord nicht auf der Insel. Dämmert's bei ihnen?"

Gonzales macht eine wegwischende Handbewegung. „Was zu beweisen wäre."

Worauf ich fluche: „Verflixt und zugenäht! Sie sind engstirnig."

Energisch bin ich aus der Haut gefahren. Und fragend halte ich dem Bullen beide geöffneten Handflächen hin. „Sehen Sie her. Habe ich eine Waffe?"

„Nein", beantworte ich meine Frage selbst. Dann nehme ich den Rucksack ab. „Den können Sie durchsuchen." Damit verstärke ich den Einwand und setze mich auf meine Lieblingsbank. „Und unser Aufenthalt in der Heimat ist schnell bewiesen. Ein kurzes Telefonat reicht. Mensch, telefonieren Sie."

Der Boss der Guardia civil ist baff, denn ich habe ihn der Unfähigkeit überführt. Resignierend kratzt er sich am kahl geschorenen Hinterkopf. Sein unterrepräsentierter Verstand kehrt mühselig zurück. Man merkt ihm an, wie seine armseligen Gehirnzellen rotieren. Die Halsschlagader ist stark angeschwollen. In nicht allzu langer Zeit ist ein schwerer Schlaganfall zu befürchten.

Aber der Oberbulle gibt sich nicht geschlagen, denn noch einmal bäumt er sich auf. Händeringend macht er einen Ausfallversuch aus seiner Zwickmühle: „Dann haben Sie eben einen Auftragskiller eingeschaltet."

„Ja, ja", seufze ich bestürzt. „Immer dann, wenn man nicht weiter weiß, springt ein Auftragskiller in die Bresche."

Über die Einfallslosigkeit des Bullen schockiert, nehme ich ihn mir zur Brust. „Mensch, Gonzales. Ihre Beschuldigungen sind hirnrissig, glatter Humbug. Der Auftragskiller als Befreiungsschlag bestätigt Ihre Unwissenheit."

Gonzales seufzt. „Mag sein", antwortet er kaum vernehmbar. Und aus Verlegenheit erweitert er sein Eingeständnis. „Ich denke darüber nach. Und noch was. War meine Fährte falsch, dann entschuldige ich mich."

Total geknickt dreht er sich auf den Hacken um und schleicht schweren Schrittes in die Gasse neben unserem Haus. Indirekt führt sie zur Polizeistation.

„Augenblick mal." Ich bin verdutzt. „Was hat er gesagt? Hat er sich entschuldigt?"

Es war eine Frage an Anna. „Oho, das ist ja eine ganz neue Tonlage", klingt meine Feststellung gelockert.

Von einer Zentnerlast befreit schmeißt sich Anna neben mich auf die Bank und wir atmen tief durch. „So, er hat's geschnallt", stellt sie mit Zufriedenheit fest. „Der Mann hat tatsächlich eingesehen, dass sein Denkansatz eine Fata morgana war."

„Momentan sieht es so aus", antworte ich.

Meiner Partnerin fürs Leben ist die Erleichterung im Gesicht abzulesen. Sie ist ihr in die Gesichtszüge geschrieben. Und diese Genugtuung auslebend bemerkt sie inbrünstig: „Na ja. Das war auch nicht allzu schwer, uns von der Schuld freizusprechen, ganz ohne Motiv. Mit nur wenig Grips hat das sogar der Oberbulle geschafft."

Woraufhin ich der Erleichterung die Krone aufsetzte, indem ich seufze. „Was soll's. Die Hauptsache ist, wir sind den lästigen Kerl los."

Doch der nächste Ermittlungsschritt ist in mir vorgezeichnet. Und in den will ich meine Partnerin einbinden: „Hör zu, Anna", beginne ich behutsam. „Nachher setzen wir uns mit den Freunden zusammen und beratschlagen."

„Was willst du beratschlagen?"

„Wer ist der große Unbekannte? Wie packt man ihn an den Hammelbeinen? Der Schwerverbrecher gehört an die Leine gelegt, und zwar umgehend."

„Ja, aber wie?", sagt Anna.

„Zählen wir die Fakten akribisch zusammen, dann kommen wir ihm auf die Schliche", mache ich weiter. „Es dauert nicht mehr lange, das verspreche ich dir."

„Okay, das war viel Geschwafel", unterbricht mich Anna, „aber konkret bist du nicht geworden. Und jetzt hör bitte auf damit und lass uns raufgehen. Wir sind später zum Abendessen im El Paraiso verabredet."

Wir erheben uns und lockern unsere Beinmuskulatur. Vom Sitzen rostet man ein. Dann klemmen wir uns die Rucksäcke unter den Arm und eilen den Treppengang hinauf ins Studio im zweiten Stock. Dort duscht zuerst Anna, danach ich, dann sind wir reingewaschen von jeglicher Schuld.

*

Herzhaft erfrischt und in die legere Abendgarderobe geworfen, ich habe ausnahmsweise eine lange Jeans angezogen, stolzieren wir an den Trommlern zu Ehren des Sonnenuntergangs vorbei zum El Paraiso. Diesmal freue ich mich, anstatt auf Conejo con SALSA, auf die Chocoa con Papas Arogadas mit der messerscharfen Mojo Soße. Mein Essen kann gar nicht scharf genug sein.

Wir sitzen nicht lange am Tisch, da schneien Karla und Manuel herein. Wir bestellen zusammen, dann bestürmen sie uns, ihnen den Hergang der Wanderung durchs Tagaluchetal zu erzählen, danach feiern wir geradezu enthusiastisch den Gesprächsausgang mit dem idiotischen Gonzales.

Der gut aufgelegte Manuel folgert: „*Si, claro*. Gonzales ist in Not. Mann ist überfordert."

Worauf Karla meint: „Der Bulle steht unter enormem Erfolgsdruck. Die Kette des Versagens beim Brand wird ihm angelastet. Das verspätete Evakuieren als Beispiel. Ich möchte nicht wissen, wie viele Tiere verbrannt sind."

„Okay, das Thema ist durch. Jetzt aber schnell zu Fernando", löse ich uns von der Brandkatastrophe. „Habt ihr mit ihm gesprochen?"

„O ja, das haben wir", sagt Karla. „Und stell dir vor, der verfolgt eine ganz verquere Theorie."

„Unser Schwerstarbeiter", scherze ich.

Karla grinst, dann sagt sie mit spöttischem Gesichtsausdruck. „Hör zu. So dumm klingt seine Hypothese gar nicht. Er glaubt, einer der Drogenbosse, wer auch immer, hat Walter umbringen lassen und die PULG versucht, daraus Kapital zu schlagen."

„Hoppla. Nicht schlecht."

Artistisch pfeife ich durch meine nicht vorhandenen Zahnlücken. „Und das glaubt unser Spion ernsthaft?"

„Ja, ja, das tut er, und ich finde das auch vernünftig", bemerkt die heftig nickende Karla, weswegen ich wiederum frage: „Aber welche Person hat er im Visier?"

„Das Fernando nicht sagen", flüstert Manuel. „Nur soviel. Walters Drogen sich Unbekannter unter Nagel gerissen. Wer? Oh, oh, ist großes Geheimnis."

„Kann eine der PULG-Ratten das Zeug an sich genommen haben, und der versucht, es unter der Hand zu vertickern? Wäre das möglich?"

Diese Frage liegt mir schon lange auf der Zunge, denn bei meiner Suche nach einem Verdächtigen will ich niemanden ausklammern, ohne das ich jemand Spezielles im Hinterkopf habe.

„Einfach? Na ja", sagt Manuel.

Er dreht seine gehobene Hand abwägend hin und her. „Einfach echt nicht", ist er sich sicher. „Zwischen PULG und Drogentypen herrschen Krieg."

„Natürlich, so ist's. Beide Parteien fürchten um ihre Pfründe", lege ich mich fest. „Es geht um die Vormachtstellung im Tal. Das gibt noch manchen Toten. O je, du armes La Gomera."

Unsere ehemals sanfte Lieblingsinsel ist nicht wiederzuerkennen. Der Fahrradklau und die Hauseinbrüche haben zugenommen. Zwar nicht im großen Rahmen, Gott bewahre, allerdings reicht es zum verstärkten Auftreten der Guardia civil im Valle, und das bedeutet Rambazamba, denn die ist nicht zimperlich, siehe Gonzales.

Tja, und dann das leidige Thema Sterben. Auch auf La Gomera wird gestorben, trotz des wunderbaren Klimas, doch leider sterben die Menschen momentan wie die Fliegen. Zwei Tote in kurzer Zeit und noch so jung. Die Rede ist von Walter und Erwin. Das spricht sich anhand von Berichten der Blödzeitung sogar bis Deutschland herum. Durch die Negativberichte bleiben die Gutbetuchten weg. Das ist der Bumerangeffekt. Wie man's auch dreht und wendet, es ist es eine Katastrophe für Kleber, Alonso, und andere Besitzer der vom spanischen Pleitegeier bedrohten Bausubstanz. Wer soll in die leer stehenden Immobilien einziehen oder sie gar kaufen?

Der Oberbulle Gonzales ist geschmiert. Die Vermutung liegt nahe. Überall auf der Welt werden Polizisten mit Geld geködert, dass ist die übliche Masche. Doch der Oberbulle muss aufpassen, von der Drogenmaffia nicht ausradiert zu werden. Mit den Drogenbossen ist nicht zu spaßen. „Sodom und Gomera", so heißt ein gut geschriebener Krimi, der auf der Insel spielt, aber was sich im Moment auf La Gomera abspielt, das bietet Stoff für einen Horrorroman. Aber mit derlei Druckerzeugnissen kommt man den Verantwortlichen für die Morde nicht auf die Schliche.

Morgen ist auch noch ein Tag, denke ich. An dem werden wir uns nach der El Cedro Wanderung in Alajero umsehen. Das Örtchen ist die Drehscheibe im Drogenkrach. Walter hatte sein Domizil nicht umsonst in dem Kaff. Es gerät Bewegung ins Geschehen, wenn wir in dessen Umgebung rumschnüffeln. Vielleicht finden wir in Alajero das Ei des Columbus? Immerhin wecken wir schlafende Hunde. Die Nervosität ist von jeher der Anfang vom Ende des Verbrechens.

Nach dem Dinner zu viert treffen wir Vera und Georg vor der Casa Maria. Die Dauerverliebten bewegen sich wieder auf normaler Temperatur. Und die Beiden über die Vorgänge in Tagaluche in Kenntnis gesetzt, machen wir ohne einen Umschweif die El Cedro Wanderung mit Vera und Georg perfekt, und die sich anschließende Schnüffelei in Alajero, wobei uns Fernando arglistig beobachtet.

Er ist die in Stein gemeißelte Arbeitsverweigerung. Unternimmt er irgendwann was? Wann wühlt der Spion mit seinen Möglichkeiten im Dreck? Welche Vorgehensweise ist richtig in Alajero und was werden wir gegebenenfalls unternehmen?

Eventuelle Entscheidungen werden wir vor Ort fällen. In dem Kaff wird unsere Phase der Brand- und Mordaufklärung eingeläutet. Noch haben wir nicht den leisesten Schimmer, in welche Gefahren uns der Urlaub stürzt. Erwähnenswert ist, dass Karla und Manuel auf die Wanderung verzichten. Er erwartet Gäste und Karla will sich nicht in den Micra quetschen.

„Per Handy halten wir die Verbindung aufrecht", sagt Karla.

Es ist kurz nach Mitternacht, als die Lichter der Casa Maria ausgeknipst werden. Mit einem letzten Glas Baileys und Anna an meiner Seite lasse ich den durchwachsenen Tag ausklingen.

6

Die Zeiger des Weckers stehen auf neun, als er schrillt. Der sechste Urlaubstag nimmt auf die liebevolle Art Fahrt auf, denn ich wecke Anna mit einem sanften Kuss.

Nach dem Frühstück treffen wir uns mit Vera und Georg am Leihwagen vor Pedros leerstehendem Appartementhaus. Als ich mir den Bau ansehe komme ich ins Grübeln. Wo wohnt dieser Pedro eigentlich? In La Calera, in Vueltas oder an der Playa? Keiner weiß das genau. Vielleicht stimmt es, dass er eine Finca in Alajero sein eigen nennt? Das wird über Pedro erzählt. In dem Umfeld werden wir alle Aspekte ausspionieren, denn dem vor der Totalpleite stehenden Pedro geht es dreckig. Auf Treu- und Glauben hatte er sein Vermögen in den Tourismus in Form der Appartement-Anlage investiert. Doch die Erfolgswelle schwappte nicht nach La Gomera über. Jetzt gleicht sein Leben dem vielzitierten Ritt auf der Rasierklinge, so hatte uns Manuel Pedros Leben erläutert.

Bezugnehmend auf die Morde und Brandaktivitäten hatte niemand an den tief in der Patsche steckenden Pedro gedacht, auch nicht nebensächlich. Keiner hat sich gefragt: Womit hat er den Komplex an der Playa bezahlt? Ist Pedro einer der Hintermänner der in die Kriminalität abgeglittenen Spekulanten? Oder hat er seine Finger mit im Drogengeschäft?

Nach außen ist Pedros Leumund korrekt, aber niemand kann aus seiner Hülle schlüpfen, besagt ein Zitat. Bezieht der Spruch das Ego des Pleitegegangenen mit ein? Pedro stellt uns vor viele Fragen, auf die wir keine Antwort kennen.

Mit vier Personen besetzt tut sich die PS arme Blechbüchse im steilen Anstieg nach Arure schwer, aber oben auf der Höhenstraße spult der Kleinwagen sein gewohntes Fahrverhalten in ausreichender Geschwindigkeit herunter. Nach einer Stunde halten wir auf dem Parkplatz Alto de Contadero. Wir werfen uns in die Wanderkluft mit dazugehörigem Schuhwerk und schnallen die Rucksäcke um. Dann steigen wir auf einem befestigten Pfad durch die verbrannte Vegetation auf die 1487 Meter hoch gelegene Aussichtsplattform des Garanjonay hinauf.

Mein lieber Mann, denke ich. Die kolossale Masse an verkohlten Bäumen und Sträuchern ist erschreckend. Die Zerstörungswut durch die Flammen ist schlimmer, als ich befürchtet hatte. Das Ausmaß an Vernichtung übersteigt meine Vermutungen. Soweit der Blick reicht verbrannte Buschlandschaft, angekokelte Palmen, vor allem vernichteter Lorbeer- und Regenwald. Bleibt der Nationalpark trotz der Verwüstungen Weltkulturerbe? Aber nicht nur im Nationalpark, auch auf den terrassenähnlichen Hängen im Bereich der Bergdörfer hat es bis in den hintersten Winkel gebrannt. Die Brände loderten überall. In der Nähe der Bebauung zerstörten sie allerhand bepflanzte Terrassen, eine nach der anderen. Vor den Bränden waren es die Touristen, die sich an der Terrassenlandschaft ergötzten, denn deren Schönheit ist ein Traum.

Die Grundlage für die Terrassen bilden aufgehäufte Steinwände, so imposant wie die Burgmauern im Mittelalter. Diese Sisiphusarbeit verdeutlicht das Geschick der Einheimischen, durch Trockenmauern jeden Flecken Erde auf La Gomera nutzbar zu machen.

Den Wagen abgestellt und das Plateau auf dem Garanjonay zu Fuß erreicht, sind wir entzückt von dem Schauspiel, das sich unseren Augen bietet. Der freie Ausblick ist phänomenal. Wir schauen hinüber zu den aus dem Meer ragenden Nachbarinseln El Hierro, La Palma und Teneriffa. Insbesondere gilt die Faszination dem schneebedeckten Vulkan Teide auf Teneriffa. Dessen Spitze überragt majestätisch die Wolkendecke und wird von der Sonne angestrahlt, und davor leuchtet der türkisblaue Ozean. Es ist ein erbauliches Bild. Wie ein Gemälde in weiß und blau.

Ein leichtes Hungergefühl bringt uns dazu, die Essensration auszupacken, dabei beneiden mich Vera und Georg um mein gekochtes Ei. Und damit bin ich bei Veras Eroberung. Georg stellt sich als ein rundherum sympathischer Geselle heraus. Er ist aufmerksam, sehr intelligent und witzig, halt häufig zu Scherzen aufgelegt. Somit hat sich zum Turteltäubchen Vera ein Filou gesellt. Ich denke, dass es spannend wird, dem Beziehungsgeflecht der Freunde beizuwohnen.

Aber die Zukunft hat leider eine andere Begleitmusik auserkoren, denn abrupt und brutal wird die Romanze in einer Trauerarie enden. Den tragischen und erschütternden Verlauf der Liebesbeziehung mitzuerleben, das wird zur Zuspitzung in allen Belangen des Urlaubs führen. Aber den Vorgriff vergessen sie sofort, denn noch sind wir auf dem Garanjonay.

Nachdem wir gesättigt sind, lesen wir die Informationstafeln. Zu jeder der Nachbarinseln hat man eine mit Natursteinen umrandete Platte mit wissenswerten Daten aufgestellt. Ich mache einige Fotos von unseren Begleitern, aber die Uhr tickt unaufhaltsam, deshalb treibe ich zur Fortsetzung der Wanderung an. „Auf geht's", rufe ich wie ein Marktschreier aus. „Wir haben keine Zeit zu verlieren. Der Abstieg nach Hermigua ist lang. Außerdem wollen wir noch nach Alajero."

Einsichtig schnallen sich alle ihre Rucksäcke auf den Rücken, dann verlassen wir das Plateau und kehren mit riesigen Erwartungen über die Höhenstraße zum abgestellten Micra zurück.

Dir asphaltierte Schneise der Höhenstraße hat die Flammen nicht auf die Nordseite der Insel überspringen lassen, daher erwartet uns mit dem El Cedro Pfad das unangetastete La Gomera in seiner Urform, also ein Wandergenuss. Der Pfad zieht alle Schönheitsregister. Er geht sich überraschend leicht und flott. Ohne unnötigen Schnickschnack, dafür mit naturnahen Abstufungen aus Holzstämmen ist der Weg nach El Cedro hinunter die Paradetour der Insel. Wir genießen die Stille bis hin zum Tal des zauberhaften Bosque del Cedro. Die Vegetation mit seinen herabhängenden Bartflechten zeigt sich von der gespenstischen Seite. Vereinzelt zwitschern Vögel. Große Farne beleben das

Unterholz und bemooste Bäume erfreuen unsere Wahr-nehmung. Der Wanderweg demonstriert eine dämonische Wirkung. Im feuchten, fast nebeligen Dämmerlicht wirkt jedes wildwuchernde Gewächs wie die angsteinflößende Figur, die bei etwas Fantasie allerlei Gespenster, irgendwelche Gnome oder manches Getier in den Figuren zum Vorschein bringt.

Das Wandern verführt zu Freudensprüngen. Bedauerlicherweise war der Dschungel über den Jahresverlauf einer trockenen Phase ausgesetzt. Er wirkt bräunlicher als sonst. Nur in Ansätzen erinnert er an den ewig klammen und feuchten Regenwald. Früher war die Wetterlage beständig und verlässlich. Der Norden der Insel war in Passatwolken gehüllt und regenreich, doch seit geraumer Zeit sind die Regenfälle auf La Gomera ausgeblieben. Ist es eine Folge des Klimawandels? Trotz allem sind wir angetan von der pflanzlichen Vielfalt einer einzigartigen landschaftlichen Beschaffenheit.

Der extravagant angelegte Weg führt entlang des wasserführenden Cedro Baches zur Eta de Nuestra Sencra de Lourdes. Aus einem handgeschnitzten Holzwasserhahn, der aus einem verrotteten Baum-stamm herausragt, plätschert trinkbares Quellwasser in ein Steinbe-cken. Aus dem füllen wir unsere Wasserflaschen auf, dabei unterhalten wir uns über die veränderten Zustände auf La Gomera. Die Insel beschäftigt uns. Deren Ansehen wurde durch die Mordserie in ein negatives Licht gerückt.

Nach anderthalb Stunden gelangen wir in das Bergdorf El Cedro. Wir naschen Äpfel von dem am Wegrand stehenden Bäumen. Auch überreife Brombeeren wandern in unseren Bauch. In die Gaststätte La Vista kehren wir auf eine Kanne Kaffee mit einem leckeren Stück Kuchen ein. Hoffentlich vertragen sich Kaffe und Kuchen mit den Äpfeln und Brombeeren? Nur keinen Durchfall bekommen. Alles, nur das nicht. Immerhin kann ich mich auf meinen robusten Magen verlassen.

Das letzte Wegstück ist saugefährlich. Der glitschig schotterige Pfad entlang des Wasserfalls erfordert vollste Konzentration. Eine Abseilvorrichtung wäre angebracht. Aber auch den Abstieg bewältigen wir problemlos. Dann geht's flacher weiter, doch immer abwärts auf einem extravaganten und abwechslungsreichen Kraxelpfad nach

Hermigua hinunter. Unser Endziel der Wanderung haben wir im Visier, und das sind die Spitzen der Zwillingsfelsen. Störend empfinde ich nur Georgs forschen Drang, denn mit seinem Drängeln offenbart er das Kind im Manne. Sein abwärts galoppieren ist verantwortungslos. Bei seinem rasanten Abstiegstempo laufen mir eiskalte Schauer über den Rücken.

Nun ja, der Kindskopf will Vera imponieren. Mit seinem Gehabe eines Wildfangs fühlt er sich wie ein Ritter ohne Furcht und Tadel und buhlt um ihre Sympathie. Was soll's, denke ich. Ob das richtig oder falsch ist, muss er mit sich ausmachen, der Junge ist schließlich alt genug. Jedenfalls gehen wir weiter, entlang an meterdicken Wasserleitungsrohren und einigen Regenrückhaltebecken, wobei wir manche Ziege aufschrecken. Schließlich gelangen wir durch den Barranco de Monteforte an den Endpunkt. Und das ist das obere Teilstück der langgezogenen Ortschaft Hermigua. Uns hat der ultimative Wanderkick mit Georg einen Freund fürs Leben beschert, denn der Pfad ist ein Schmankerl.

Es ist ein schweißtreibender Tag geworden. Wir haben große Mengen Wasser vertilgt. Zu guter Letzt setzen wir uns an die Straße, was Georg wenig behagt. Die Tugend Geduldigkeit ist in ihm nicht sonderlich ausgeprägt. Als er ein Auto sieht schnellt er urplötzlich hoch und hält es an. Das fährt in die falsche Richtung. Mit fragwürdigen spanischen Wortbrocken bittet er die alten, spanischen Insassen uns ein Taxi zu schicken.

Ja toll, denke ich mit Ironie. Das soll das Ehepaar verstanden haben. Ich sage aber laut lachend zu dem Übermütigen: „Du spinnst. Dein mit den Händen und Füßen reden haben die zwei Alten niemals begriffen."

Doch jetzt kommt's, denn der Hammer ist, dass es tatsächlich nur ein paar Minuten dauert, dann taucht ein altersschwaches Taxi auf und hält vor uns an. Es geschehen noch Zeichen und Wunder. Wir steigen ein und das Taxi bringt uns zurück zum Ausgangspunkt, dem Alto de Contadero.

„Siehst du", stimmt Georg sein Triumphgebrüll an. „So macht man das. Du kannst eine Menge von mir lernen."

„Klar", sage ich, wobei eine Spur Bewunderung mitschwingt. „Du bist einmalig."

Dank Georg haben wir die El Cedro Wanderung im Schnelldurchgang beackert, was ausnahmsweise erlaubt war, ansonsten dem Sinn des Erfinders widerstrebt.

*

Es ist später Nachmittag. Gut zwanzig Minuten haben wir mit dem Micra vom Parkplatz bis Alajero gebraucht. Wir fahren in die Ortsmitte und schauen uns neugierig um. An einer Bar stellen wir den fahrbaren Untersatz ab und gehen hinein. Drinnen setzen wir uns an einen Tisch mit Blick auf die gegenüber erbaute Ermita. Vier große Milchkaffee bestelle ich bei der Wirtin.

Am Nebentisch sitzen drei junge Langhaarige. Worauf die warten, das ist unklar, aber wir stellen Vermutungen an. Ich denke, die sind wegen der Drogen hier. Man merkt ihnen an, dass sie weder abgehalfterte Freaks noch arme Schlucker sind. Einen von den Burschen habe ich in Christians Cacatua Bar in Vueltas gesehen. Sie sprechen leise miteinander, und ich spitze meine Lauscher, dadurch verstehe ich einige Gesprächsfetzen, die schwer verständlich an meine Ohren dringen.

„Der Nachfolger vom Walter soll ein Pedro sein", höre ich bis zur Unkenntlichkeit verzerrt. „Der handelt jetzt mit dem Stoff."

„Und der Geldgierige ist teurer geworden", sagt einer der anderer. „Den Verkauf wickelt er drüben an der Ermita ab."

„Außerdem ist er ein Spanier", bemerkt der dritte im Bunde. „Das macht mich skeptisch. Ist ein Einheimischer vertrauenswürdig?"

Es ist makaber. Kann ich meinen Ohren trauen? Pedro hat Walters Geschäfte an sich gerissen, dabei wird er der PULG zugerechnet. Der Bock hat sich zum Gärtner gemacht, denn der Scharlatan spielt eine Doppelrolle.

Ich wundere mich: Ist Pedro dumm? Warum serviert er uns den Verkauf des Stoffs an die Hippies mundgerecht auf dem Tablett?

Der mit den auffällig blonden Haaren sagt: „In fünf Minuten gehe ich rüber zur Ermita, ihr haltet euch im Hintergrund. Ist was faul, gebe ich euch ein Zeichen."

Erhabener Zufall, denke ich, wir sind mitten im Drogengeschäft. Das fühlt sich an wie ein Sechser im Lotto oder ein Glückslos bei der Fernsehlotterie.

„Fast hätten wir die Übergabe verpasst", flüstere ich den Begleitern zu. „Mein Gott, war das knapp."

„Und nun?"

Vera hat leise gefragt, weshalb ich die Stirn runzele. Gute Frage, denke ich. Tja, was tun wir? Aber klar. Wir halten den Vorgang im Bild fest. Wir brauchen Photos als Beweisstücke, kommt es hart auf hart. Ja, jetzt weiß ich, was zu tun ist.

Ich gebe das Zeichen, die Köpfe dicht zusammen zu stecken und instruiere: „Georg. Du versteckst dich draußen und fotografierst den Verkauf. In der Zeit lenken wir die Freaks ab, indem wir ein bisschen rumhampeln."

Dann gebe ich den Startschuss für Georg. „Mach, dass du wegkommst, und Hals und Beinbruch."

Der schaut zu den Typen rüber, dabei kramt er unauffällig seine Digitalkamera hervor. Er steht auf und pfeift leise vor sich hin, so geht er hinaus, derweil frage ich die Typen über die Wanderstrecke nach Imada aus.

Die Luft ist spannungsgeladen. Seine Elementarteilchen knistern, doch das Ablenkungsmanöver flutscht, denn keiner der Freaks wird misstrauisch. Ich setze mich wieder zu Anna und Vera an den Tisch und strenge ein neuerliches Gespräch an. Wie schön die Berge sind, was und wo wir heute am Abend essen sollten, und so weiter. Das machen wir in einer Lautstärke, die die Sitznachbarn zum Zuhören zwingt, dabei können fünf Minuten eine Ewigkeit sein.

Mehrere Minuten sind rum, dann gerät Bewegung in die Sachlage. Einer der Drei steht auf. Er verlässt schlendernd die Bar. Die am Tisch verbliebenen schauen ihm interessiert, aber unaufgeregt nach. Von ihren Plätzen haben sie die Ermita im Fokus. Auch wir sehen den dynamischen, schwarzhaarigen Mann mit schwarzem T-Shirt, der mit seinem dunklen BMW anhält, dann aussteigt und mit einem

Minipäckchen in der Hand zur Ermita hinüber eilt. Dort gibt er dem Langhaarigen kurz die Hand und reicht ihm die Schachtel, dabei nimmt er ein Kuvert an sich.

Das alles geschieht wortlos.

Danach steigt der schwarzhaarige Mann, vom Aussehen her ein Spanier, in seinen BMW und düst mit einem Affenzahn die Straße hinab, wahrscheinlich zum Aeroporto.

Er ist weg und ich atme laut aus, denn der Spuk ist vorbei. Wer war das? War's tatsächlich dieser Pedro?

Die zwei Freaks im Lokal stehen auf, dabei scharren sie ungehobelt mit den Stühlen. Einer bezahlt an der Theke, dann schreiten sie zu ihrem Kumpel hinaus und steigen mit ihm in den vor dem Eingang abgestellten und verbeulten Panda. Der Fahrer grüßt zu uns rüber und gibt Gas. Nicht annähernd so schnell wie der BMW schlängelt sich der Panda die betonierte Straße hinauf zur Höhenstraße.

„So, jetzt haben wir Pedro beim Drogengeschäft auf dem Display", vermute ich, was uns der herbeigeeilte Georg bestätigt.

„Die Bilder sind gestochen scharf", sagt er. „Sie sind astreine Beweisstücke."

„Aber eins beweisen die Photos selbstverständlich nicht, dass der Pedro den Walter erschossen hat", hole ich tief Luft und nehme den Überschwang aus der Aktion. „Allerdings sind die Fotos nur Puzzleteile zur Lösung."

„Die anderen Teile finden wir noch", plustert sich Georg auf, wie ein Auerhahn bei der Balz. Der das Abenteuer liebende schreckt vor nichts zurück und ist der geborene Optimist. „Bei Gangsterjagden bin ich im Element", protzt er. „Kennt ihr meinen Wahlspruch? Na, kommt ihr drauf?"

„Nun sag's schon", murre ich.

„Hilf dir selbst, so hilft dir Gott."

„O nein", protestiere ich. „Lass Gott aus dem Spiel. Für mich ist das ein alberner Mann mit Rauschebart. Ich bin Atheist."

Georg lacht verschmitzt.

„Na gut", ergänzt er. „Dann hetzen wir Kleber und Alonso ohne Gott auf Pedros Fährte. Ihr werdet sehen, wie schnell der den Arsch zusammenkneift und redet."

Georgs Vorschlag klingt plausibel. Ich kann mich mit seiner Idee anfreunden. „Okay, ich finde den Geistesblitz gut. Das auf die Fährte hetzen und das mit der Drogenkacke verspricht Erfolg. Aber wie verklickern wir's denen?"

„Natürlich über die Arbeitskanone Fernando", jubiliert Georg. Der Freund strotzt vor Einfallsreichtum. „Fernando gibt seine Deckung auf und macht er sich mit dem Entlarven Pedros nützlich. Damit sammelt er erste Pluspunkte."

„Prima. Das ist gebongt", stimme ich mit Georg überein. Mir fallen die Zusammenhänge wie Schuppen von den Augen. „Vor der Maria zeigen wir Fernando die Fotos des Drogenverkaufs. Dann sehen wir, wozu der Saufsack taugt."

Unsere Arbeit in Alajero trägt Früchte, denke ich mit Genugtuung. Pedro sitzt in der Falle. Aber eine Schwalbe macht noch keinen Sommer.

Ich frage die Freunde: „Sollen wir Pedros Haus checken?"

„Ach was. Das ist nutzloser Aufwand", wehrt Georg ab und er hat recht. Die Beweise für den Handel mit Drogen sind ausreichend, außerdem kennen wir seine Finca nicht einmal. Und die Photos der Erschossenen werden kaum als Jagdtrophäen an seinen Wänden hängen.

Wir bezahlen die Getränke, verabschieden uns und verlassen die Bar. Mit gehörigem, aber zeitlich vertretbarem Abstand fahren wir hinter dem verbeulten Panda her.

Und wo fährt der hin?

Selbstverständlich ins Valle.

Bis Vueltas halten wir den Anschluss, dann verliert sich die Spur der Rostkarre, aber das macht nichts. Die Gelegenheitsfreaks sind als Mörder ungeeignet. Denen fehlt das Motiv, schon daher scheiden sie aus dem Roulett ums Morden aus.

Anders steht es um den Pleitebauherrn Pedro. Dem werden wir rein symbolisch Feuer unterm Hintern machen. Über seinen Werdegang ist das letzte Wort noch nicht gesprochen. Bis zum Ende des Urlaubs ist es eine Weile hin, dann müssen wir die Mordfälle in trockenen Tüchern haben. Bis zum nächsten Osteraufenthalt wird die Aufklärung nicht warten. Es wächst Gras über die Schicksale Walters und

Erwins, sobald unsere Ferien vorbei sind. Den Toten kräht eh kein Hahn nach.

Es ist Abend. Wir sind wieder zurück an der Playa. Gegen den Hunger testen wir das Shiva. Es ist der neue, aber nicht billige Inder in der ehemaligen Jazzkneipe. Und das tun wir in kleiner Besetzung mit Karla, Vera und Georg. Manuel ist leider verhindert.

Na ja, das Essen haut uns nicht vom Hocker. Es schmeckt passabel, aber bis auf meine Wenigkeit ist es den anderen zu scharf. Denen brennt es auf der Zunge. „Das Feuerspeien überlassen wir unserem Ayram an der Playa beim Spektakel zum Sonnenuntergang", scherzt Karla.

Ausreichend gesättigt begeben wir uns zur Casa Maria, wo wir uns dem halbwegs nüchternen Fernando nähern. Manuel befindet sich wer weiß wo, daher will Karla ihr Glück erzwingen. Mit ihrem unwiderstehlichen Lächeln und unbegrenztem Charme wickelt sie den Spion um den Finger.

Und das Ergebnis?

Wie's nicht anders zu erwarten war, ist Fernando bereitwillig. Der hübschen Karla zu widerstehen ist unmöglich. Dazu kommt, dass seine Neugierde auf die Photos überwältigend ist. Also führt ihm Georg die Photos der Drogenübergabe auf dem Display der Digital Kamera vor.

„*Madre mia*", flucht Fernando böse, die Beweisaufnahmen direkt vor Augen. „Was Geldnot macht aus anständigen Mensch. Früher Pedro war feiner Kerl."

„Das trifft auch auf andere zu", werfe ich in die Runde.

Doch Fernando kann mit dem Seitenhieb nichts anfangen, denn er knurrt: „Ausnahmsweise ich das sagen Alonso und Kleber. Die sich kümmern um Pedro."

„Ich weiß nicht so recht", wäge ich ab. „Findest du's wirklich gut? Bringt das was?"

Und obwohl Fernando in die angedachte Richtung reagiert, sind Karlas Fragen von Skepsis geprägt. „Wieso erzählst du es Kleber und Alonso? Warum setzt du Pedro nicht fest und nimmst ihn selbst in die Mangel?"

„Ich? O nein. Abwarten und Tee trinken." Fernando lacht linkisch. „Vielleicht führt Pedro uns zu Mörder? Mörder ist Pedro nicht. So tief er nicht sinken."

Ich denke über Fernandos Meinung über Pedro nach. Woher nimmt er den Glauben an Pedro? Wir haben ihn schließlich des Handels mit Drogen überführt. Ist auch er ein Schwippschwager oder sonst was? Sind hier alle um ein paar Ecken miteinander verwandt?

Da wir Fernando brauchen, signalisiere ich mein Einverständnis, indem ich knurre: „Okay, ich unterstütze dich. Warten wir ab, was es bringt. Du kennst deine Pappenheimer?"

Tja, wen könnte ich mit Pappenheimer meinen? So oder so ähnlich wird Fernando denken. Wer verbirgt sich hinter dem für Fernando unverständlichen Begriff?

Ich aber denke konkret: Der seit über dreißig Jahren auf La Gomera sesshafte Kleber spielt mit seinem Einfluss eine gewichtige Rolle. Und wie verhält es sich mit dem Immobilienhai? Warum sieht man diesen Alonso weder an der Playa noch in Calera oder in Vueltas? In keinem seiner Immobilienbüros taucht der Makler persönlich auf, oder tätigt ein Geschäft. Was hat das auf sich? Warum das Verstecken spielen?

La Gomeras Wege sind seltsam verschlungen, denn trotz Annäherungen bleibt Fernando reserviert. Er behält die Deckung aufrecht. Nicht einmal verlässt er sein stupides Denkmuster und dass heißt: Rutscht mir den Buckel runter, ich weiß von nichts. Seine Zurückhaltung benutzt er als Schneckenhaus. Hat der Agent selbst Angst? Und wenn ja, vor wem?

Ein Held ist Fernando gewiss nicht. Das ist einer, der fünf Minuten länger mutig ist als der gewöhnliche Mann. Er passt nicht in die Schablone des Tapferen. Dagegen bin ich das Gegenteil eines Angsthasen. Auch damals als grüner Fraktionschef war ich furchtlos, denn ich fuhr im Wahlkampf zu einer Werbefläche, mit Farben und Pinseln ausgestattet. Mein Wahlslogan lautete: O Tonnenboom. Eine Persiflage auf die Wegwerfgesellschaft.

Ich war bei den Schriftzügen, als eine grässliche Männerstimme meuterte: „Hau ab, du grünes Schwein!" Und nochmals... .

Ich versuchte die Stimme zu orten, dabei pfiff ich locker vor mich hin. Eine Art Angstpfeifen. Danach schmetterte ich dem Fremden entgegen: „Kommen Sie raus und reden sie mit mir!"

Aber bösartig schallte es zurück: „Mach das du wegkommst, du Sau!"

Prompt flog das erste Ei, und noch eins, insgesamt fünf. Die trafen die Plakatwand oder zerschellten auf meiner Jutetasche.

Hastig griff ich zum Pinsel und beschriftete den Namenszug DIE GRÜNEN, dann machte mich Hals über Kopf aus dem Staub.

Na, war dass Mut?

Okay, es gibt größere Heldentaten, deshalb wieder zurück nach La Gomera. Hier sind wir Riesenschritte weitergekommen, denn wir haben unser Ziel erreicht. Klaus Kleber und Alonso erfahren durch Fernando von den widerwärtigen Geschäftspraktiken Pedros. Was wird Kleber unternehmen? Ich bin neugierig auf die Reaktion des Überfliegers.

Der Abend klingt aus wie die vorherigen. Offen steht nur im Raum: Was machen wir am kommenden Tag?

Anna als Lehrerin will einen Strandtag einlegen. Ihr Ausspannbedürfnis respektiere ich. Wogegen ich nach Schritten zur Aufklärung dürste, und der gute Georg mächtig auf den Busch haut. Wir wollen handeln. Hoffentlich hängen wir uns nicht zu weit aus dem Fenster. Die Situation ist brenzlig und kann gefährlich wie ein Bumerang auf uns zurückschlagen.

Trotz der Warnsignale beschließen Georg und ich, den Flughafen unter die Lupe zu nehmen, bis in den letzten Winkel. Die Drogen wandern über den Airport auf die Insel, davon sind wir überzeugt, denn Pedro ist in Richtung Flugplatz davon gedüst. Ebenso hat Playa de Santiago und da die Nobelanlage Tamina unsere Aufmerksamkeit verdient. Wie sind die Besitzverhältnisse?

In die Tamina verlegt unsere Kanzlerin ab und zu ihre Urlaubsreise. Nun ja, die Frau baut so mancherlei Mist, aber die Morde auf der Bananeninsel haben andere zu verantworten. Auf so was hat sie null Bock und noch weniger Einfluss. Brandschatzen und morden, dass gehört nicht auf ihre Agenda oder in den Koalitionsvertrag.

Da die Kanzlerin als Mordbeteiligte ausscheidet, kehre ich zur Lichtgestalt Kleber zurück. In gut eingeweihten Kreisen gilt er als Teilhaber an der Tamina. Er ist ein Motor, durch den das Feriendomizil seine Monstergewinne abwirft. Und dass das so bleibt, dafür ist ihm jedes Mittel recht.

Von Alonso, dem Mann mit der Tarnkappe, weiß keiner, wo und worin er seine Vermittlerprovisionen anlegt. Wie erwähnt, versteckt er sich oder macht sich unsichtbar. Gibt es ihn gar nicht und er ist nur irgendein Name? Aber existiert er, was ist er für eine merkwürdige Gestalt?

Und selbstverständlich hat die Drogenmafia, deren Hintermänner wir nicht kennen, ein gesteigertes Interesse daran, das der Klientel der Tamina zur verschnupften Nase verholfen wird. Die Schönen und die Reichen sind potenziellen Abnehmer. Es gilt das Licht im Verborgenen anzuknipsen, das bedeutet, es gibt viel zu tun.

Ich tätige mit Georg die Verabredung, den Sumpf an Ungereimtheiten austrocknen zu wollen. Der Schwung aus Alajero gehört mitgenommen. Wir wähnen uns auf der Überholspur zur Aufklärung und fühlen uns ganz nah am Lüften des Geheimnisvollen. Himmel Herrgott, das kann doch nicht mehr schwer sein.

Anna und Vera bitten uns, das Unternehmen Aeroporto und Play de Santiago abzublasen. Eindringlich flehen sie uns an: „Bleibt hier. Der Ausflug ist zu gefährlich."

„Wir passen schon auf", wiegelt Georg ab, sodass Vera energischer wird: „Und wenn ihr auf Pedro oder sonst jemand Halbseidenen trefft, was dann? Ihr habt es nicht mit Chorknaben zu tun."

Doch Georg und ich sind wild entschlossen. „Uns wird schon das Richtige einfallen, kommen uns kriminelle Elemente in die Quere. Dafür sorgt das Überraschungsmoment."

„Na gut, macht was ihr wollt, aber ihr seid unvernünftig wie Kleinkinder", motzt Vera. Sie nimmt ihren unverbesserlichen Georg in die Arme und drückt ihn fest an sich. Auch Anna kann nicht mehr an sich halten und umarmt mich. „Spiel nicht den Bruder Leichtfuß", warnt sie mich. Danach sagt sie zu Georg: „Pass gut auf Richard auf. Zwei handfeste Männer wie ihr werden dringend gebraucht."

Ach, hätte ich bloß die Finger von den Mordfällen gelassen. Aber hinterher ist man schlauer, denn unser Aufsuchen des Airports und der Tamina ist der Einstieg in ein unvergleichliches Spektakel des Schreckens. Doch bevor es dazu kommt, mache ich mit Anna einen schnuckeligen Nachtrundgang durch das verschlafene Playa.

7

Wir stehen früh auf. Dann schwimme ich einige Runden um den Felsen in der Bucht unterhalb unseres Balkons herum. Danach kaufe ich ein warmes Baguette in der Bäckerei Pan de Vueltas und decke den Frühstückstisch. Nebenbei sorge ich mit der Inbetriebnahme der Kaffeemaschine für einen aromatischen Duft. Das Wasser für die Eier erhitze ich automatisch.

Mein Werk ist vollendet, schon steht Anna auf und gesellt sich zu mir auf den Balkon, aber wir reden wenig miteinander. Mein für Anna unsinniger Ausflug drückt auf die Stimmung. So bewundern wir die Wellen des Meeres und die aufgehende Sonne mit sehr viel Melancholie. Trotz allem gönnen wir uns ein formidables Frühstück, ich mit nacktem Oberkörper.

Ich fühle mich pappesatt, als ich wortlos das T-Shirt anziehe, in die Schuhe schlüpfe und Anna zum Abschied herzhaft an mich drücke. Dann streife ich mir den Rucksack über und eile zum Micra. Es ist zehn Uhr, als Georg zu mir stößt.

Während der Fahrt zum Aeroporto tauschen wir uns über unsere Berufsbetätigungsfelder aus. Georg ist Bauingenieur und er arbeitet in der Windradbranche, ich bin in der Umwelttechnik tätig, speziell entwerfe ich Recyclinganlagen. Beruflich sind wir quasi Verbündete vor dem Herrn.

Den Micra stellen wir rund einen Kilometer vor dem Flugplatz ab. Von da aus pirschen wir uns zu Fuß ans Flughafengelände heran. Ich trage verwaschene Jeans mit kurzem Bein und ein graues T-Shirt mit unauffälligem Aufdruck, dazu die olivgrünen Adidas-Renner. Darin fühle ich mich trittsicher, außerdem viel beweglicher gegenüber den Treckingschuhen.

Beobachtend verharren wir eine Weile an der Zaunanlage. Dann haben wir Glück, denn es vergehen knappe zehn Minuten, da landet eine mittelgroße Propellermaschine aus Teneriffa-Nord. Die rollt aus und fährt zum kleinen Verwaltungsgebäude hinüber. Dort steigen vier Fluggäste aus. Und wer latscht aus der Halle und kümmert sich um die Ladung?

Na da schau an.

Es ist Pedro, unser Drogenverkäufer.

Die wenigen Flugreisenden gehen zum Ausgang und steigen in die sie abholenden Fahrzeuge. Abreisende gibt es nicht. Alsdann kehrt der entladene Flieger mit Propellergedröhn zum Stammflugplatz nach Teneriffa zurück. Übrig auf dem Parkplatz bleibt der BMW.

Ich frage Georg: „Warten wir ab, oder schnappen wir uns Pedro und stellen ihn zur Rede?"

Und der entscheidet sich fürs Handeln. „Wozu warten, Richard. Bringen wir's hinter uns."

Nachdem ich zustimmend genickt habe und nach einem letzten Blickkontakt, verlieren wir keine weiteren Worte. Katzengewand schieben wir uns unter dem Zaun hindurch und schleichen geduckt wie die Indianer durch das spärlich bewachsene Rollbahnumfeld. Wir sind fixiert auf die Abfertigungshalle. Wer uns sehen will, der sieht uns. Der Sichtschutz ist mangelhaft.

Als wir uns zielstrebig der Flughafenhalle nähern, da kommt uns Pedro entgegen. Sorglos balanciert er ein übergroßes Monsterpaket auf dem Kopf. Kladderadatsch, vor Verblüffung flutscht ihm die Pappschachtel aus den Händen.

„*Dios mio*! Was wollt ihr hier?", flucht der Überraschte.

„Dich mitnehmen ins Valle."

Diese Antwort werfe ich Pedro unmissverständlich zum Fraß vor. „Viel zu lange hast du die Guardia civil und die PULG-Mitstreiter verarscht."

„*La excusa*, Entschuldigung, aber so geht das nicht", erwidert Pedro trocken. Er bleibt gelassen und ist die Ruhe in Person. Woher nimmt er die Selbstsicherheit?

Und die demonstriert er arrogant, als er blafft: „*De verdad*. Ihr dumm. Besser raushalten."

Von da an weiß ich, warum Pedro Überlegenheit demonstriert. Viel zu spät fällt es mir wie Schuppen von den Augen. Mensch, sind wir naiv. Ohne Waffe hier in der Höhle des Löwen aufzukreuzen, das war leichtsinnig, schlichtweg fahrlässig und dumm.

Ich will gerade antworten, prompt fällt ein Schuss.

„Peng!"

Der peitscht wie ein überlauter Donnerhall durch die Lautlosigkeit der schwachbewachsenen Einöde.

Wer hat geschossen und auf wen?

Auf mich nicht, ich bin okay, aber Georg krümmt sich und fasst sich an den Oberschenkel. Er schreit mich schmerzverzerrt an. „Hau ab!"

Und das tue ich.

Ich renne in einer Zickzacklinie auf den Ausgang des Geländes zu und versuche, flink wie ein Wiesel, den flachen Waldbewuchs des dahinter liegenden Schutzstreifens zu erreichen.

Zwei weitere Schüsse werden abgefeuert.

„Peng! Peng!"

Neben mir wird Dreck aufgewirbelt. Dann bin ich im schützenden Waldstück, durch das ich weiterhaste.

Werde ich verfolgt?

Ich sehe und höre nichts mehr, trotzdem jogge ich im Höllentempo aufwärts, doch bald ist mein Akku leer. Renn weiter, schneller, nicht schwach werden oder gar stehen bleiben, schimpfen meine aktiven Blutkörperchen.

Ja doch. Ich mobilisiere die letzten Kraftreserven. Die kitzele ich aus meinen Muskelsträngen heraus, bis sie schmerzen. So erreiche ich den wartenden Micra. Und mich vor Erschöpfung auf die Motorhaube gelehnt, pfeife ich aus dem letzten Loch.

Ist da was?

Lauschend halte ich inne.

Weit unterhalb sehe ich: der BMW bewegt sich, dann nimmt er Fahrt auf und rast auf den Flugplatzausgang zu. Wohin fährt er? Wird man mich suchen?

Im Wagen sehe ich zwei undeutliche Kopfumrisse. Sitzt Pedro neben dem Schützen im Inneren des Wagens? Der kommt an der Straße an und biegt dort nach rechts zur Playa de Santiago ab.

Gott sei Dank.

Liegt der angeschossene Georg auf der Rückbank? Wo bringen sie den Freund hin? Ich schlage mir mit der flachen Hand auf die Stirn. Aber ja, natürlich, das ist sonnenklar. Die verfrachten ihn schnurstracks in die Tamina. Wegen der ausgebliebenen Urlauber ist in der viel Platz. Von den wenigen Gästen unbemerkt kann man Georg in einem leer stehenden Bungalow verschwinden lassen. Oder erschießt man ihn vorher?

Bloß das nicht. Ans Ausmaß an Grausamkeit will ich ausklammern. Stattdessen denke ich an Vera und klemme mich hinters Lenkrad. Mit Vollgas und quietschenden Reifen jage ich das Gefährt auf dem rauen Straßenbelag nach Alajero hinauf.

Wer hat geschossen? Wer ist der Unbekannte? Ich stecke voller Fragen. Pedro wusste genau, dass sich ein Kollege mit der Waffe im Anschlag in der Halle befindet, überlege ich. Leider konnte ich den versteckt operierenden nicht erkennen. Spekulieren bringt höchsten Verdruss. Und wie geht es Georg? Wie schwer ist die Verletzung? Der Schießwütige hat ihn am Oberschenkel getroffen, das habe ich mitbekommen. Hoffentlich war's ein harmloser Streifschuss? Oder hat das Geschoss den Oberschenkelknochen zertrümmert? Hat Georg viel Blut verloren? Schwebt er gar in Lebensgefahr?

Stockschwere Not, was mache ich jetzt?

Sich aufs riskante Parkett zu begeben ist gefährlich. Das war Georg und mir bekannt, aber wir haben es ignoriert. Schuster bleib bei deinen Leisten. So sagt man dazu nicht umsonst. Aber zu Georgs Leidwesen haben wir die Skrupellosigkeit der Mordbuben unterschätzt.

Doch für Reue ist es zu spät, denn die Halsabschneider haben uns mit Georgs Gefangennahme in der Hand. Trügt der Schein nicht, dann werden sie ihn als Druckmittel benutzen, um uns mundtot zu machen. Sie sehen in Georg eine Geisel, mit der man Geld machen kann. Denken die Geiselnehmer so naiv? Was werden sie fordern? Keiner von uns schwimmt im Geld, und mehr als unseren Urlaub haben wir nicht zu bieten. Erpressung wäre demnach grober Unfug.

Und die andere Version?

Maria hilf, ich wage sie nicht auszusprechen. Wahrscheinlich wird Pedro mit seinen Konsorten unseren Freund beseitigen, wie Erwin und Walter. Georg ist ein lästiger Mitwisser. Bekanntlich werden die nicht alt. Und noch was anderes bewegt mich, wobei sich meine Nackenhaare kräuseln: Wie verklickere ich das Unheil dem Paradiesvögelchen Vera?

Ich bin verloren. Die in Georg Vernarrte wird aus allen Wolken fallen. Sie wird mir Vorhaltungen machen, obwohl ihr Georg die Triebfeder der Aktion war.

O je, das wird kein Honigschlecken, eher ein Zeter und Mordio Geschrei. Doch im Moment bleibt mir nur die Heimkehr nach Playa, reumütig wie ein geprügelter Hund. Die Klatsche ist schwer verdaulich. Aber wie wir mit dem Debakel umgehen und wen wir einschalten, das will ich mit den Freunden beraten. Wie antworten wir auf die Schussattacke? Welche Retourkutsche ist möglich?

Mir kommt Klaus Kleber in den Sinn. Beim besten Willen kann ich mir nicht vorstellen, dass der den Tötungsversuch gutheißt. Den zu akzeptieren, hat er als König des Valle nicht nötig. Er ist hier der Hero. Er thront über dem Valle wie die Oberhäupter von anno dazumal über die Guanchen, doch mich beeindruckt das nicht sonder-

lich. Ich traue ihm nicht. Durch seine Überheblichkeit bin ich vor-
gewarnt. Mir spuken seine Androhungen durchs Gehirn.

Über La Gomera hat sich eine Wolke der Missgunst geschoben. Seit
den Bränden ist es hier nicht mehr so liebenswert, wie's die Insel
verdient.

*

Ohne Zwischenfälle oder Belästigungen liefere ich den Micra bei
der mich superfreundlich behandelnden und anlächelnden Frau in der
Autovermietung ab, vorher habe ich ihn aufgetankt. Man sieht mir an,
dass ich bedrückt bin. Im Würgegriff der Schussattacke gehe ich an
die Playa und schaue zum Strand hinüber. Dort sehe ich die drei
Freundinnen friedlich nebeneinander, Anna, Karla und Vera. Sie liegen
als Blickfänge aufgebahrt auf ihren Strandmatten. Völlig weggetreten
haben sie sich in ihre dicken Wälzer vertieft.

Ich gehe zu ihnen rüber und setze mich zu ihnen in den Sand, dann
räuspere mich. „Es ist etwas Schreckliches passiert", sage ich. Mein
Gesicht gleicht einem benutzten und über Jahre aufgehobenen Blatt
Geschenkpapier.

Vera schreckt auf. Sie registriert mich und springt auf. Ihre Frage
peitscht über den Strand: „Wo ist Georg?"

Die Frage trifft mich vorbereitet, trotz allem druckse ich verlegen
herum: „Tja, wüsste ich das nur."

„Wie bitte? Du weißt nicht, wo er ist?" Vera gleicht einem Vulkan,
kurz vor der Eruption.

Ich schlucke meine Beklemmung herunter und fasse mir ein Herz:
„Irgendwer hat Georg am Flugplatz angeschossen", erkläre ich den
trostlosen Zustand.

„Was? Angeschossen?"

Vera steht dicht vor mir und pocht mir wild wie eine Furie mit den
Fäusten auf die Brust. Sie ist im Ausnahmezustand. „Und du hast ihn
einfach so zurückgelassen?"

„Was sollte ich sonst machen?"

„Na was wohl? Ihm helfen."

Ich rechtfertige mich mit unbeholfener Gestik. „Georg wollte es so. Er hat mich angeschrien zu verschwinden. Leute, ich bin um mein Leben gerannt."

Genauso haarsträubend ist es gewesen, dennoch bringt mich Karla in Verlegenheit. „Okay, Richard. Aber jetzt sag bloß noch, du weißt nicht, wer geschossen hat?"

„Natürlich nicht", antworte ich kurz und knapp. „Wir wollten uns Pedro schnappen, aber ein anderer hat aus der Flughafenhalle heraus geballert. Der Schütze hat aus seinem Versteck operiert."

„Aber Pedro hast du erkannt", bleibt Anna ganz ruhig. „Und der Schütze hat aus der Deckung der Halle gefeuert." Ruhig bringt sie die Zusammenhänge auf den Punkt.

„Ja, Himmeldonnerwetter, so war's", springe ich ihrem Bericht des Sachstandes bei. „Ich hatte Glück im Unglück und konnte auf den letzten Drücker abhauen."

Vera hat das blanke Entsetzen im Gesicht. Völlig entgeistert vor Ungewissheit steht sie neben mir. Ihre Augenlider flackern. Ihre Gesichtszüge haben sich zur Fratze verzerrt. Nicht zu wissen, wie schwer Georg verletzt ist, das hat ihr labiles Gleichgewicht unstabil gemacht.

„Ich bringe den Saukerl um, der Georg angeschossen hat", wütet sie. „Marsch, Marsch, wir gehen zur Polizei. Wofür gibt's die? Die sollen mir meinen Georg zurückbringen."

„Ausgerechnet die?"

Verächtlich lehne ich den Horrorvorschlag ab. „Eher sprechen wir mit Fernando. Überlegt mal, was wir ihm sagen? Vorher kontaktiere ich Kleber."

„Warum Klaus Kleber?", fragt Karla.

„Über den Machtgeilen läuft fast alles im Valle", begründe ich den Schritt. „Wenn's in seiner Macht steht, dann paukt er Georg da raus. Das hoffe ich zumindest."

Anna rollt ihre Bastbademmatte ein, dann faltet sie das Badehandtuch zusammen. Die anderen tun es ihr nach. Und damit fertig und den Sand vom Körper geklopft, gehen Anna und ich hinüber zu unserem Studio und Karla nimmt Vera mit hinauf nach La Calera. Sie lässt die am Boden zerstörte Vera in ihrem Schmerz nicht allein. Georgs Verlust hat eine tiefe Wunde in Veras Seele gerissen.

Die Intension ist: Am späten Nachmittag treffen wir uns zum Essen in der Yaya Bar und danach mit Fernando.

Im Studio zurück, duschen wir gemeinsam. Als Anna abgetrocknet ist und nackt vor mir steht, überkommt mich das wundersame Gefühl, als hätte ich mir über meinen Bernstein gerubbelt. Ihre Figur, die blonden Haare und das verlegene Lächeln wegen meiner Blicke, alles fasziniert mich an ihr wie beim ersten Zusammentreffen, und das ist immerhin zwanzig Jahre her.

Wir umarmen uns voller Leidenschaft, dabei stürmt ein Orkan der Liebe über unsere Haut und durch die Gliedmaßen. Mein Männchen erblüht zur wunderschönen Schwerlilie. Die Glut eines Vulkans bricht aus mir heraus und eine Masse an Lava ergießt sich in Annas Schoss. Sie ist der Glücksgriff meines Lebens.

*

Die Wellenberge der Energiestöße sind abgeflaut. Matt liegen wir nebeneinander auf dem Bett, schon fokussiere ich mich wieder auf die unseligen Verquickungen. Demzufolge gehe ich den Gedanken nach, wie und wo ich an Kleber rankomme. Am einfachsten erfahre ich es in einem seiner Läden, fällt mir das Naheliegendste ein.

Trotz der Proteste Annas stehe ich auf und mache mich frisch, dann streife ich mir das taubenblaue T-Shirt über und zwänge mich in eine knielange Jeans. Ich werde meiner Idee nachgehen und Kleber in die Zange nehmen.

Als ich den Kleber gehörenden Laden an der Promenade betrete, vertröstet mich eine Verkaufskraft: „Kleber kommt heute nicht ins Geschäft. Versuchs in seinem Haus hinter der Kunstgalerie."

„Danke, das mache ich", verabschiede ich mich.

Ich bin dreist. Womöglich ein bisschen zu hartnäckig. Jedenfalls setze ich den Tipp in die Tat um und überfalle Kleber am Pool.

„So, so, der Bauingenieur", empfängt der mich. Seine Badehose ist nass, denn er hat ausgiebig mit seiner Frau geplanscht.

„Bitte, Liebste, lass uns allein", sagt Kleber zu seiner Frau, und die geht tatsächlich ins Haus, prompt wird der sich Abrubbelnde polemisch. „Das haben wir gern. Nicht mal bei mir wohnen, aber die dicke Lippe riskieren."

Aha, daher weht der Wind. Kleber spielt die beleidigte Leberwurst, weil wir nicht in seinem Luxus schwelgen wollen und eins seiner Edelapartments mieten. So kleinkariert und albern habe ich ihn nicht eingeschätzt. Bisher hatte er mir mit seinen Erfolgen imponiert.

Ein mit mir befreundetes Paar aus Vaals war vor Jahren mit den Kindern bei ihm abgestiegen, während irgendwelcher Umbau- und Modernisierungsarbeiten. Sie wohnten praktisch auf der Baustelle. Da hat er sich nobel verhalten und den Mietpreis drastisch reduziert. War das seine einzige positive Wesensart?

Kleber ist vom Erscheinungsbild ein angesagter Typ. Mit brauner Haut wirkt er weltmännisch, besonders mit den halblangen Haaren und seiner lässigen Aufmachung. Ist er von Geburt so, oder orientiert er sich an irgendwelchen Vorbildern? Ich tippe auf Richard Gere. Und eine bildhübsche Frau hat er sich geangelt, mittlerweile ist es die Dritte. Er kann sich den teuren Luxus leisten.

Ich ignoriere Klebers Tonfall und gehe ihn forsch an: „Ist dein Kumpel Pedro Mitglied der PULG?"

„Dazu erfährst du von mir nichts", wimmelt er mich ab.

„Aha, Geheimhaltung ist Ehrensache", frotzele ich. „Erzählst du es mir wenigstens, wenn ich dir sage, dass Pedro gemeingefährlich ist? Er mischt kräftig im Drogengeschäft mit und hat Walter beerbt."

„Was du nicht sagst."

Kleber hat seine vorher herunterhängenden Arme mürrisch in die Hüften gestemmt. Er ist sichtbar verwirrt. Tut er so? Und wenn ja, ist er ein Schauspieler per excellence.

Jedenfalls spielt Kleber den Uninteressierten: „Ja und? Was soll mir das sagen? Was geht mich das an?"

„Das sollte dich auf jeden Fall interessieren", mache ich weiter, „denn mein Freund wurde am Aeroporto durch einen Schuss verletzt und ich konnte in höchster Not flüchten."

„Echt schlimm." Kleber ist entrüstet und schüttelt sich. „Und was habe ich damit zu tun?"

„Das ist jetzt nicht wahr", werde ich direkt. „Dein Kollege Pedro war dabei. Geht dir das echt am Arsch vorbei?"

Aber wie man in den Wald hineinruft, so schallt es heraus. „Ich habe euch gewarnt", grollt Kleber. Er rollt bösartig mit den Augen. „Aber ihr wollt ja nicht hören. Ja, ja, immer die Superschlauen spielen, und dabei seid ihr noch überheblich."

Ist Klebers wütende Reaktion ein Ausweichmanöver? Sind seine Augen der Spiegel seiner Seele? Cleveres Verhalten kann man ihm nicht absprechen. Der Mann ist ein Fuchs. Er ist mit allen Wassern gewaschen. Aber jeder noch so Clevere hat einen wunden Punkt. Wohinter verbirgt er sich bei ihm?

Das muss ich rausbekommen, daher gehe ich ans Eingemachte, doch leider ist meine Frage ein wässeriger Fraß. „Mit wem arbeitet Pedro zusammen?"

Und damit nicht genug, greife ich intensiver an: „Mensch, lass was rüberwachsen. Wo hat man Georg hingebracht? Du weißt es."

„Ach Gott, was soll ich antworten?" Kleber reibt sich nachdenklich über seine Bartstoppeln. „Du äußerst verleumderische Vermutungen, noch dazu sind sie auf Sand gebaut."

Die Widerrede war seiner unwürdig, mehr als blass. Mit der hat er mich nicht beeindruckt. Ich hatte eine höchst intelligente Antwort einkalkuliert, denn er weiß genauso gut wie ich, dass ich weder lüge noch übertreibe.

Ich versuche Kleber in die Zange zu nehmen und werde konkreter: „So, so, auf Sand gebaut, sagst du. Und was ist mit deiner PULG-Truppe? Bei denen läuft einiges aus dem Ruder."

„Wie willst du das als Außenstehender beurteilen?"

Jetzt reibt sich Kleber die Augen, sodass ich nachkarte: „So was spürt man, aber das ist nebensächlich. Bleiben wir bei dem Schießwütigen. Du kennst ihn. Sicher kennst du ihn."

Kleber protestiert: „Nein, und nochmals nein. Ich weiß nicht, wer hinter den Morden steckt. Das kannst du mir glauben."

„Das würde ich ja gern", lasse ich nichts anbrennen, „aber ich habe es nicht so mit den Glaubensrichtungen, und dir zu glauben fällt besonders schwer."

„Frag Gunda. Mit der lebe ich in eine Art Burgfrieden, obwohl sie ihren Laden nicht dicht gemacht hat. Dabei hatte ich Gunda meine Hilfe angeboten. Nur darüber habe ich mit Erwin gesprochen."

„Och, ne, der Wohltäter."

„Quatsch. Ich bin weder ein Wohltäter, noch ein rücksichtsloses Schwein. Ich will Ruhe im Tal. Die Drogen und damit das Fernbleiben der Touristen, die Dinge sind kontraproduktiv."

„Georg ist auch einer der Touristen, den La Gomera braucht, damit im Tal nicht die Lichter ausgehen."

„Selbstverständlich. So ist es. Unser Tal braucht Georg, dich und deine Freunde", lenkt Kleber ein. „Das ändert aber nichts daran, dass der Mangel an Touri's eine Schneise zwischen Geschäftsleute und Drogenheinis geschlagen hat."

Es ist zum Verrückt werden, denn ich würde Kleber gern glauben. Weshalb kaufe ich ihm sein Gesülze nicht ab? Dafür ist er zu sehr Spielernatur, die sich nicht in die Karten gucken lässt? Er blufft gern, denn vom Pokern versteht er was.

Ich unterbreche seinen Redefluss, ohne ihm meine Einschätzung an den Kopf zu knallen. „O ne, wie unangenehm", werde ich ironisch und weise ihn in die Schranken. „Du als fleißiger Geschäftsmann wirst es verkraften. Nur erleben wir die Feindseligkeiten gerade am eigenen Leib. Georg ist der Leidtragende."

„Okay, okay. Das tut mir ehrlich leid."

Mitgefühl heischend legt mir Kleber die Hände auf die Schultern. „Ich sehe, was ich tun kann, aber versprechen kann ich nichts. In manchen Dingen sind mir die Hände gebunden."

Du gute Güte, verarschen kann ich mich selbst, denke ich. Und wie so oft steigt Unbehagen in mir auf. Es steht Spitz auf Knopf und was macht Kleber? Er versucht sich als sympathisches Unschuldslamm. Es ist zum Mäuse melken.

Aus berechtigter Wut werde ich bestimmend und zische: „Sorge dafür, dass Georg freikommt. Ich appelliere an deinen Anstand. Sonst hetzen wir dir den Geheimagenten auf den Pelz."

„Den Fernando?" Kleber grinst vielsagend. „Wenn du dich mal nicht in dem vertust."

„Wie meinst du das?"

„Der ist nicht koscher."

Kleber reibt sich besserwisserisch die Hände. „Frage dich mal, weshalb er die Brandfrage nicht in die Gänge bekommt. Was macht er denn, dein Freund? Dumm herumstehen. Seine Untätigkeit müsste selbst dir auffallen."

Mein Gott, wummert mir durch den Kopf. Nach dem Jahrhundert-Feuer verdächtigt jeder jeden. Solidarität wurde abgeschafft. Meine Erinnerung an die Insel ist da sympathischer. Freundlichkeit, Toleranz und Weltoffenheit, das waren die herausragenden Merkmale der Bananenrepublik, doch das positive Image hat Schaden genommen. Welche sind jetzt das Aushängeschild?

Zerknirscht wegen seiner Hinhaltetaktik und der Irreführungen sage ich zu Kleber: „Du weißt, wo du mich findest. Abends erwarte ich dich mit Georg vor der Casa Maria."

„Nun mal halblang", seufzt Kleber.

Und ich knurre wie ein Zwergpinscher, der sich überschätzt. „Was ihr auf der Scheißinsel unter euch treibt, das ist mir scheißegal. Schlitzt euch meinetwegen auf. Doch die Hauptsache ist, Georg kommt frei. Ist das bei dir angekommen?"

Kleber führt seine rechte Hand in sein Gesicht und reibt sich über die Nasenflügel. Hat er die Nebenhöhlen verstopft? Natürlich ist die Androhung starker Tobak, wird er denken. Eigentlich bin ich derjenige, vor dem das Valle kuscht. Vor mir und meinem Geld. Wieso nervt mich dieser dahergelaufene Urlauber? Was bildet sich der verblödete Ingenieur eigentlich ein?

Genau daran denkt er wohl, als er säuerlich antwortet: „Trag nicht zu dick auf, Freundchen. Ich will dir ja helfen, aber mit Zuweisungen der Schuld ist uns nicht gedient."

„Dann tu endlich was. Sorge für Georgs Freilassung."

„Mal sehen. Ich lasse meine Beziehungen spielen. Darauf mein Ehrenwort. Dann melde ich mich bei dir."

„Ich bitte darum."

Fürs Erste bin ich zufrieden, doch ich setze noch eins drauf: „Das ist endlich mal ein Wort."

Und Kleber antwortet: „Na also. Es geht doch."

Auch er ist erleichtert. „Nicht immer gleich poltern", brummt er, „dann hört sich alles Passabeler an. Nur gegenseitiges Vertrauen bringt deinen Freund zurück. Dann bis am Abend."

„Ja, bis später."

Mit Engelszungen hat Kleber auf mich eingeredet und ich habe gute Miene zum Verwirrspiel gemacht. Ob's ein bitterböses Spiel wird, das bleibt abzuwarten. Ich kann nur auf die Ehrlichkeit Klebers hoffen, mehr fällt mir gegenwärtig nicht ein.

Aber wie weit reicht Klebers Einfluss?

Er hat sich mit seinem Apartmentimperium und den Läden einen unüberwindbaren Machtapparat aufgebaut. Und der ist nicht von Pappe. Doch daraus stellt sich die Frage: Ist Klebers Macht auf La Gomera unbegrenzt?

Klaus Kleber versteht sich gut mit den Residenten, anderseits liegt er mit den Einheimischen im Clinch, das ist ein offenes Geheimnis. Die gönnen ihm nicht das Schwarze unter den Fingernägeln. Beim Verlauf seiner dritten Hochzeit wurde das Brautpaar Kleber sogar mit Steinen beworfen. So stand es im Valle-Boten. Ist es eine Ente oder dummes Geschwätz? Nun ja, auch als langjähriger Urlauber auf der Insel kann ich nicht alles wissen. Manche Ungereimtheit bleibt verborgen, das ist normal.

Ich verlasse Klebers Anwesen total zwiespältig gestimmt und biege durch die Gasse an unserem Studioeingang auf die Promenade ein. Dort sitzen Anna, Vera und Karla auf der Bank.

Als ich vor ihnen stehe, bestürmt mich Vera: „Und? Wie war's? War dein Besuch konstruktiv? Was hast du aus Klaus Kleber heraus gekitzelt?"

Und Anna setzt nach: „Ist Kleber bereit zu helfen? Hat er einen Verdacht, wo man Georg hingebracht hat?"

„Ich kann nichts versprechen und ich bin nicht viel schlauer als vorher, aber unmöglich ist nichts", verstreue ich Hoffnungspillen. „Er hat seine Hilfe zugesagt. Aber wie gut kennen wir ihn? Und ist auf seine Versprechungen Verlass? Vor der Casa Maria am Abend erfahren wir mehr."

„Sehr gut, Richard", schüttet Karla Lob über mich aus. „Ich finde den Kleber gar nicht so schlecht. Er bleibt ein Trumpf im Ärmel. Die Guardia civil können wir abhaken."

„Weshalb die Gardia civil?" Mein Erstaunen im Blick übertrifft das bei so manchem Missgeschick. „Ich dachte, ihr habt mit Fernando gesprochen?"

„Haben wir", stöhnt Vera abfällig, dann brüllt sie los: „Fernando ist ein Vollidiot! Verstehst du. Der hat uns zu den Bullen geschickt. Er könne nichts unternehmen, das hat er gesagt. Seine Befugnisse würden es nicht zulassen."

„Und die Guardia civil stellt sich dumm", will ich alles wissen. „Hat Gonzales wenigstens irgendwas eingeleitet?"

„Denkste."

Vera stiert mich mit ihre vom Heulen geröteten Augen enttäuscht an. „Der Oberbulle hat das Verschwinden Georgs runtergeredet", sagt sie mehr beiläufig. Als Bagatelle hat er es abgetan. Ihr Freund hat sich verlaufen."

„Und zu den Schüssen? Was hat er dazu gesagt?"

Vera winkt verärgert ab, trotzdem redet sie weiter: „Du, Richard, wärst nicht taub. Das habe ich ihm zu verstehen gegeben. Du warst schließlich dabei."

„Ja, Richard, das waren meine Worte."

„Und?"

„Daraufhin hat Gonzales gelacht. Wer weiß, was das war, das hat er geantwortet. Vielleicht ein Jäger? Vielleicht Fehlzündungen? Wir sollten in Ruhe abwarten. Georg wird irgendwann auftauchen."

„Herr im Himmel. Gonzales ist krank. Er leidet an einer Paranoia und das Verhalten des Spions akzeptieren wir nicht", knattere ich wie ein alter Zwölfzylinder. „Wir stellen Fernando bloß und rücken ihn in die Nähe der Drogenclique. Ich bin gespannt, wie er mit dem Verdacht klarkommt? Für Georg ist uns jeder Schritt recht."

„Richtig, Richard", stimmt mir Vera zu.

Worauf ich frage: „Wie spät ist es?"

„Halb sechs", antwortet Anna. „Ich bekomme Hunger. Das Essen bei der Casa Maria ist zwar Scheiße, aber ausnahmsweise esse ich dort. Wer ist dabei?"

Alle nicken.

„Dann machen wir's so", bestimmt Anna. „Wir gehen hinauf ins Studio zum Frischmachen, und in einer Stunde treffen wir uns vor dem Eingang."

Ich hake mich bei Anna unter. So gehen wir strammen Schrittes zur Haustür. Und die aufgesperrt, stürmen wir in unser Studio hinauf. Eine geruhsame Stunde ist uns sicher. Wir kuscheln uns auf dem Bett aneinander und genießen das Beisammensein in vollen Zügen.

*

Wir sind die Letzten, die an der Casa Maria eintreffen. Ayram's Feuerzauber ist im Gange und der Sonnenuntergang verspricht alle vorherigen zu übertreffen. Der Menschenauflauf ähnelt dem des historischen Jahrmarktes in einem Vorort Aachens, und heute kommt's mir so vor, als hätten sich besonders viele Fans an der Playa versammelt.

Nachdem wir Karla und Vera freundschaftlich gedrückt haben, nehmen wir den Tisch nahe an Fernandos Stammplatz am Fass. Der Spion ist noch nicht anwesend, dafür ist Manuel hinzugekommen. Die Essensbestellung nimmt der deutschstämmige Mathias auf. Seit Antonio in der Küche steht, sei das Essen besser geworden. Aber ist das Essen auch so gut wie es die Mund zu Mund Propaganda verspricht? Ich teste seine Kochkünste mit meinem Lieblingsgericht, den Chocos à la Plancha. Und wo bleibt Fernando?

Beim Warten erkläre ich den anderen mit einer dramaturgischen Meisterleistung, was ich zu unternehmen gedenke, falls Georg am Abend nicht wohlbehalten zu uns stößt. „Ich werde mich ins Auto setzen und das Drogendreieck um Alajero, Playa de Santiago und die Fünf-Sterne-Anlage auf den Kopf stellen. Das Refugium für Schwerreiche knöpfe ich mir mit der Lupe vor, dazu leihst du, Manuel, mir deinen Smart. Wegen Georgs Verletzung hält man ihn in einem Bungalow der Tamina versteckt. In dessen Allerheiligstes dringe ich ein und befreie Georg aus den Fängen der Drogenclique."

Ich beende den Vortrag und schaue abwartend in die Runde.

Anna schwitzt Blut und Wasser. „Und mich nimmst du mit", sagt sie im Befehlston. „Allein rennst du nicht ins Verderben."

Einfach herrlich, dieser Liebesbeweis.

Das Essen kommt und ist okay. Es kann mit anderen Lokalitäten Schritt halten. Leider schmecken die Chocos nicht so lecker wie die in der Yaya Bar und die Mojo ist beiweiten zu lasch, aber siehe da, der Geheimagent Fernando nähert sich auf leisen Sohlen seinem zweiten Wohnzimmer. Und zu unserer Freude nimmt er seinen Platz am Fass ein. Als er uns bemerkt, schaut er verlegen zu uns rüber.

Allein unsere Anwesenheit macht ihn nervös, denke ich. Oder liegt es am fehlenden Quantum Wein? Erst mit ein paar Weinchen macht der Tag für ihn Sinn. Aber das holt er nach. Das erste Glas hat er prompt beim Wickel.

Solch eine Witzfigur soll ein verdeckter Ermittler sein? Mit dem Schwänzchen am Hinterkopf sieht er aus wie ein Sozialarbeiter, der abgewirtschaftet hat. Er ist der Alkoholsucht verfallen, keine Frage. Etwas anderes ist schwer vorstellbar.

Dem Arsch wische ich eins aus, beschließe ich.

„*Salute*, Fernando", proste ich ihm mit meinem Glas Claro zu, bei uns in Aachen und in Bayern heißt das Getränk Radler, und im Norden Alsterwasser.

„Was machen die Drogen?", frage ich mit beißender Ironie. „Gut daran verdient?"

Fernando weiß nicht recht, wie ihm geschieht. Endlich arbeitet was in ihm. Erlauben sich die beschissenen Urlauber einen Schabernack? Wollen sie ihm ans Bein pinkeln? Kein Spanier hat das je gewagt.

Das Drogengelaber gehört unterbunden. Grammatisch falsch und gehemmt schimpft er. „Was fällt ein? Ich verbitten das. Wegen Brand ich im Valle."

„So, so, wegen Brand", wiederhole ich. „Und warum tust du nichts? Wann präsentierst du den Brandstifter? Ich glaube eher, dich interessieren nur deine Geschäfte."

Mit meinen Anschuldigungen mache ich ein Fass auf. Nein, Gott bewahre, doch nicht das Fass, an dem Fernando steht. Ich bringe ihn mit meiner Dreistigkeit in die Bredouille, was der Spion spürt.

Aus der Zwickmühle will sich Fernando schleunigst rauswinden. Und das versucht er, indem er trotzig zu uns an den Tisch stolziert, an dem ich in Habachtstellung sitze. Ich bin auf einen eventuellen Angriff eingestellt, denn der Spion erweckt den Eindruck, als wolle er mir eine runterhauen.

Doch es kommt anders. Fernando nimmt sich einen Stuhl und schiebt ihn ungelenk zwischen Karla und mich. Dann legt er einen Arm um meine Schultern, wobei er zischt: „Warum du machen das? Was du wollen wissen?"

Es ist soweit. Fernando gibt seine Verweigerungstaktik auf, denke ich, daher platzt es förmlich aus mir heraus: „Ich will wissen, wo mein Freund Georg festgehalten wird? Deine Kumpane haben ihn angeschossen und dann verschleppt. In die Tamina? Sag es."

Fernando schüttelt den Kopf.

„Du denken falsch", flüstert er. „Ich selbst ihn gesucht, aber nicht gefunden. Die hübsche Frau", er schaut Karla eindringlich an, „hat mich mit Charme anstachelt."

„Angestachelt", verbessere ich ihn unbewusst, nebenher halte ich Manuel mit sanftem Druck gegen seine Brust zurück, denn der sitzt auf dem Sprung, Fernando an die Kehle zu springen.

„So, so, du hast ihn gesucht. Und wo hast du gesucht?"

Ich habe meiner Frage den nötigen Nachdruck verliehen. „Natürlich nicht in Playa de Santiago und in der Tamina, sondern in Alajero?"

„*Claro*", bestätigt Fernando. „Wo sonst?"

„Einen Scheiß hast du gemacht", donnert ein verbitterter Fluch aus mir raus. „Aber gut, dass du's zugibst, so befinde ich mich auf der richtigen Spur. Danke, Fernando."

„Welche Spur?" Fernando ist hellhörig geworden. „Sage es. Ich kann sagen, ob richtig."

Nein, Fernando." Ich lache verächtlich. „Dir binde ich nichts auf die Nase. Wenn du's wissen willst, geh zur Guardia civil. Da hast du meine Freunde hingeschickt."

Und das war zu viel, denn Fernando platzt der Kragen. Wutentbrannt springt er auf, dabei fällt sein Stuhl rücklings um. Er lässt ihn liegen und schimpft: „*Oh dios!*"

Alsdann geht er schwankend zur Innentheke, um danach mit einem neuen Glas Wein bewaffnet herauszukommen. Aber er stellt er sich weit weg von uns und beobachtet unseren Tisch.

Hat sich Fernando freigeschwommen? Ist der Wütende raus aus der Scheiße? Mein Eindruck ist entgegengesetzt. Seine Erläuterungen zur Sucherei waren kalter Kaffee. Ladenhüter aus der Mottenkiste, also ein Schmarren. Bedeutsames hat Fernando nicht rausgerückt. Das er in Drogen macht ist nicht vom Tisch.

Leider lässt die Polkatruppe auf sich warten. Um die Wartezeit auf Georg abzukürzen, werde ich flapsig. „Prost Leute, trinken wir auf den Erfolg", werfe ich in die Runde. „In zwei Stunden steht Kleber mit Georg auf der Matte. Wir müssen Geduld haben, ob wir wollen oder nicht."

Vera heult auf, doch Karla nimmt sie sofort in die Arme. „Bleibe ruhig, ganz ruhig", redet sie elfenhaft auf sie ein. „Georg ist bald wieder da. Darauf gebe ich dir Brief und Siegel."

Mein lieber Scholli. Mit ihrem Freund hat es Vera von ganzem Herzen erwischt. Bisher war sie eher flatterhaft, aber Georg ist ihre große Liebe. Früher, beim Abservieren seiner Vorgänger, da war sie wenig zimperlich. Sie konnte beinhart sein. Die Burschen hatten mächtig daran zu knabbern.

Es ist exakt neun Uhr. Der Casa Maria-Gesangsverein beginnt sein Abendprogramm. Aber heute habe ich wenig Lust auf das Gedudel, obwohl sich das Stimmwunder Esteban in Hochform präsentiert. Seine kräftige Stimme erreicht eine besonders anhaltende Länge. Der frenetische Applaus vieler Touristen und Gomero's gehört ganz allein ihm.

Mit einem Glas Baileys setzen Anna und ich uns auf die flache Mauer am Strand. Ich wärme sie, mit dem linken Arm um ihre Schultern gelegt. Der Wind weht kräftig aus den Bergen. Ähnlich waren die Windverhältnisse, als sich die Feuerwalze durch das Tal fraß, und dadurch viele Tiere umkamen.

O nein, daran will ich nicht denken. Sofort befreie ich mich von der Horrorvision, denn stündlich erwarte ich die Entscheidung: Ist Klaus Kleber der Gute oder ein mieses Ferkelchen? Innerhalb der nächsten halben Stunde beweist sich, welche Menschenkenntnis ich besitze und welchen Charakter Kleber hat. Kommt er? Bleibt er weg?

Es ist Punkt elf. Die Vollblutmusiker beenden ihre Vorführung. Stolz bringen sie die Instrumente in den Abstellraum, dabei sitzt ein kleines, süße Hündchen auf der Verstärkeranlage. Es gehört einem der Mitspieler. Nicht die Musiker, er ist der King. Danach schließt die Casa Maria wie jeden Abend die Pforte. Wir stehen davor, wie bestellt und nicht abgeholt.

Es ist zum Kotzen. Kein Zeichen des Lebens von Georg. Keine Nachricht Klebers. Ich habe mich in dem Halunken vertan. Unsere größte Hoffnung ist wie eine Seifenblase geplatzt. Kleber hat uns versetzt und Vera versinkt in ein tiefes Loch. Sie fällt von einem Weinkrampf in den nächsten.

Tja, was machen wir mit ihr? Allein kann sie die Nacht nicht verbringen, aber unser Studio ist für drei Personen zu klein. Bleiben Karla und Manuel oben in La Calera, die ihre Aufnahmebereitschaft anbieten, doch Vera winkt verstört ab.

„Ich bleibe in der Casa Domingo. Kommt Georg heim, bin ich da", verteidigt sie ihren Entschluss. „Georg wird kommen, verlasst euch darauf."

Geht das gut? Ist es vertretbar, Vera ihrem Schicksal zu überlassen?

Ich kenne Vera zu wenig, um das beurteilen zu können, gefallen tut mir ihr Alleinsein nicht. Aber Vera umzustimmen scheitert. Auch als versammelte Mannschaft sind wir chancenlos. Zu sehr ist sie davon überzeugt: Georg kehrt zurück, denn er lebt. An Georgs Rückkehr glaubt sie felsenfest.

Wir geben auf, denn es wäre absurd, Vera das Schlafen in Manuels Wohnung aufzwingen zu wollen. Und Anna und ich, wir wohnen nicht weit von Vera entfernt. Wir haben ihr Appartement im Blick. Ohne große Mühe kann ich von uns aus Veras Balkon einsehen. Den werde ich im Auge behalten. Meine innere Unruhe wird mich eh am Schlafen hindern.

„Gib mir ein Zeichen, liegt Georg in deinen Armen", fordere ich Veras Bereitschaft zur Mitarbeit. Danach verabschieden wir uns mit rührigen Szenen.

Ich schnappe mir meine Anna und lege den rechten Arm um ihre Hüften. Dann verschwinden wir hinüber zu unserer Promenade. Dort ist unsere Bleibe und die wartet, denn das Studio ist für uns eine zweite Heimat.

8

Es wird die erwartete Nacht. Eine von quälender Schlaflosigkeit geprägte Tortur. Wie oft stehe ich auf und gehe auf den Balkon? Wie oft schaue ich zu Vera hinüber? Hinterher kann ich es nicht nachzählen. Geschätzte zehn Mal?

Eine Stunde vor Sonnenaufgang schäle ich mich aus dem Bettlaken. Ich ziehe die Badehose an und schreite mit dem Handtuch unter dem Arm die Treppe hinunter zum Meer. Mich fröstelt. Trotzdem springe ich ins Wasser und mache meine Schwimmeinlagen, dann stelle ich mich abgekämpft unter die Stranddusche. Danach rubble ich mir mit dem roten Handtuch meinen nassen Körper ab, bis ich trocken bin. Der Blick zu Veras Balkon hinüber zeigt mir die unveränderte Lage. Damit ist alles beim alten Stand. Das erhoffte Wunder an der Playa ist ausgeblieben. Unser Georg, der verlorene Sohn, ist nicht zu ihr heimgekehrt.

„Kruzifix", fluche ich nach meiner Rückkehr über die Balkonbrüstung aufs Meer hinaus. „In dem Urlaub geht eine Menge schief. Mit den Todesfällen durch die Schießeinlagen ist er die reinste Mogelpackung."

Beim Frühstücken hat Anna leichte Trauerränder unter den Augen. Zu viele Gläser Wein hat sie sich genehmigt. Alkohol verträgt sie nicht sonderlich gut. „Ich brauche einen kräftigen Kaffee", sagt sie gequält, „dann komme ich wieder in Gang."

Mir dagegen geht's durch das Schwimmen im kalten Meerwasser deutlich besser. Ich bin verhältnismäßig klar im Kopf. Das salzhaltige Vergnügen hat meine Lebensgeister geweckt, aber auch ich hätte auf eins von drei Gläsern Baileys verzichten sollen. Aber nach den letzten Frühstücksbissen ist Anna wieder in Schuss.

Als wir zu Manuel nach La Calera hinaufstiefeln, um den Smart abzuholen, mit dem wir nach Playa de Santiago fahren wollen, kommen wir an Veras Balkon vorbei. Sie winkt zu uns runter und wir aufmunternd zu ihr rauf.

„Ich habe kein Auge zugemacht und die ganze Nacht wachgelegen", schildert sie uns. Sie schnaubt in ein Tempo und redet weiter: „Wie ein Schlosshund habe ich geheult. Und so miserabel, wie ich mich schildere, sehe ich aus."

Wir vertrösten sie auf später und gehen weiter.

Auch die uns begrüßende Karla hat Knies in den Augen. Doch die empfängt uns mit all ihrer Freundlichkeit. Manuel hätte Verpflichtungen, so erklärt sie uns seine Abwesenheit.

Karla reicht mir die Autoschlüssel und wir gehen ein paar Meter. Da steht er, der Smart. Ich nenne das Ding einfach Konservendose. Doch trotz intensiver Begutachtung fehlt mir der Dosenöffner für das Ding. Entschuldigt, Smartfahrer, ich meine den Begriff nicht abwertend, denn ich habe das Vehikel nie gefahren.

Nach ein paar Einweisungen bin ich mit der Miniblechbüchse vertraut. Nun können wir unseren Plan umsetzen, zuerst Alajero und danach die Anlage Tamina auszukundschaften, dabei trage ich nicht die klobigen Wanderschuhe, sondern meine sportlichen Leisetreter. Sie bieten klare Vorteile für das Anpirschen an verdächtige Objekte, insbesondere für die Suche nach Fluchtwegen nach der möglichen Befreiung Georgs. „Der Feldzug zur Vernichtung des Feindes kann beginnen", sage ich theatralisch zur neben mir sitzenden Anna, als ob ich eine Krimilesung abhalte.

„Immer mit der Ruhe, du Sherlock Homes", fährt mir Anna in die Parade, um weniger stilvoll zu ergänzen: „Unkraut vergeht nicht. Et hätt noch emmer joot jejange. So sagt der Kölner in der ihm geläufigen Mundart dazu."

Ich kann darüber nicht so recht lachen, sodass Anna durchatmet. „Das Wort Vernichtung gefällt mir nicht. Nennen wir es besser Befreiungsfeldzug."

Recht hat sie, denn alles ist angebracht, nur keine negativen Formulierungen. Die sind wenig angebracht, stattdessen ist das positive Denken angesagt. Nur durch viel Optimismus krönen wir die Aktion mit Erfolg.

„Nur nicht leichtsinnig werden", gibt uns Karla mit auf den Weg, und damit sind wir unterwegs auf dem Ritt über die Bergkämme La Gomeras. Der führt uns zum fünfundfünfzig Kilometer entfernten Playa de Santiago.

Vorher, in Alajero, halten wir, aber was Ungewöhnliches fällt uns nicht auf. Die Ermita hüllt sich in ihre unbefleckte Unschuld. Wir aber kennen ihr unreligiöses Geheimnis. Es spricht für die Irrungen und Wirrungen der Kirche auf der Welt und im Leben, dass jener obskure Hort als Drogenumschlagplatz dient.

Danach parken wir am Flugplatz, wo wir uns umsehen. Und auch hier das gleiche Ergebnis. Das unbesetzte Bürogebäude und die Abfertigungshalle strotzen nicht vor Kriminalität. Wir finden weder den kleinsten Blutrest noch Schussspuren, obwohl Georg kürzlich angeschossen wurde. Das Gelände glänzt mit einer ausdruckslosen Leere. Nur eine Verbindung nach Teneriffa ist für den Nachmittag eingeplant, aber darauf warten wir nicht. Der Abstecher zum Flugplatz war ein Schuss in den Ofen.

Den Aeroporto verlassen und auf sicheres Fahrverhalten bedacht, schleichen wir die gefährlich steilen Kehren zum Küstenstreifen hinab und erreichen Playa de Santiago. An der steinigen Playa halten wir. Es ist ein trostloser Ort, obwohl sich die Promenade mit den Jahren mächtig rausgeputzt hat, aber die Investitionen sind allein der Tourianlage Tamina geschuldet, die das Landschaftsbild oberhalb des

Ortes prägt. In der Tamina steigt gelegentlich die deutsche Politikprominenz ab. Ich sage nur ein Wort: Kanzlerin. Aber das hatte ich bereits erwähnt.

Wir schauen den zweihundert Meter hohen Steilhang hinauf. Die flachgehaltene Bungalowanlage Tamina leuchtet im Sonnenlicht und passt sich der Steilküste an, verwegen wie eine Märchenlandschaft im Orient. Mit der farblich der Natur angepassten Grundstruktur und einer ungewöhnlich großen Anhäufung an Palmen, so demonstriert die gepflegte Anlage: Ich bin das Paradies für Spitzenverdiener. Der Aufenthaltsort für Transusen liegt auf einem Plateau, umzingelt von einer Golfsportanlage. Das alles ist in die Hügellandschaft integriert. Vor drei Jahren, während einer Wanderung vom Roque de Agando, waren wir hier. Mehr beiläufig haben wir die Tamina besichtigt, bevor wir mit dem früher zwischen der Hauptstadt San Sebastian und dem Hafen Vueltas verkehrenden Benchijigua-Express ins Valle zurückgekehrt sind. Es war ein lehrreicher Ausflug in die Welt der Superreichen und Snobs.

Aber im Moment interessiert nur Georgs Verbleib. Hält man ihn in der Tamina gefangen, dann hat Klaus Kleber als Hauptaktionär des Urlaubdomizils seine Wichsgriffel im Spiel.

Nun gut, der Geschäftemacher ist eine Option, doch im Moment ist die hypothetisch. Viele Halunken machen mit dem Unternehmen Tamina ihre Geschäfte. Warum denke ich dabei an Alonso? Neben Kleber ist der Immobilienhai die große Unbekannte im Inseldrama um Macht und Drogen. Keiner unserer Bekannten hat ihm je persönlich die Hand geschüttelt. Keiner kennt sein Aussehen, trotzdem taucht der Name Alonso in allen Immobilienbüros auf La Gomera auf. Aber gibt es den Mann überhaupt? Oder ist er ein Phantom? Ist der Name Alonso eine Art Deckname? In diese Richtung habe ich kürzlich schon einmal spekuliert.

Ich unterbreite Anna meine Überlegungen, doch die hält mich für bekloppt. „Das wir Alonso nicht kennen ist Zufall, und die Kacke hier ist kein Märchenfilm", rüffelt sie mich. „Bleibe bitte auf dem Teppich und lass das mit dem Pferde scheu machen. Hinter jeder Ecke witterst du den Feind. Orientiere dich an Tatsachen und zügele deine blühende Phantasie", und so weiter, und so weiter.

Plop. Annas Gewitterdonner war ein Wirkungstreffer. Der hat mich auf Normalformat zurechtgestutzt. Ich habe mein Fett gründlich abbekommen. Überlasse ich das Denken besser den Pferden, wegen deren größerem Kopf?

Aber nehme ich mich zurück, komme ich dann zielgerichtet voran? O nein, Anna. Ich bleibe wie ich bin und werde weiter spekulieren, denn nur selten ist das, was ich denke, blauer Dunst. Georg wurde verschleppt und auf mich hat man geschossen, dazu hat Klebers Fernbleiben Aussagekraft. Es ist der passende Schlüssel zum Schloss und damit zur Aufklärung. Sind Kleber und der Unbekannte die Hintermänner im Drogengeschäft? Durchschaue ich deren geheime Strukturen?

Das ist eine Zeitfrage. Aber komme ich den Hasardeuren auf die Schliche, habe ich gewonnen, jedoch bin ich vom Endsieg noch meilenweit entfernt.

Ich kehre aus meiner gedanklichen Abwesenheit in die Gegenwart zurück und räuspere mich. „Hier unten erfahren wir nichts", sage ich, zu allem entschlossen. „Lass uns rauffahren zur Tamina. Wir stellen den Smart auf den Parkplatz und geben die neugierigen Gäste, die nach einem geeigneten Bungalow suchen."

„Mit dem Smart und in unseren Klamotten?" Anna schaut fragend an sich runter.

„Was willst du? Du siehst toll aus", beseitige ich die Zweifel. „Doch wir müssen unauffällig vorgehen", betone ich, obwohl mir gar nicht wohl ist in meiner Haut.

Im Schritttempo vor der Tamina vorgefahren und den Smart am Rand des Parkplatzes abgestellt, steigen wir aus. Ich kämme mir die Haare, dann schlendern wir Arm in Arm durchs Eingangsportal und durchschreiten die Eingangshalle. Niemand hält uns auf oder beachtet uns. „Wir könnten das Inventar raustragen, ohne das es jemand stört", unterbreite ich Anna meine Verwunderung.

Wir haben den Aufenthaltsraum durchquert, dazu den opulenten Speisesaal, danach treten wir hinaus zu den drei Pools, an die sich die geräumigen Bungalows anschließen. „Die weiter abgelegenen Luxushütten knöpfen wir uns vor", flüstere ich. „In einer Bewachten könnte Georg festgehalten werden. In solch einem Objekt beachtet man nicht mal einen Arztbesuch."

Gesagt, getan, schon fällt uns im hintersten Bereich der Anlage ein mürrisch dreinschauender Türsteher auf. Ist er der vermutete Wächter? Er befindet sich vor dem letzten Bungalow der Reihe zur Böschung und lehnt an der Hauswand in der prallen Sonne, dabei schwitzt er wie eine Sau. Gefallen findet der Unsympathische nicht an seinem Job.

Mir dagegen gefällt die Situation. Im Kontrast zu dem Schwitzenden bin ich gut drauf, denn ich habe dass Objekt unserer Suche gefunden. Auch den dringend notwendigen und ausgewogenen Plan schüttele ich aus der Tasche.

„Hör zu", schärfe ich Anna ein. „Ich schleiche mich hinters Haus und du lenkst ihn ab. Dein Spanisch ist perfekt. Lass deinen Charme spielen."

„Muss das sein", antwortet meine Partnerin unwirsch. Du verlangst eine Menge."

Den Trotz noch auf der Stirn geht sie auf den bärtigen Mann zu, während ich mich am Nebenhaus vorbeizwänge und die Rückwand des bewachten Bungalows erreiche. Die Bewohner des Nachbarhauses scheinen auf Wanderschaft zu sein, oder beim Golfspielen.

Das Haus hat eine Terrasse. Die betrete ich und schaue gespannt durch die Tür zur Terrasse ins Innere. Als sich meine Augen an die düstere Atmosphäre gewöhnen, sehe ich Umrisse.

Ist das ein Mensch, der auf dem Sofa liegt?

Ich stiere noch angestrengter hinein.

Was ich erkenne, das lässt mein Herz schneller schlagen. Es hüpft förmlich und schlägt vor Freude Purzelbäume, denn es ist Georg. Gott sei's gedankt sehe ich unseren Freund. Der liegt der Länge lang ausgestreckt im Wohnzimmer auf dem Sofa.

Doch Scheiße aber auch.

Georg ist ans Sofa gefesselt. Sein Mund ist mit einem Klebstreifen zugeklebt und am Bein prangt ein dicker Verband, außerdem wurde Georg betäubt, was die Situation eher ausweglos macht. In dem Zustand bekomme ich ihn nicht aus dem Haus, denke ich. Noch viel weniger aus der Anlage, denn der Abtransport muss möglichst unauffällig vonstatten gehen.

Von vorn höre ich Stimmen, und das sind deutsche Laute. Vor dem Bungalow tut sich was. Ist es die Wachablösung? Jedenfalls sind es zwei Männer, mit denen Anna laut streitet.

O ja, meine Süße ist clever. Mit dem Gezänk macht sie mich auf die drohende Gefahr aufmerksam, beurteile ich die Lage korrekt und ziehe mich schnell hinter die niedrige Begrenzungsmauer zur steilen Böschung zurück. Ich befinde mich auf einem unbewachsenen und sehr schmalen Streifen, der ist auch noch uneben, und weit unter mir tost das Meer. Stürze ich ab, ist es um mich geschehen.

Einer der Wachmänner kommt durch das Haus auf die Terrasse und bleibt höchstens einen Meter von mir entfernt stehen. Ich höre mich schwer atmen. Hört er es auch? Er stützt sich auf die Mauer und blickt hinaus aufs Wasser.

„Hier ist niemand", ruft er seinem Kollegen in Deutsch zu. „Du hörst die Flöhe husten. Guck lieber mal nach dem Gefangenen."

Er wendet sich ab und geht zurück ins Haus

Aha, atme ich auf, bleibe aber vorerst in Deckung. Das Drogenkartell ist in deutscher Hand, wie konnte es anders sein. Walter war ein Deutscher, auch Erwin. Als eine dicke Watschen fehlt nur noch, dass sich Kleber als Drogenboss entpuppt? Mittlerweile ist auch das eine nicht von der Hand zu weisende Option. Ist das so, dann habe ich mit Zitronen oder Bittermandel gehandelt.

So gut, so schlecht. Das ändert aber nichts daran, dass ich an Georg vorerst nicht rankomme. Erst einmal bringe ich mich und Anna in Sicherheit, denke ich. Erwischen uns die Wächter, dann ist Hängen im Schacht. Die machen kurzen Prozess und wir können uns mit Georg die Radieschen von unten begucken, das ist so sicher wie das Amen in der Kirche. Aber wo ist Anna hingegangen?

Vorsichtig schleiche ich außen an der Mauer entlang. Behutsam mache ich Schritt für Schritt. Der ausgetrocknete Boden ist brüchig, es existiert Alarmstufe rot, denn ich habe Probleme, die Balance zu halten. Zweimal rutsche ich fast ab.

Als ich mich bis auf dreißig Meter von Georgs Gefängnis entfernt habe, steige ich über die Mauer und grüße die mich verduzt anglotzenden Hausbewohner.

„Hallo. Have a nice day."

Ich gehe weiter und pfeife unmelodisch vor mich hin, dabei stiere ich Löcher in die Luft. So komme ich zum Verbindungsweg, auf dem vergewissere ich mich nach allen Seiten. Ist die Luft rein?

Sie ist es, also rase ich zu den Pools, wo mir Anna entgegen eilt. Sie strahlt und fällt mir freudig um den Hals.

„Georg befindet sich im Bungalow", befriedige ich ihre fragenden Augen. „Man hat ihn gefesselt und betäubt. Ohne Hilfe bekommen wir ihn da nicht raus."

„Und woher soll die Hilfe kommen?"

Anna lässt betrübt die Augenlieder sinken und sagt mutlos: „Kleber können wir vergessen. Der ist einer der Deutschen, die tief im Drogensumpf stecken. Aber wer sonst hätte die Macht uns zu helfen? Weit und breit sehe ich keinen."

„Auch ich erkenne niemanden, der in Frage kommt", stehe ich wie Anna vor dem unlösbaren Rätsel. „Machen wir die Fliege, bevor uns ein Wachmann über den Weg läuft."

Und abermals in unverfänglicher Gehhaltung, damit meine ich Arm in Arm mit Anna, stolzieren wir durch den Speisesaal in die Empfangshalle, wo wir zu Salzsäulen erstarren. Wie aus dem Nichts baut sich ein bärtiger Mann vor uns auf.

Der fragt kratzig und im breiten, bayrischen Dialekt „He, Sie. Wos mochen's denn hier?"

Es ist der Mann vor dem Bungalow. Danach sagt er bestimmt, aber jetzt in hochdeutsch, dabei schaut er Anna anhimmelnd an. „Sie kenne ich. Sie wohnen hier, nicht wahr?"

„So ist es", antwortet Anna.

Sie packt mich robust am T-Shirt und drückt sich mit mir an dem Mann vorbei.

Hat er was gemerkt?

Vermutlich nicht, denke ich und das berechtigt. Der Herr segne sein miserables Kurzzeitgedächtnis, denn der Wachmann geht in die entgegengesetzte Richtung weiter.

„Puh, Glück gehabt", schüttele ich mich und zerre Anna durch die Empfangshalle bis zum Portal. Dort stolpern wir hinaus ins Freie, dabei kommt mir die geniale Idee. „Herrje, ich bin ein Genie", pruste ich los. „Die Organisation ist so unkompliziert und schlampig, da fallen Manuel und ich nicht auf. Erst recht nicht in weißen Kitteln und mit Tragbahre."

„Worauf willst du hinaus?"

„Auf Georg als Krankheitsfall, der ins Hospital gehört. Eine von euch Frauen lockt den Wachmann vom Bungalow weg und Manuel und ich tragen Georg hinaus. Stellen wir es geschickt an, bestellt die Rezeption sogar den Krankenwagen."

„Ich weiß nicht", wägt Anna die Handflächen drehend ab. Sie ist von Natur vorsichtig und meidet Risiken generell. „Okay, versuchen müssen wir's. Was bleibt uns übrig."

„Ja, das müssen wir", setze ich den Schlusspunkt. „Es ist die allerletzte Chance zur Befreiung, bevor Schlimmeres passiert. Packen wir nach dem Strohhalm. Zurück im Valle mieten wir ein Auto."

Tja, und was lernen wir daraus?

Ehre wem Ehre gebührt. Und dabei gebührt mir die Ehrendoktorwürde, denn mich hat der Geistesblitz aus heiterem Himmel überfallen. Ausweglosigkeit ist ein Fingerzeig auf Einfallslosigkeit, meint ein Zitat. Eine tolle Wortspielerei mit Wahrheitsgehalt.

Aber einfallslos bin ich keinesfalls. In der Not bin ich für manche Überraschung gut. Die Gewissheit, wo Georg steckt, hat uns auf die Gewinnerspur geraten lassen.

„Die Hoffnung stirbt zuletzt", jubele ich, ohne es Anna anmerken zu lassen, in mich hinein. Der Spruch hat seine Berechtigung, doch was daraus entsteht, das weiß nur das überforderte Rauschebartmännchen im Himmel.

Mit geballter Zuversicht schwingen wir uns in den Smart und rasen vom Parkplatz, wobei Anna das Autoradio einschaltet. Das unterhält uns mit stimmungsvoller Salsamusik. Auch der Einsatz der Feuerwehr, die an der Höhenstraße ihren Kontrolldienst verrichtet, und das schwelende Feuer im Zaum hält, schmälert nicht die Freude über Georgs lebendigen Zustand. Ereignet sich nichts Unvorhergesehenes und spielt uns das Schicksal keinen weiteren Streich, dann begrüßen wir Georg bald wieder in unserer Mitte. Aber noch ist die Befreiung Wunschdenken.

9

Es ist schön, ins geliebte Tal zurückgekehrt zu sein. Wir stellen die Blechbüchse bei Manuel und Karla in La Calera ab und bereden mit ihnen den geplanten Ablauf der Befreiungsaktion. Und die Aktion bekommt den passenden Namen, wie in spektakulären Actionfilmen üblich. Logischerweise nennen wir sie „Georg"

Karla und Manuel sind angetan von meinen Vorschlägen. Für sie bin ich ein hervorragendes Trüffelschwein, und das stimmt mich zufrieden. Sie heben insbesondere meine Kreativität hervor, denn sie finden kein Haar in der Suppe. Das einzige Hindernis, die weißen Kittel zu beschaffen, kann Manuel beseitigen. „So was in der Art habe er mehrmals im Schrank hängen", sagt er.

Alsdann verabschieden wir uns mit Handschlag und verabreden ein Treffen für den Abend vor der Casa Maria. Dann wandere ich mit Anna an die Playa, wobei wir an Veras Balkon vorbeischauen, doch das hübsche Vögelchen ist ausgeflogen. Wo mag sie stecken?

Während ich ausharre und mich noch wundere, ist Anna vorausgegangen. Macht ja nichts, denke ich. Dann gehe ich eben allein zur Autovermietungsfrau. Und die bietet mir den Micra der Vortage an. Na Bravo. Bis hierher laufen die Vorbereitungen wie ein

Uhrwerk. Das ist ein gutes Omen. Ich verabschiede mich und summe gelöst den Hit der Toten Hosen vor mich hin. So biege ich auf die Promenade ein.

Hau den Lucas.

Ich staune Bauklötze, denn Kleber stakst mit unbeteiligter Miene auf mich zu. Uns fast auf die Füße tretend, bleiben wir voreinander stehen und beäugen uns misstrauisch. Dann bricht ein Beben aus mir raus: „Was war gestern am Abend, na?"

Ich grunze energisch. „Wohl mal wieder keine Zeit gehabt?"

Kleber reibt sich mit beiden Händen kraftvoll über die Augen. „Ja, so ähnlich war's. Ich hatte einen harten Tag und war hundemüde."

Ein müdes Lächeln huscht über sein Gesicht.

„Das ist alles?", frage ich, sein Lächeln hat mich irritiert.

„Wegen deinem Freund habe ich nichts erreicht." Kleber schüttelt den Kopf. „Da kann ich nichts machen."

„Ach so. Du kannst nichts machen. Dann verrate mir, was du in der Tamina gemacht hast?"

Und wieder ist der dreiste Bluff ein Geistesblitz mit dem Ziel, Klaus Kleber aus der Reserve zu locken. „Deine Nase ist jetzt noch verschnupft", treibe ich die Posse voran, worauf sich Kleber rätselnd am Hinterteil kratzt, als er antwortet: „Mein Gott, der halbe Saftladen gehört mir. Und du? Was hast du in der Tamina gewollt? Schnüffelst du mir nach?"

„Blödsinn. Ich habe mich nur umgesehen."

„Nur umgesehen, so, so."

„Es ist aber auch eine tolle Anlage", schnalze ich mit der Zunge. „Das Ambiente ist erste Sahne."

„Mein ganzer Stolz", sülzt Kleber. „Mach mal Urlaub da. Ich mache dir ein 1a-Angebot."

„Nein danke. Ich wohne gut hier."

„In der Bruchbude?"

Kleber demonstriert mit einer wegwerfenden Handbewegung seine Abneigung.

„Uns reicht sie. Einen guten Tag noch."

Ich lasse ihn unverrichteter Dinge stehen.

War das klug?

Nun ja, der Mann ist nicht sauber. Aus meiner Sympathie ist tiefe Abneigung geworden. Verachtung könnte man es nennen. Ich bin nicht bereit, auch nur ein gutes Haar an ihm zu lassen. Aber das, was er tut, ist legitim. Ihm sind keine Straftaten nachzuweisen. Er nutzt seinen Heimvorteil. Trotz allem bietet sich eine Zusammenarbeit mit ihm höchstens in totaler Ausweglosigkeit an.

Aber vorerst lasse ich ihn wie einen Fisch im Netz zappeln, denn momentan ist er der Drogenbaron Nummer eins. Das ist zementiert. Ist er aber auch ein Mörder? Dahinter stehen drei riesengroße Fragezeichen.

Wieder ins Studio zurückgekehrt, reicht mir Anna einen Zettel, den man unter den Türspalt durchgeschoben hatte. Ich falte ihn auseinander und lese: STELLT IHR DIE SCHNÜFFELEI NICHT EIN, SEHT IHR EUREN FREUND NIE WIEDER.

„Verdammt noch mal", fluche ich weit über Zimmerlautstärke. „Hat uns Kleber das Machwerk untergejubelt?"

Zu meiner Theorie würde es passen.

Mir fahren Stromstöße durch die Hauptschlagadern, so eminent läuft mein Denkapparat auf Hochtouren, wobei ich denke: Zuerst schleimt der Halunke, um uns Sand in die Augen zu streuen, und dann seine Drohgebärden. Kleber ist nicht bei der Sache, oder nicht mehr Herr der Dinge. Als Vorsichtsmaßnahme verzieht er sich in sein Mauseloch.

Und ich habe seine Reaktion gewollt ausgelöst. Bewusst habe ich den Messias herausgefordert. Jetzt gilt es. Kleber muss Farbe bekennen, daher sage ich zu Anna: „Das ist seine Masche, aber die Art der Einschüchterung fruchtet nicht. Es bleibt bei unserem Plan. Morgen befreien wir Georg aus dem Dilemma."

Ich fühle mich obenauf. Georgs Befreiung ist nur noch eine Frage von Stunden. Endlich habe ich die Muße, mich mit der Welt im heimatlichen Aachen zu beschäftigen, denn das tue ich oft, wenn eine Pause in meinem inneren Wirrwarr eingetreten ist.

Um mich von dem Potenzial an Gefahren abzulenken, denke ich an meine erwachsenen Kinder. Beide brauchen mich materiell nicht mehr. Sie führen ihr eigenes Leben. Aber es ist schön, dass es meine Lieblinge gibt. Ich war kurzzeitig verheiratet, aber das nur ein paar

Jahre. Leider hat's nicht gepasst. Immerhin resultieren aus der Ehe ein Sohn und eine Tochter.

Mein Anruf bei ihnen ist überfällig, doch die La Gomera Ereignisse lasse ich weg. Warum sie unnötig verängstigen? Für mich bleiben sie die besten Kids, die sich ein Vater wünschen kann. Auch der Kontakt zu meiner Ex-Frau verläuft harmonisch, für viele verblüffend. Besser bekommt man eine Scheidung nicht hin.

Die Stimmen der Kinder gehört zu haben war fruchtbar. Daraus habe ich Kraft getankt. Langsam hole ich mich wieder auf den Boden La Gomeras zurück und stimme ich mich auf die Dramaturgie des Mordens und der Gefangennahme ein. Derweil hat sich Anna einge-cremt und im Bikini in die Sonne auf den Balkon gesetzt. O ja, das Sonnenbaden ist viel zu kurz gekommen. So ziehe auch ich mich bis auf die Badehose aus, denn eine leichte Bräune steht mir gut.

Aber irgendwann wird's zu unbequem, deshalb frage ich meinen Schatz: „Legen wir uns an den Strand?"

„Okay", antwortet sie knapp.

Sie steht auf, schlingt ein buntes Tuch um den Körper und wirft ihr Handtuch, ihr Buch und die Sonnenmilch in die Badetasche, dann steht sie abmarschbereit an der Tür.

„Dann komm auch", fordert sie mich auf.

Ich stopfe meine Strandutensilien hinzu und gehe mit ihr die paar Meter über die Promenade zum Strand. An die Strandmatten haben wir natürlich gedacht. Wir rollen sie aus, legen die Handtücher drauf, dann renne ich hinüber zum Wasser. Bei der Affenhitze tut die Abkühlung gut. Das Salzwasser erfrischt herrlich, trotz der handge-fühlten vierundzwanzig Grad Wassertemperatur, die mir karibisch vorkommt. Ob die stimmt? Dann wär's einfach super. Das ist der wahre Urlaub.

Ich habe mich vollwertig ausgepowert und wate auf Zehenspitzen durch den glühendheißen Sand zum Liegeplatz zurück. Dort trockne ich mich ab, wonach ich mich vom Gesicht bis zu den Füßen ein-creme. Ich will mir keinen Sonnenbrand einfangen. Dann setze ich die Sonnenbrille auf, schnappe mir den Krimi aus den zwanziger Jahren und breite mich neben der lesenden Anna aus. Es ist eine Wohltat, die

Seele baumeln zu lassen, besonders nach den Aufre-gungen der vergangenen Tage.

Doch mit der Ruhe ist's bald vorbei, denn es sind zwanzig Minuten vergangen, da legt sich Vera zu uns, immer noch mit verheulten und verquollenen Augen, dazu mit eingefallenen Wangen. Wie lange hat sie nichts gegessen?

Vera ist ein Wrack. Ihre hübsche Ausstrahlung ist ihr abhanden ge-kommen, den verhärmten Gesichtszügen einer Kettenraucherin ge-wichen. Nach ihren vorherigen Techtelmechteln, denen ich das Ende monategenau vorausgesagt hatte, hätte ich nicht gedacht, dass sie Georgs Verletzung und Gefangennahme so vehement ins Herz trifft. Aber Vera spukt weitaus mehr als Georgs Geiselnahme durch die Gliedmaßen, denn innerlich schließt sie seinen Tod nicht aus. Doch darin spende ich Trost.

„Georg lebt. Ich habe ihn gesehen", erwärme ich ihr Gemüt. „Man hat ihn betäubt und die Wunde versorgt."

„Ist das wahr?" Sie zweifelt meine Berichterstattung an. „Richard, lüg mich nicht an."

„Bei meiner Seele, es ist wahr. Man hält ihn in einem Bungalow in der Tamina versteckt."

„Na dann hin. Worauf warten wir noch?"

„Nur nichts überstürzen. Ich werde ihn mit Manuel, Karla und Anna befreien. Morgen steigt die Aktion."

Im Nu ist Vera hellwach. Ihre Ekstase kann man gar nicht in Worte fassen. Sie ist völlig aus dem Häuschen und im siebten Himmel. Frenetisch jubelt sie: „Jeah, jeah, Georg lebt und braucht mich. Ich komme natürlich mit."

„Mag ja sein, dass er dich braucht", beginne ich stockend, danach hole ich sie schonungslos auf den Sandboden runter, denn ich weise sie schonungslos ab. „Aber Georgs Befreiung ziehen wir besser ohne dein Mitwirken durch. Ich verstehe ja, dass du helfen willst, aber in der Verfassung bist du ein Risikofaktor."

„Ich will mit", zetert Vera.

Doch ich bleibe hart: „Nein. Sieh es ein und sei vernünftig."

Ich lege ihr meine Hände auf die Schultern. „Du behauptest hier die Stellung. Sollte was schief gehen, brauchen wir dich."

„Wozu denn?"

„Wozu? Na wozu wohl. Mensch, Vera, dann schaltest du die Guardia civil ein."

„Wen? Meinst du tatsächlich die Deppen der Guardia civil?"

Vera steht der Mund sperrangelweit offen. Sie versteht mich nicht, was nach unseren Erfahrungen normal ist. Und ich habe den Zeigefinger senkrecht auf den Mund gelegt. „Psst, nicht so laut. Das Spektakel muss nicht der ganze Strand mitbekommen."

Vera schaut sich um.

„Ist mir doch egal", brummt sie.

Doch nach längerem Überlegen erweist sie sich als einsichtig. Die Revolution bleibt aus. Die Stellung zu halten erscheint ihr wichtig und fällt auf fruchtbaren Boden. Es kehrt sogar mehr als Zuversicht bei ihr ein. Mit der schmeißt sie sich in die Brust: „Ich behalte hier alles unter Kontrolle. Und Ihr macht euren Job und bringt mir Georg zurück."

„Genauso machen wir's, Vera."

Gott sei Dank, es scheint alles in den richtigen Bahnen zu verlaufen. Oder war ich zu selbstherrlich? Weiß ich überhaupt, ob Karla und Manuel zu meiner Entscheidung stehen. Darf ich Vera aus allem raushalten? Hole ich ihr Einverständnis ein?

Das wird nicht nötig sein. Ich glaube, sie sind froh, das ich ihnen die Entscheidung abgenommen habe. Die angeschlagene Vera beim Befreien einzubeziehen birgt Risiken. Jeder in der Situation sähe das so. Mit ihr könnten wir ratzfatz auffliegen, bevor wir auch nur einen Pups gelassen haben. Stattdessen müssen wir eiskalt wie eine Hundeschnauze vorgehen.

Ein gemeinsames Essen mit der Befreiungsarmee gönnen wir uns im El Palmar, dem Restaurant für Wandergruppen im Bereich des Bushofes. Beim Gelage zieht uns der Troubadour aus Cuba mit seiner Verstärkeranlage den letzten Nerv. Der extravagant auftretende Mann aus der Karibik singt nicht schön, dafür brüllend laut, uns fallen die Ohrwascheln ab. Wir essen schnell, und dem aufreibenden Gesang entronnen, verbringen wir den Abend gemeinsam in der Cacatua Bar. In den Gesprächen über Georgs Befreiung kitzeln wir wahre Wunschorgien aus uns heraus.

Und wer ist auch da? Wer steht an der Theke?

Natürlich Fernando. Misstrauisch beäugt er die Gefühlsausbrüche. Der Unfähige ahnt nichts von unserem Abenteuer. Seine Argusaugen nützen ihm nichts, denn in uns hineinschauen kann er nicht. Das Kunststück bringt nicht mal James Bond im Namen der Krone fertig, geschweige denn ein popeliger Geheimagent aus dem fernen Teneriffa, schon gar nicht einer mit mehreren Rationen Wein intus.

Aber eins tut unser Superagent bestimmt nicht. Na was wohl? Kommen Sie drauf? Dreimal dürfen sie raten. Ich glaube, überall auf allen Kontinenten nennt man es Arbeiten, im speziellen Fall wäre es das Ermitteln.

Wir können uns getrost gehen lassen. Den Befreiungsplan haben wir bis ins Detail auf Fehler durchforstet. Während Karla mit ihrem Charme den Wachmann weglockt, dringen Manuel und ich in den Bungalow ein und befreien Georg von den Fesseln, dann schleppen wir ihn aus der Nobelanlage. Eine Trage steht im Bungalow parat. Anna bestellt derweil den Krankenwagen an der Rezeption. Sie spricht ein hervorragendes Spanisch, denn die Sprachkenntnisse hat sie vor zwanzig Jahren bei einem zweijährigen Mexikoaufenthalt an einer deutschen Schule erworben, an der sie als Lehrerin tätig war.

Hut ab. Alle Befreiungselemente haben Hand und Fuß. Nichts ist dem Zufall überlassen. Jetzt muss nur noch die Umsetzung klappen. Etwaige Ungereimtheiten schließen wir aus. Die kleinste Panne, schon ist der Plan gescheitert.

Und noch eins ist wichtig. Muss improvisiert werden, haben wir einen Plan B in petto und der sieht den Rückzug vor. Eine gewaltsame Befreiung schließen wir kategorisch aus, denn mit dem Gebrauch von Schießprügeln haben wir's nicht so. Die Kriegführerei überlassen wir den PULG-Aktivisten und dem Drogenkartell. Und klappt die Befreiung gewaltfrei, dann sind wir die Größten.

10

Dem Schiedsrichterjargon entnommen, hätte der Tag X niemals angepfiffen werden dürfen, doch der Anpfiff war nicht zu überhören und der Anstoß ist erfolgt. Das Befreiungsspektakel „Georg" kann höchstens eine Naturkatastrophe stoppen.

Zu der Aktion treffen wir uns bei Sonnenaufgang vor der Autovermietung in Playa. Es ist die Zeit der Frühaufsteher auf La Gomera. Zu so früher Stunde machen sich die Wanderer mit Rucksack und Wanderstöcken auf den Weg.

Das Leihfahrzeug wird vorgefahren. Und die Fahrzeugpapiere von der tollen Frau aus dem Office ausgehändigt bekommen, fahre ich mit Anna im Micra, Manuel und Karla benutzen den Smart, denn niemand kann wissen, wozu zwei Wagen gut sind.

Als wir durch die Berge unterwegs sind bin ich höllisch aufgeregt. Mein Puls ist auf hundertsechzig gestiegen, denn der Normalfall ist eine Befreiungsaktion weiß Gott nicht. Für einen Ingenieur gehört das Spektakel keinesfalls zur beruflichen Routine. Auch Anna, die als Lehrerin zwar an Kummer gewöhnt ist, bekommt ihre Nervosität nicht aus den Gliedern. Doch die überspielt sie, indem sie resolut sagt: „Sind wir unbeschadet im Valle zurück, dann machen wir Urlaub. Mir geht das Tohuwabohu gehörig an die Nieren."

„Natürlich", beruhige ich sie. „Dann ist die Detektivspielerei tabu. Eine Dauerbeschäftigung soll es nicht werden."

„Ist das so?"

Anna misstraut mir und setzt nach. „Meinst du's ehrlich? Der Job der Kriminalkommissarin liegt mir nicht."

Und ich runzele die Stirn, sage aber nichts dazu. Für mich sind's ungelegte Eier. Was die Zukunft bringt, das stellt sich nach dem Ausgang der Rettungstat heraus, denn interessant bleibt weiterhin: Wer hat die Morde begangen und wer ist verantwortlich für das Brandinferno? Auf wessen Konto gehen die Verbrechen an Mensch und Natur? Klebt an den Händen Klebers Blut?

Mit Kleber habe ich eine Rechnung offen. Dessen Drohgebärde verdient eine kesse Antwort. Und diesem Alonso will ich zumindest ein Mal leibhaftig gegenüber treten. So etwas wie Unsichtbarkeit gibt es nur in fiktiven Filmen, doch ich glaube nicht an den „Krieg der Sterne" Quatsch. Der Mann existiert real. Darauf verwette ich mein schönstes Hemd. Oder gibt es noch weitere Unbekannte, von denen einer das Zepter schwingt? Und ist das einer, der vor weiteren Morden nicht zurückschreckt?

Das Spektakel um die Mordabläufe ähnelt dem beinharten Märchen der Gebrüder Grimm. Eigentlich bin ich zu alt dafür, anderseits stehe ich auf Action mit Happyend. Mich hat das Ermittlungsfieber total gepackt. Da kann ich nicht so tun, als ob mich die Mordhintergründe nicht fesseln würden. Als sei ich süchtig, so ziehen mich die verbrecherischen Veränderungen auf La Gomera in den Bann. Viele Jahre mache ich Urlaub auf der Insel, das ist eine Ewigkeit.

Okay, Anna macht das Räuber- und Gendarm Spiel nur widerwillig mit. Haben wir Georg befreit, dann wird sie sich raus tun. Und ihr Wunsch ist in Ordnung. Ich finde sowieso, sie sollte sich vom Kräfte raubenden Schuljob erholen, anstatt mit mir durch die Gegend zu knattern.

Nach einer knappen Stunde sehen wir Playa de Santiago vor uns. Es ist ein beschaulicher Ort mit Hafen und einem Geröllstrand. Er hat keine architektonischen Höhepunkte in der Bebauung, eher wirkt das Örtchen trist und langweilig, fast schon abweisend oder ein-schläfernd. Vielleicht ist es mein persönlicher Eindruck und über Geschmack kann man bekanntlich streiten.

Im Rückspiegel sehe ich, dass mir Manuel Zeichen gibt. Ich halte an, steige aus und sofort erläutert mir Manuel den Grund. „Ich Smart in Santiago stehen lassen", faselt er. „Dann wir fahren alle mit Micra zu Tamina. Besser so. *Entiendes?*"

„Du hast recht, Manuel. Fahr vor bis zur Playa und stell dort den Smart ab. Dann steigt ihr zu uns um."

Wir haben Playa de Santiago erreicht, da hält Manuel auf dem Parkplatz der Krankenstation.

„Hier gut", quakt er. „Krankenwagen fährt hierher. Von hier wir nehmen Georg mit."

„Toll, Manuel", lobe ich ihn. „Du denkst an alles."

Unsere Karla hat mit Manuel keinen schlechten Fang gemacht, denke ich. Der vergöttert sie. Einen aufmerksameren Partner kann's für Karla nicht geben. Aber ist er treu? Man hört so dieses oder jenes über die Vorlieben der Gomero's, speziell bei Touristinnen. Die einheimischen Männer sehen in hübschen, deutschen Frauen Freiwild. Die heißbegehrten Objekte sind vor allem blonde Frauen wie Karla. Sieht das Manuel ähnlich?

Das ist Mumpitz. Karla ist nicht nur hübsch, aber nein, sie ist auch intelligent. Eine faszinierendere Geliebte wird der Kahlkopf Manuel im Urlaubsparadies nicht finden. Außerdem entspricht Manuel nicht dem Schönheitsideal, auf den Frauen wie die Motten auf das Licht abfahren. Er kann sich glücklich schätzen, ein Kronjuwel wie Karla umgarnt zu haben.

Nachdem Karla und Manuel zu uns in den Micra umgestiegen sind, fahre ich die steile Straße zur Tamina hinauf und halte im hinteren Teil des Parkplatzes. Dieser Flächenbereich ist vom Empfang nicht einsehbar. Ja wunderbar. Somit sind wir vom Personal faktisch nicht zuzuordnen. Und nun geht's ans Eingemachte, aber alles schön in Ruhe und besonnen. Durch nichts aus dem Gleichgewicht bringen lassen. Wir umarmen uns, als sei's das letzte Mal.

*

Die Weichen sind gestellt, die Signale stehen auf freie Fahrt, der Countdown läuft. Es geht los und die fesch rausgeputzte Karla macht den Anfang. Sie stakst zielstrebig in hochhackigen Lackschuhen in die Empfangshalle, als wäre sie ein Modepüppchen und befände sich auf einem Laufsteg. Als sie die Halle schnurstracks durchquert, wird sie von niemandem aufgehalten, nur Manuel zittert. Ist es die Angst um Karla, oder chronische Eifersucht?

Nur wenige Minuten später sind Manuel und ich an der Reihe. Doch bevor wir uns in Trab setzen, wünscht uns Anna viel Glück, aufmunternd die Hände mit gedrückten Daumen hochhaltend. Ich bin so angetan von ihrer Geste, dass ich noch einmal zu ihr rübereile, und mich auf die typisch männliche Tour verabschiede: „Mach dein Ding, Anna. Bis nachher. Und vergiss nicht, dass ich dich liebe und in Gedanken bei dir bin."

Danach gebe ich Manuel einen Klaps und wir streifen uns weiße Kittel über, dann gehen wir durch das Portal. Geschäftig mit den Armen gestikulierend tun wir so, als würde es uns pressieren. So durchschreiten wir die Eingangshalle. Ein Bediensteter hält uns sogar die breite Durchgangstür zum Speisesaal auf. In dem blicken die Gäste kurz auf, aber sie nehmen wenig Notiz von uns. Das ist fein. Weiter so.

Am Pool liegen Sonnensüchtige auf sauteuren Liegen. Sechs oder sieben Paare werden es sein, schätze ich. Jedenfalls viel zu wenige für diese Riesenanlage, aber das ist uns egal. Die sind für uns und wir für sie kein Problem. So verrinnen Minuten, dann erst haben wir uns dem ominösen Objekt genähert. Vor dem steht Karla gerade mit dem Wächter am Arm und ist dabei wegzugehen. Manuel steigt die Zornesröte ins Gesicht. Ich habe meine liebe Not ihn von der intimen Körperhaltung der beiden abzulenken.

„Nicht aufbrausen, Manuel, cool bleiben. Karla weiß, was sie tut. So, und nun hinein in den Bungalow."

Manuel bleibt bockig stehen, doch als ich ihn voranschubse, gibt er sich einen Ruck. „Ich komme ja schon."

„Du, die Tür ist unverschlossen", flüstere ich. „Das Aufbrechen können wir uns sparen."

Warum ist das so? Die nicht zugeschlossene Tür ist merkwürdig. In mir macht sich eine schlimme Vorahnung breit. Eine Gefängnistür steht niemals offen, denke ich. Höchstens? Mir schießt der Schweiß aus den Poren. Waren unsere Bemühungen umsonst? Hat man Georg abtransportiert oder verlegt?

Ich drücke die Tür auf und wir schlüpfen ins Haus, Manuel dicht hinter mir. Als wir durch die Diele zum Wohnraum kommen und in den eingetreten bleibe ich starr wie eine Meßlatte stehen. Das Sofa, auf dem Georg gelegen hatte, ist leer. Wo ist Georg? Was ist mit ihm geschehen? Ist er mausetot und das Pack hat ihn irgendwo wie Müll entsorgt?

„Verdammter Mist!"

Mein Fluch übertraf die nicht beabsichtigte Phonzahl, hoffentlich hat es nicht die gesamte Anlage samt Wachpersonal gehört.

„Die Schweine haben Georg weggebracht", sage ich zu Manuel.

„Sie haben Lunte gerochen", hänge ich dran.

„Woher die wissen, wir kommen", stammelt Manuel.

Und ich erahne das Gefahrenpotenzial und motze, jetzt aber in vertretbarer Lautstärke. „Das wüsste ich auch gern, aber bloß weg hier. Wir müssen Karla und Anna warnen."

Der Frust ist groß. Wir hasten durch die Eingangstür und verlassen das Gefängnis. Wir haben nichts angerührt. Mit Riesenschritten rasen wir durch die Anlage und kommen an den Sonnenliegen vorbei zum Eingangsbereich. Erst in der Empfangshalle bremsen wir den forschen Gangstil. Da wir außer Atem sind, schreiten wir gemächlich zur Anmeldung.

Guter Gott. Ich sehe Anna und bin erleichtert. Die steht am Anmeldetresen und hat uns den Rücken zugewandt. Als sie sich umdreht und uns erblickt, sieht sie überrascht aus. Fragend heben sich ihre Schulterblätter.

Ich gebe ihr per Handzeichen zu verstehen, das Georg irgendwo ist, nur nicht hier, und Anna versteht meine Zeichensprache. Bis zu uns hörbar sagt sie zum Portier: „*Muchas gracias*. Der Krankenwagen hat sich erledigt. Stornieren sie den Abtransport."

Danach verabschiedet sie sich mit „*Adios*" von dem Mann und jagt hinter uns her.

„Oh ha. Das ist gerade noch mal gut gegangen", seufze ich während unserer Umarmung.

„Was war los?" Anna macht ungläubige Augen. „Warum habt ihr Georg nicht mitgebracht?"

121

„Scheiße war's", vermittle ich Anna meinen Gefühlszustand. „Die Aktion war ein Schlag ins Kontor. Georg ist verschwunden. Man hat ihn entweder umgebracht, oder er wurde verlegt? Ich vermute, Klaus Kleber hat unsere Aktion vorhergesehen."

„Das glaube ich nicht", sagt Anna. „Er ist kein Hellseher."

„Auch wieder wahr."

Ich akzeptiere ihren Einwand, und Manuel unkt nervös: „Karla fehlt. Wir suchen. Wehe, Bandit hat ihr Haar gekrümmt."

Herr im Himmel, wie konnten wir Karla vergessen. Manuel durchleidet Todesängste. Wir ziehen uns die Kittel aus und schmeißen sie in den Micra. Die Dinger haben ausgedient, leider erfolglos. Dann lassen wir Anna zurück und machen uns auf die Suche.

Vorsichtig durchkämmen wir den weitläufigen Bungalowbereich.

Ergebnislos.

Wo ist Karla nur?

Da, ganz weit hinten, auf der Veranda des vorletzten Objekts, sehen wir Karla. Sie ist in der Bredouille und langt kräftig hin. Mit Händen und Füßen erwehrt sie sich den unschönen Annäherungen des Wächters.

Manuel sieht es und flucht Gott zum Erbarmen: „*Porce dia*! Du lassen Finger von mein Weib."

Dann stürzt er sich auf den irritierten Wächter, der reflexartig und abwehrend die Hände hochreißt. „*La excusa*", jammert er. „Das ist ein Missverständnis."

Als Manuel den Verduzten loslässt, versetzt ihm Karla einen Stoß in die Rippen, dann schreitet sie mit ihrem Freund an der Hand zu mir rüber. Und bei mir angekommen dreht sie sich um und stapft mürrisch mit dem Fuß auf.

„Pfui Teufel!"

Tierisch laut hat sie den Wächter angeschrieen. „Das hat ein Nachspiel", wütet sie. „Eine Frau in der Anlage anzumachen. Ich werde mich bei der Touristikleitung beschweren."

„Nicht überziehen", flüstere ich Karla zu. Derb zerre ich an ihrem Arm. An dem ziehe ich sie hinter mir her, sodass uns Manuel gezwungenermaßen begleitet. „Keine unnötigen Geplänkel", sage ich zu

Karla. „Wir verlassen umgehend die Anlage. Warum? Das erkläre ich dir später."

Wir verlieren keine Zeit und lassen den verhinderten Liebhaber mit sich allein. Der arme Kerl hat genug mit der Aufarbeitung seines kläglichen Abblitzens zu tun.

„Jetzt schnell raus und ab zum Auto", hechele ich und verlasse mit meinen Mitstreitern den verhassten Ort.

Die Liegen an den Pools sind leer. Nur ein Pärchen aalt sich mutterseelenallein in der Sonne, stattdessen hat sich der Speisesaal gefüllt, was uns in den Kram passt. Unter den Hungrigen erregen wir kein Aufsehen. Mit unbedarften Fachausdrücken über das Golfspiel auf den Lippen, in etwa die Worte wie Loch vier, putten, einlochen und einiges mehr, verbreiten wir den Eindruck, als hätten wir ein wichtiges Match zu absolvieren, dabei latschen wir unbehelligt aus der Anmeldehalle.

Ist damit die Gefahr gebannt?

Denkste.

Ein Kasten von einem Mann versperrt uns den Weg.

„Was machen sie hier", knurrt der wie eine Bulldogge. „Haben sie ihre Kennkarte dabei?"

Karla reagiert prompt. Sie schaltet auf unwiderstehlichen Augenaufschlag und ergreift das Wort: „Wir als Besucher waren neugierig auf die wunderschöne Anlage, deshalb haben wir uns einen Flachbau angesehen", säuselt sie, dabei klingt sie wie eine Sirene in der Antike. „Den nächsten Urlaub verbringen wir in der Tamina."

Doch ihr Becircen ist umsonst. Der Kleiderschrank ist gegenüber Verführungen immun und zeigt sich gegen Annäherungen abgehärtet. Er mustert uns von oben bis unten. „Sie können sich den Bungalow gar nicht leisten", brummt er diskriminierend.

„Wie bitte? Ich habe mich wohl verhört?"

Karla macht auf vornehm. „Das Finanzielle lassen sie unsere Sorge sein."

Ich dagegen bin schlichtweg sauer. Wegen der Anmaßung des Wichtigtuers zeige ich ihm den Stinkefinger, dabei fluche ich: „Außerdem geht dich das einen feuchten Kehricht an."

Wegen meines hohen Blutdrucks habe ich mich vergessen. Intelligent war das nicht. Das sollte nicht vorkommen, aber da müssen wir jetzt durch. Greift die Bulldogge nach der Trillerpfeife und ruft nach Verstärkung? Oder schlägt der Suomiringer eine andere Gangart gegen uns ein?

Die Entwarnung folgt auf dem Fuß. Wir haben alle Glücksgötter- und Göttinnen hinter uns vereint, denn der Kleiderschrank dreht sich barsch um und nuschelt sich in den Bart: „Hauen sie ab, bevor ich's mir anders überlege."

Tja, das zum Thema Gefahr.

Unsere T-Shirts sind nassgeschwitzt. Uns Frischluft zufächernd gehen wir zum Micra und reißen dessen Türen zum Durchlüften weit auf. Anschließend setzen wir uns zum Schutz vor der sengenden Sonne unter ein Sonnendach. Ein kühlendes Bad im Meer wäre jetzt ideal. Aber das hilft Georg wenig. Also stellt sich mir erneut die Frage: Wo hat man Georg hingebracht? Was ist ansonsten mit ihm geschehen?

Ich rege eine Diskussion über Georgs Verbleib an: „Was wäre, hätte man Georg freigelassen und der liegt in Veras Armen?"

„Das wäre wunderbar", sagt Karla. Warte, ich rufe Vera an."

„Ja, mache das." In mir keimt Zuversicht auf.

Wir lauschen.

„Vera hat keinen Empfang", meint Anna. „Der Sendemast auf dem La Merica wurde beschädigt. Er wird erneuert. Das führt zum totalen Netzausfall im Valle."

„Psst", zische ich und höre Karla sagen: „Hallo Vera."

Überraschend hat sie Kontakt. Und weiter fragt Karla: „Sag mal, ist Georg bei dir?"

Es entsteht eine Pause, in der Karla immerzu nickt.

„Nicht da, aha", hören wir.

Karla wird immer nachdenklicher, denn jetzt geht sie durch die Hölle. Es liegt allein in ihrer Hand, Vera die scheußliche Nachricht von Georgs Verschwinden zu übermitteln.

„Tja, Vera. Hier in der Tamina ist er nicht mehr."

Und abermals eine Pause.

„Nein, Vera", wehrt Karla die vermutliche Reaktion Veras ab. „Warte ab. Bitte geh nicht zu den Bullen. Wir überlegen gerade, was wir unternehmen. Ich melde mich später."

Karla drückt Vera weg und schaut uns verstört an. „Ihr habt es gehört. Georg ist nicht aufgetaucht", informiert sie uns, worauf sie umgehend fordert: „Und was jetzt? Macht Vorschläge."

Ich räuspere mich: „Die Fieslinge haben Georg weggeschafft, weil das Versteck zu heiß war. Aber wohin? Wisst ihr was? Mir geht die Drogenscheiße so was auf den Sack."

„Mir schon lange."

Es war Anna, die ihren Unmut kundgetan hat. „Außerdem kommen wir nicht zu Potte. Für heute ist Schluss. Fahren wir heim ins Valle."

Mit bösartigen Blicken untermauert sie ihre Forderung nach dem Aufbruch.

Anscheinend denken alle wie Anna, denn die Meuterei bleibt aus. Das Runterfahren der Aktivität hat was mit einer schleichenden Resignation zu tun. Doch trotz der negativen Zwischenbilanz über das Erreichte sind wir uns einig: Wir werden Georg finden. Noch geben wir uns nicht geschlagen.

„Abgemacht", nehme ich die Druckluft aus dem Kessel. „Hören wir auf Anna. Im Moment können wir wenig ausrichten."

Unverrichteter Dinge brechen wir die Zelte ab. Georg ist nicht mehr hier. Es gibt für uns nichts zu tun. Was verheißungsvoll begann, endet mit einem kläglichen Abspann.

Uns graust es Vera ergebnislos gegenüberzutreten, doch es muss sein. Wir können uns Georg nicht aus den Rippen schneiden. Unsere letzte Chance ist Klaus Kleber. Den setzen wir unter Druck. Ich verspreche mir von ihm mehr, als von einem Großaufgebot der Guardia civil.

Karla und Manuel steigen zu uns in den Micra. Mit dem bringen wir sie zum Smart. Dann fahren wir hintereinander die Strecke durch die Berge nach Playa retour, währenddessen ich in mein Gedankenschema versinke. Meinen Blick auf Anna gerichtet schaue ich sie eindringlich an. Woran denkt sie? Wie sie mich überzeugen kann, die Ermittlungen einzustellen?

Das verspricht keinen Erfolg, da ich der erfolgshungrige Typ bin, was nicht unbedingt schlecht sein muss. Im Normalleben ist das eine meiner Stärken. Also martere ich mein Hirn und suche nach einem neuen Hoffnungsschimmer. Ein zartes Pflänzchen hat den Asphalt meiner Gehirnrinde durchgebrochen. Ist es der Anfang einer neuen Idee? Habe ich eine erfolgsversprechende Eingabe?

Die läuft auf sehr viel Kleinkleinfragerei hinaus. Als man Georg abtransportiert hat, ist das womöglich jemandem aufgefallen. Darauf läuft mein Geistesblitz hinaus. Vielleicht ist er jetzt im Valle? Der mögliche Transport dorthin muss sichtbar gemacht werden. Bei der klitzekleinsten Auffälligkeit gilt es den Hebel zu betätigen. Eine noch so minimale Nebensächlichkeit reicht. Aber mit wem und vor allem wo fange ich meine Befragungen an? O ja, ich weiß wo. Am besten in der Umgebung Klebers?

Ähnlich einer Kneifzange werde ich mich an dem Strahlemann festbeißen. Und mit der Fragerei beginne ich bei der Abgabe des Micra. Die Dame am Schreibtisch hat einen Narren an mir gefressen und hervorragend ist, die kriegt vom Verkaufsraum das Sehenswerte von Klebers Umfeld mit. Vor allem sieht sie, wer und wann beim Kleber ein und ausgeht. Es ist noch nichts verloren. Hoffentlich bin ich rechtzeitig darauf gekommen?

Zielorientiert habe ich Anna an der Promenade abgesetzt. Die ist müde und ins Studio vorausgeeilt. Ich begebe mich demnach allein ins Büro der Autovermietung. Wer weiß, wofür es gut ist?

Der Leihwagenmieter vor mir auf dem Stuhl hat seinen Formularkram abgewickelt. Er wirft sich den Wanderrucksack auf den Rücken und verabschiedet sich. Es ist angerichtet, jetzt schlägt meine Stunde.

„*Hola*, gute Frau. Darf ich du sagen?"

Forsch eröffne ich mein Frage- und Antwortspiel.

Zuerst grinst sie, anschließend lacht sie lauthals. „Warum nicht? Wir kennen uns eine Ewigkeit."

„Sag mal", beginne ich verhalten. „Du bist mit den Gewohnheiten Klebers in etwa vertraut?"

„Natürlich", antwortet sie und lässt ihre Wimpern klimpern. „Den kenne ich wie meine Westentasche."

Für eine Spanierin ist sie mit den sprachlichen Umgangsformen der Deutschen optimal vertraut.

Und meine nächste Frage lautet: „Hat Kleber gestern oder heute Besuch bekommen? Ich meine damit, ist ein Auto zu ihm ans Haus gefahren?"

Ich habe mich auf den Rand des Schreibtischs gesetzt und mich ganz nah über sie gebeugt, sodass ich ihr in den Ausschnitt schielen kann. Sie hat wundervolle Brüste.

Und die Selbigen bringt sie richtig in Pose, denn meine Nähe scheint ihr zu behagen. Mich vielsagend anlächelnd erklärt sie mir: „Heute morgen hielt ein Auto auf dem Platz, der zum Anwesen der Klebers und des Galeristen gehört, und aus dem Wagen stieg ein Gehbehinderter."

„Und weiter."

Ihre Antwort hat mich hibbelig gemacht.

„Warte mal, da war was merkwürdig", erinnert sich die Schöne. „Ja, jetzt habe ich es. Der hatte eine Wunde am Bein und wurde von zwei Männern weggeführt."

„Du meinst, der ging unfreiwillig mit?"

„Ich will's nicht beschreien", verfällt sie ins Flüstern. „Jedenfalls sah es so aus."

„Wo haben sie ihn hingebracht?"

Die Sympathische überlegt.

„Ich glaube", bemerkt sie ruhig. „Nein. Eher nicht zum Kleber. Halt, jetzt fällt es mir ein. Die brachten ihn zum Galeristen. Hinter seinem Haus stehen unvermietete Wohnwagen."

„Mein Gott, du hast Adleraugen", lobe ich die Glücksfee. „Und da bist du dir sicher?"

„Ja, ja, das war so", schwört sie Stein und Bein. „Ich habe mich noch gewundert, warum der Mann nicht ins Hospital gebracht wird? Aber man will ja keinen Ärger."

Am liebsten würde ich der süßen Glücksgöttin um den Hals fallen, denn gleich mit dem ersten Versuch habe ich ins Schwarze getroffen. Ich kenne das Gelände mit den Wohnwagen. In einem hatte der ständig bekiffte Pfälzer gewohnt.

Und um ihren Informationsschwall nicht abebben zu lassen, rede ich auf die Kesse ein: „Mir fällt der Namen des Galeristen nicht ein. Heißt der Urban?"

„Ja, natürlich. Urban heißt er. Für einen Künstler lebt der Mann sehr zurückgezogen. Aber wofür interessiert er dich?"

O ha, die Hübsche wird neugierig, denn sie fragt mich: „Habe ich was verpasst?"

„Nein, nein, ist alles in Ordnung", wiegele ich ab. „Bei Gelegenheit verrate ich es dir."

Sie zieht einen enttäuschten Flunsch, aber den lächele ich verwegen weg. Dann bedanke ich mich bei der Schutzpatronin für die Fahrer von Mietwagen mit einem dicken Schmatzer auf die Wange.

„GOODBYE, MY LOVE", sage ich überglücklich zum Abschied und werfe ihr eine Kusshand zu.

Nicht unberechtigt fühle ich mich wie ein Gewinnertyp. Mit der Gewissheit, dass ich Riesenschritte vorangekommen bin, verlasse ich ihr Büro. Ich kann mich vor Freude kaum bremsen. Beim abendlichen Treffen mit den Freunden vor der Casa Maria werden wir einen unwiderstehlichen Schlachtplan entwickeln. Gut Ding will Weile haben. Eine neue Befreiungsstrategie muss her.

In meinem von Glückshormonen umschwirrten Zustand treffe ich Kleber auf der Promenade. Hat er bewusst auf mich gewartet?

„He, Bauingenieur", ruft er mir mit gespielter Gelassenheit zu. „Ist dein Freund zurück?"

Scheinheilig ist das richtige Wort für sein Getue. Sich auch noch lustig machen. Doch wegen meines frischen Wissensstandes lässt er mich kalt. Ich werde bald der sein, der lacht.

Abgebrüht antworte ich ihm: „Tu doch nicht so. Du musst es doch am besten wissen", sage ich und wende mich ab. Leider habe ich keine Zeit. Bis dann."

Kleber glotzt fassungslos. Vor Verblüffung sperrt er den Mund sperrangelweit auf. Er scheint zu denken, er hat sich verhört. Ist sein unschuldiger Gesichtausdruck Programm, oder vertue ich mich eventuell in ihm?

Jedenfalls lasse ich ihn stehen. Der selbsternannte König des Valle Gran Rey hat keine bessere Behandlung verdient. Für mich besteht kein Zweifel: Klaus Kleber hat Dreck am Stecken. Er ist einer der Drahtzieher des Bösen. Sein unbeschwerter Sonnyboyruhm ist verblasst. Hat er Zugang zu den Wohnwagen? Und wenn ja, hält er Georg dort gefangen? Sein Grundstück und das des Künstlers grenzen aneinander. Ist Urban der große Unbekannte?

Ich komme ins Studio und rieche es sofort. Meine Anna kocht. Eine leckere Gemüsepfanne mit Naturreis kommt auf den Tisch. Kurz darauf genießen wir ihr großzügig gewürztes Pfannengericht auf unserem Balkon mit Meerblick, untermalt von den dumpfen Klängen der Trommeln zum Sonnenuntergang.

*

Unser allabendlicher Casa Maria Plausch ist von unbeschreiblichen Turbulenzen geprägt. Ohne Anna und mich einzubeziehen hatte Vera das Frankfurter Pärchen in Georgs Gefangennahme eingeweiht. War das nötig?

Ich vertraue der Gesprächsrunde meine neuen Informationen an, worauf die Gruppe vogelwild durcheinandergestikuliert. Bizarres Thema ist eine neuerliche Befreiungsaktion, neuerdings vom Grundstück Urbans. In wie weit der Kunstgalerieinhaber in die Gefangen-nahme verwickelt ist, das bleibt offen, denn über Urban ist im Valle rein gar nichts bekannt. Ab und zu veranstaltet der Maler eine Aus-stellung und kündet die im Valle Boten an. Mehr Nähe lässt der Ga-lerist nicht zu. Aber wie er, so machen es viele, denn mehr wissen wir auch nicht über Fernando. Das Schlitzohr schielt mit gespitzten Lauschern zu uns rüber.

Mein Georg betreffender Wissensstand bezieht sich auf eine verlässliche Quelle, erkläre ich der wissbegierigen Runde, was für Vera ausreicht, um sich in Wallung zu bringen. „Ist das wahr? Georg ist in Playa", juchzt sie. „Und wir hauen ihn raus?"

Ihre Gefühle laufen Sturm, obwohl wir das „Wie" für die Form des Befreiens nicht diskutiert haben. In mir dreht sich mein vorläufiger Gedankenstand, als sitze ich auf einem Karussellpferd. Ich schwanke hin und her zwischen totaler Unwissenheit und wenigen Fünkchen Vorstellungsvermögen. Zumindest versuche ich Fakten zu schaffen und erkläre die vermutete Sachlage: „Wie schon in der Tamina wird Georg sicherlich bewacht. Das um den Finger wickeln Karlas nach Tamina-Manier verspricht hier ähnlichen Erfolg. Oder seht ihr das anders?"

„Das bekomme ich hin", sagt Karla. Anscheinend hat sie viel Spaß an ihrer Rolle.

„Das genügt aber nicht. Etwas Gewalt werden wir wohl anwenden müssen", mache ich Nägel mit Köpfen. „Wir haben es mit Profis zu tun. Wenn wir unvorsichtig sind, ergeht es uns wie Georg."

„Hör auf, Richard. Das ist nicht mein Ding", wehrt Anna eine Beteiligung ab. Als Mitglied der Grünen hat sie sich der Gewaltfreiheit verschrieben.

Auch Rainer und Petra, auf die ich aus gutem Grund nicht gesetzt hatte, winken ab. Die sich unentwegt zoffenden Frankfurter reisen am nächsten Tag ab. Gott sei's gedankt, denn bei deren Beziehung sind Hopfen und Malz verloren.

Und Manuel befindet sich im Erklärungsnotstand, doch er spielt den Starken: „*Bueno*. Ich bin Mann für euch", verkündet er tapfer. „Bereit ich bin die Ehre La Gomeras retten."

„Sehr gut, Manuel. Das ist ein Wort", bekommt er ein Extralob. „Du schleichst dich an den Wächter vor dem Wohnwagen von hinten ran und ziehst ihm eins über die Rübe."

Manuel fragt: „Was ist Rübe?"

„Eins über den Kopf", verbessere ich mich.

„Aber womit?" Und wieder ist es Manuel, der hilfesuchend mit den Schultern zuckt.

„Halt, warte mal", setze ich nach und ändere den Plan. „Besser wäre das Betäuben mit Äther. Hast du so was?"

„Ja klar. *Äther null problemo*", antwortet Manuel. „Ich an das Zeug rankommen."

„Okay, und nun zu dir, Karla. Du übernimmst wieder den Part des Ablenkens. Wickle den Wächter ein."

Karla rollt vielsagend mit den Augen. „Demnach wieder becircen?"

„Ja, natürlich."

Ich beschleunige den Verteilungsvorgang, denn ich will schnell weiterkommen beim Befreiungsthema. „Und lass dir was passendes einfallen."

„Ich weiß was. Wie wär's, wenn ich ihn zum Kaffee einlade", sagt Karla, was nicht sonderlich ernst und einfallsreich klingt. Da müssen erfolgsversprechendere Verbesserungsvorschläge her.

Woraufhin die nach einem Einsatz lechzende Vera fragt: „Und was mache ich? Du übergehst mich."

„Du wartest hier", weise ich sie ein. Und hast du Georg in deinen Fängen, bringst du ihn in euer Appartement. Ob er ins Hospital gehört, das entscheiden wir später."

Tja, und da wären wir bei Anna? Doch die hat sich frühzeitig ausgeklinkt, so fehlt noch meine Rolle im Befreiungsdrama, weshalb mich Anna unbehaglich fragt. „Und du, Richard? Was für einen Part übernimmst du?"

„Ich bleibe im Hintergrund", antworte ich mit einer Geste der Wichtigkeit. „Ist Not am Mann, springe ich Manuel bei, wird er mit dem Wächter nicht fertig."

Bewusst bin ich in die Rolle des Chefs geschlüpft, denn der Plan stammt von mir. Ich bestimme die Koordination und gehe damit auf Nummer sicher. Dem Galeristen oder anderen Subjekten werde ich mit meinem konsequenten Eingreifen einen Riegel vorschieben. Zu dem Zweck halte ich mich im Ausstellungsraum auf. Sollte der Galerist anwesend sein, dann werde ich ihn in ein ablenkendes Gespräch verwickeln, aber besser wäre es, der Schlawiner weilt außer Haus. Jawohl, das Projekt ist durchdacht. Es könnte klappen.

Also dann. Es ist alles gesagt. Mehr kann man bei Befreiungsaktionen nicht vorausplanen, denke ich. Das weitere erfordert Glück und Abgebrühtheit. Die Darstellerliste für den reibungslosen Ablauf steht. Eine Generalprobe gibt es nicht. Improvisation ist Trumpf. Nach dem Frühstück wird unser Meisterstück live über die Bühne gehen.

Aber auch diesmal, wie schon in der Tamina, ist Vorsicht geboten. Schön auf dem Teppich bleiben. Zu viele „Wenn" und „Aber" verstecken sich auf dem Gelände des Galeristen. Hindernisse könnten sich auftun. Ich bin trotz allem überzeugt, dass das Befreiungsdrama unproblematisch in die letzte Runde geht und mache in Optimismus.

„Ich sehe es schon vor mir", male ich den Beteiligten bildlich aus, „ein von einem Rosenspalier umranktes Happyend.

Den Stimmungswandel merkt man an. In freudiger Erwartung sind wir ein nerviges und schnatterndes Publikum. Mehrmals dreht sich der gitarrespielende Wirt der Casa Maria um und glotzt böse. Aber was soll's. Pepe ist unser Studiovermieter. Ansonsten sonnt er sich im Ruf des Herzensbrechers. Bei ihm genießt Anna Narrenfreiheit. Dazu kommt, dass er uns vor drei Jahren versetzt hatte. Wir stiegen vor der Casa Maria aus dem Bus und was sahen wir: Unser Balkon war belegt. Aus Versehen hatte Pepe unser Studio anderweitig vermietet. Herrje. Der Eklat machte im Tal die Runde und war ihm entsetzlich peinlich.

Aber so sind viele Gomeros. Oft kennen sie dich nicht und sind schlampig, in Ansätzen sogar unfreundlich. Manchmal fragt man sich, weshalb man den Einheimischen nicht die lange Nase zeigt und kalauert: „Ätsch, wir bleiben auf Teneriffa, oder wir gehen nach El Hierro."

Aber was soll man da drüben? Teneriffas Hotelbunker bieten keine Anreize, und El Hierro ist leicht dröge.

Die Musiker haben ihre Schuldigkeit getan. Aufgekratzt trinken wir ein letztes Glas Wein, denn wir haben alles Wichtige durchgesprochen. Unsere Verabredung steht. Halb zehn treffen wir uns an der Infostelle. Da viele Wanderungen dort starten, ist unser Treffen unauffällig. Das bekommt höchstens die Süße der Autovermietung mit.

Wir beenden den Abend. Karla und Manuel nehmen Vera mit nach La Calera und Anna und ich erweitern unseren Nachtspaziergang diesmal bis zur Playa del Ingles und von dort zurück zur Promenade. Der Spaziergang ist traumhaft bei Vollmond, auch ohne Taschenlampe. Man hat eine tolle Sicht.

Der mit großer Hoffnung gespickte Tag beginnt in acht Stunden, doch plötzlich beschleicht mich das Gefühl der Furcht. Ich graule mich vor den Folgen der Aktion, denn wehe, irgendwas geht in die Hose.

Doch das ist ausgeschlossen. La Gomera ist die Insel der Liebelei und die sei Vera und Georg gegönnt. Dabei erinnere ich mich an ein befreundetes Pärchen, sie aus Aachen und er aus Neustadt. Die hatten auf der Insel die Liebe zueinander entdeckt und sind inzwischen verheiratet. So soll es sein. Das ist La Gomera.

Und ist Georg frei, schreibe ich Ansichtskarten. Dann wird der Urlaub ohne kriminelle Ablenkung zum unbeschwerten Ende gebracht. Aber tritt das glückliche Ende auch ein?

11

Ich fühle mich unausgeschlafen, als ich aufwache. Wegen der Befreiungsaktion war mein Schlaf von innerer Unruhe geprägt, obwohl die milde Nacht durchweg angenehm war. Das Rauschen der Wellen hatte sogar Annas Atmen übertönt.

Ich rücke lautlos an Annas Seite. Dann schiebe ich ihr T-Shirt rauf und streife es ihr über den Kopf, worauf ich sie behutsam streichle und mich zärtlich an ihr reibe. Es gibt nichts Schöneres, als den Partner mit Haut und Haaren zu verschlingen.

Doch heute ist es anders, denn es wird nichts. Ein kleiner Fick ist mir nicht vergönnt, denn mich überkommt ein Schwall Nervosität, daher schaue auf die Uhr.

Oweia, wie spät?

Es ist acht Uhr dreißig.

Mit einem Salto springe ich aus dem Bett und mache meine Haare formgerecht, danach flitze ich zum Bäcker um die Ecke. Atemlos kaufe ich ein Baguette und kehre ins Studio heim. Trotz Zeitnot frühstücken wir in Ruhe. Und danach reicht eine Katzenwäsche, um uns in den an Spannung kaum zu überbietenden Tag zu stürzen.

Meine Überzeugungsarbeit hat Früchte getragen, denn Anna geht mit. Als wir an der Autovermietung vorbeieilen, da zwinkere ich der Tante zweideutig zu, prompt bekommt die Hübsche einen feuerroten Kopf, was Anna glücklicherweise nicht bemerkt. Und nur fünfzig Meter weiter erreichen wir die Information, wo Karla, Manuel und Vera auf uns warten. Unweit von ihnen stehen die zu einer großen Wandergruppe Gehörigen.

Ich nehme unsere Aktionsgruppe beiseite und frage Manuel: „Hast du den Äther?"

Und der nickt eifrig.

Karla hält Vera fest im Arm. „Es wird gut gehen, also warte hier auf uns", redet sie im behutsamen Tonfall auf sie ein. „Und kommt dir was Spanisch vor, warnst du uns."

Doch dann fällt ihr eine Anweisung ein und sie ergänzt: „Da wäre noch was. Kannst du laut pfeifen?"

„Mit zwei Fingern", erwidert Vera. „Das wird genügen."

Ohne die Bemitleidenswerte machen wir uns zu viert auf die Socken. Nur nicht auffallen, die Galerie ist vielleicht hundert Meter entfernt. Mein Herz pocht kräftiger als normal und Anna hat sich bei mir eingehakt.

Vor dem Objekt angekommen, bleiben wir stehen.

„So, da sind wir", äußere ich mich im Flüsterton.

Aufmunternd drücke ich alle und wir uns gegenseitig, und danach erläutere ich das Terrain: „Das links ist Klebers Bereich und rechts liegt das Reich des Galeristen. So, jetzt wisst ihr Bescheid. Ist alles klar? Noch mal tief durchatmen und dann hinein ins Abenteuer."

Bis in die Haarspitzen motiviert gehen wir durch die Eingangstür und schauen uns ausgiebig um. Wir sehen mehrere Wohnwagen. So hatte ich's mir vorgestellt.

Jetzt heißt es sich trennen. Zuerst verlässt uns Manuel. Der trägt den Wattebausch und die Flasche mit dem Äther unter dem T-Shirt an den Körper gepresst. Als Einheimischer kennt er sich ausgezeichnet im Wohnwagenbereich aus, also verschwindet er hinter einer Abtrennung aus Bambus. Eine halbe Minute danach folgen ihm Anna und Karla. Ich dagegen betrete das Ausstellungshaus.

In dem ist es mucksmäuschenstill. Man könnte eine Stecknadel zu Boden fallen hören.

Auf Hinweise achtend gehe ich durch die Zimmer.

Nichts. Keiner da.

Das ist gut. Ich scheine allein im Haus zu sein. Das ist wunderbar. Ich spaziere zum Ausstellungsraum zurück und betrachte die Bilder. Die sind gomeratypisch ausgefallen. Viel blau für das Meer und ein bräunliches Grau für die Berge. Und weiterhin zeigt sich keine Menschenseele in meiner Umgebung.

„Hallo", rufe ich halblaut.

Stille. Totale Geräuschlosigkeit.

Ich denke über die Situation nach: Wo ist dieser Urban? Ist er im Haupthaus? Hat er da sein Atelier und seinen Schlafbereich?

Doch urplötzlich ist alles anders.

Es scheppert.

Draußen schwillt die Aufregung an.

Karla, Anna und Manuel schreien schrill durcheinander. Aber hier in der Galerie verstehe ich nicht ein Wort. Und dann die nicht hineinpassende Stimme. Zum wirren Gequake haben sich mir bekannte Sprachfetzen gesellt.

Ist das Fernando?

Hals über Kopf renne ich aus dem Galerieraum zu den Wohnwagen hinüber.

Und da stehen die Freunde. Alle schauen betroffen. Jeder auf seine Art. Anna und Karla blicken verstört auf den Rasenboden, Manuel scharrt verlegen mit seinen Latschen im Drainagekies. Aber unter ihnen, man höre und staune, sehe ich Fernando und der macht einen nüchternen Eindruck. Aber auch der verhinderte Ermittler schaut ungläubig aus der Wäsche.

Zuerst löst sich Anna aus dem Gespensterkabinett. Sie sagt nichts. Sie starrt mich an mit dem Blick aus einer anderen Welt.

„Was ist mit euch los?"

Meine Frage klang natürlich ahnungslos, weil ich das bin. „Ist was passiert?"

Anna stürzt sich mir in die Arme und schluchzt: „Der Georg."

„Was ist mit Georg?"

„Georg ist tot", würgt sie mühsam hervor. „Er ist erstickt."

„Das ist unmöglich."

Ich nehme beide Hände und rüttele an Annas Schulterblättern, denn ich will es nicht glauben.

„Doch, Richard", bekräftigt Anna. „Gefesselt und geknebelt haben ihn die Mistkerle. Aber wer's war, das wissen wir nicht. Ein Wachmann war nicht da."

Und Karla schiebt würgend hinterher: „Der Knebel saß zu tief im Rachen. Georg hat keine Luft bekommen."

Beim Teutates, wühlt es in meinen Gedärmen. Mir ist speiübel. Gelten für Verbrecher hier andere Gesetze? Genießt die Mörderbrut auf La Gomera Narrenfreiheit? Können solche Schweine tun und lassen, was ihnen genehm ist?

Wir Ahnungslose wollten die Gunst der Stunde nutzen und Georg seiner Vera zurückgeben, stattdessen verfallen wir in Schockstarre. Ich habe keine Worte. Für die, die mich kennen, eine Rarität. Wer zu spät kommt, den bestraft das Leben, fällt mir als passender Spruch ein. Bis ins Mark lähmt mich der Schmerz über Georgs Tod. Meine Augen haben sich mit Tränen gefüllt. Ich fühle mich leer. Der Sinn des Daseins ist in Frage gestellt.

Mit gesenktem Haupt betrete ich den Wohnwagen und sehe mir den Toten an. Der Knebel steckt im Rachen, seine Augen sind vor Angst weit aufgerissen und sein Gesicht sieht verquollen aus. Wie lange hat er gegen das Ersticken angekämpft?

Das brutale Bild ist schrecklich, trotzdem reiße ich mich am Riemen. Es nützt ja nichts. Mit Trübsalblasen ist niemandem gedient. Irgendwie muss das Leben weitergehen. „THE SHOW MUST GO ON", lautet ein irrer Wahlspruch der Amerikaner.

Georgs Tod hat eine Brandwunde auf meinem Herzen erzeugt. Die hat mein Seelenleben in Schutt und Asche gelegt. Mit dem Höllenschmerz heißt es jetzt umzugehen und das wird nicht einfach. Unentwegt sucht Anna meine Nähe. Ihr ist durch Georgs Tod bewusst geworden, dass ich der Tote hätte sein können. Wäre ich am Airport angeschossen worden, läge ich im Wohnwagen. Um so mehr braucht sie das Gefühl von Geborgenheit und schmiegt sich an mich.

Ich befreie mich aus der Umklammerung, dann trete ich dicht an den Agenten heran und frage ihn mit zweiflerischem Unterton: „Wer hat dich hergeschickt?"

„Niemand. Ich normal hier. Handeln selbstständig", stammelt der verunsicherte Fernando. „Gestern vor Casa Maria ich mitgehört, was ihr wollen tun."

„Erzähl das deiner Großmutter, wenn sie noch lebt", watsche ich ihn ab. „Spionierst du für Kleber oder Alonso?"

„Das dich nichts angehen", meckert der Spion. „Ich bin eigenen Auftrag hier. Suchen Brandstifter. *Kapito?*"

Ich bestrafe Fernando mit einem misstrauenden Blick und wende mich von ihm ab, stattdessen frage ich Manuel: „Wo sind der Gallerist und seine Helfer?"

„Die ausgeflogen", so sagt ihr. „Das Gelände wie tot. Sagt ihr ausgestorben? Auto auch weg."

„Und wer meldet den Tod der hiesigen Polizei?"

Ich habe mich mit der Aufforderung an die Anwesenden gewandt, denn die Polizei können wir schwerlich raushalten, außerdem haben wir ein reines Gewissen. Unser Auftauen auf dem Galeriegelände ist schließlich nicht strafbar. Aber wer macht es?

Karla verneint strikt. Auch die weiteren Freunde drängen sich nicht auf, und ausgerechnet ich tue mir das sowieso nicht an. Sollen sich andere in die Nesseln setzen. Fernando wäre ein Kandidat. Das sagt mir die Gehirnhälfte, die nicht an die Gerechtigkeit glaubt.

Und wie der Teufel es will, denke ich an Vera.

Mein lieber Schwan, wird das schwer, der Hoffenden reinen Wein einzuschenken. Die Gute erwartet Georg wohlbehalten in ihre Armen. Sie ahnt nichts von der Tragödie. Alle gemeinsam sollten wir zu ihr gehen und ihr mit größtmöglicher Anteilnahme das Ableben des

Freundes unterbreiten. Sie auffangen in der Trauer. Genau das sollten wir tun.

Ich aber bin im Fragemodus, da höre ich Fernando sagen: „Ich benachrichtigen Polizia. Aber ihr bleiben. Gonzales brauchen Papiere für Protokoll."

Fernando zückt sein Handy und hat tatsächlich Empfang. „*Hola, hier Fernando. Departe de quien*", näselt er in die Verbindung. „*Ah, Gonzales. Que tal?*"

Alles weitere verstehe ich bruchstückhaft. Nur soviel, dass Gonzales gleich bei uns sein wird und wir am Tatort bleiben müssen. Durch diese Aufforderung fühle ich mich in einen Tatort Krimi oder Polizeiruf 110 strafversetzt.

„Ja, ja. Wir warten", gebe ich Fernando zu verstehen, prompt fährt Gonzales mit zwei Beamten vor. Er steigt behäbig aus der Polizeikarre und begibt sich mitten unter uns, uns auf seine arrogante Art musternd.

Tja, welche Register gedenkt er zu ziehen? Hat er das Ausrücken der Spurensicherung veranlasst? Der Auftritt des Bullen erinnert mich an einen Lausbubenscherz, und der passt zu ihm. Der Mann ist altmodisch gestrickt. An ihm erkenne ich große Portionen falscher Erziehung. Damit verkörpert er das Bild des verzogenen Machos in Reinkultur.

Und kaum da, motzt er: „Natürlich wieder die Deutschen."

Bei Gonzales hat die Ausländerfeindlichkeit Hochkonjunktur. Dann schiebt er die Frage hinterher: „Wo und wer ist der Tote?"

„Der liegt drüben im Wohnwagen", antwortet Fernando. „Manuel ihn finden. Er Freund der deutschen Clique."

„Aha."

Gonzales zieht seinen Atem missgestimmt durch die Nasenlöcher hoch. „Überall haben die Deutschen ihre Drecksfinger drin", klagt er mich und meine Partnerinnen an. „Jetzt bringen sich die Alemannen sogar gegenseitig um."

„Nein, das nicht stimmen", verbessert ihn Fernando. „Du es dir zu einfach machen."

„Meine Rede", steuere ich bei, über Gonzales entsetzt.

Der Agent wirft mir einen bösen Blick zu, dann leiert er herunter: „Ich bin Zeuge, dass Deutsche nicht schuld. Die gekommen, da war der Mann schon tot. Der Tote sein ein Georg Leuchter."

Woher weiß Fernando Georgs Namen? Hat er Erkundigungen eingeholt? Es gibt keine Personenangaben bei der hiesigen Polizei, denn an der Wanderung mit Walters Auffinden war Georg nicht beteiligt. Haben wir Fernando unterschätzt? Wenn ja, kann er noch wichtig für uns werden.

Gonzales zwängt sich in den Wohnwagen. Dann kommt er wieder raus und sagt ohne jegliches Gefühl von Anteilnahme: „Der Mann ist mausetot, gar keine Frage."

Danach ruft er: „Kollege", und winkt seinen Untergebenen heran. „Gib den Toten nach San Sebastian durch", befiehlt er. „Die sollen die Spurensicherung schicken."

Jetzt hat Gonzales Zeit. Er wendet sich uns zu. Dass wir Deutsche sind macht seinen Blick unfreundlich. Er grübelt vor sich hin, dabei bohrt er in den Nasenlöchern. Sein Fundergebnis zwischen Daumen und Zeigefinger zur Kugel verreibend, fragt er mich: „Weshalb ist ihr Freund tot? Hattet ihr Streit?"

Hosianna, Gonzales ist ein Drecksack, denke ich. Zum wiederholten Male beweist er seine Geschmacklosigkeit, aber leider steht die Frage als Fanal im Raum. Soll ich ihn in die Schießerei am Flugplatz einweihen, ebenso in Georgs Schussverletzung mit sich anschließender Gefangennahme und der Unterbringung in der Tamina?

Soll ich, soll ich nicht? Was ist richtig? Das weiß ich beim besten Willen nicht, denn der Mistkerl mit seiner Engstirnigkeit hat mir noch nie geglaubt. Erst einmal getrost abwarten, denke ich. Wer weiß, womit Gonzales noch aufwartet. Noch besteht kein Grund zur Panik.

Meine Antwort auf die Frage des Oberbullen fällt als Manöver des Ausweichens aus: „Unser Freund hat sich Gedanken über die mögliche Brandursache gemacht, und natürlich über den Tod des Dealers. Ist das verboten?"

„Und dafür wird er erstickt?"

Gonzales hat ungläubig gegrunzt, worauf ich seufze: „Es hat den Anschein. Irgendwem passte seine Neugierde nicht."

„No, no", versucht sich Gonzales als Intelligenzbestie. „Da glaube ich an was ganz anderes."

„Und was soll das sein?"

„Der Tod ihres Freundes war keine Absicht, sondern ein Unglücksfall. Vielleicht ein Fesselspiel?"

„Mann! Das war Mord", brülle ich Gonzales knüppelhart an. „Finden sie raus, in wessen Interesse."

Gonzales stampft mit dem Fuß hart auf und stemmt seine Fäuste in die Hüften. Seine Drohgebärden äußern sich in der Körperhaltung: „Aufpassen, ja, nicht ausfallend werden", knurrt er. „Ich tue, was in meiner Macht steht. Die Todesursache wird geklärt. Das ist ein Versprechen."

„Geschenkt. Steck es weg", antworte ich respektlos. „Die Leier kennen wir."

Weshalb fehlt es mir bei Gonzales am Glauben?

Selbstverständlich beruht es auf negativen Erfahrungen. Von Anfang an war er hinter uns als Täter her, und diese Meinung vertritt er weiterhin. Der stochert ohne Elan wie eine Krähe mit dem Schnabel im harten Boden herum und ist ohne Begeisterung bei der Sache. Ich brauche keine Eingebung um festzustellen: Gonzales ist das Gegenstück zur fleißigen Ameise. Er tut nur das Nötigste und das widerwillig. Und das Schlimmste ist: Er ist er korrupt.

Für mich ist Bestechlichkeit kein Kavaliersdelikt. Es ist eine Todsünde. Höchstens, es passiert im kleinen, familiären Rahmen. In dem ist manche Notlüge erlaubt. Aber kann man Mord als kleinen Rahmen abtun?

Nein, wo kämen wir hin?

Diesmal ist Gonzales korrekt. Er nimmt unsere Personalien auf und notiert sich die Unterkünfte, obwohl sie bei den Bullen bekannt sind. Sogar den ortsansässigen Manuel registriert er. Aber das Warum für Georgs Ersticken zu hinterfragen kommt dem Oberflächlichen nicht in die Tüte. Warum die Hintergründe durchleuchten? Das Drumherum erledigt sich von selbst, denkt er. Bei dem Toten handelt es sich schließlich um einen Deutschen. Für das Pack reißt man sich nicht den Arsch auf.

Manuel macht sich vom Acker. Er erwartet neue Gäste. Die sind in den Appartements unterzubringen. Und Fernando? Auch der hat sich hurtig davongemacht. Und was wird aus uns?

Ich frage den Boss der Guardia civil: „Können wir gehen? Und was wird aus dem Toten?"

Gonzales ist gnädig. Er informiert uns über Georgs Verbleib. „Ihr Freund wird in die Gerichtsmedizin gebracht, sobald die Spurensicherung fertig ist. Danach verständige ich die deutsche Botschaft. Dann entscheiden die Angehörigen, was geschieht, zum Beispiel ob er eingeäschert wird."

Ich schlucke wegen dem überdimensionalen Kloß im Hals, als ich fünf Jahre zurückdenke. Damals hatten Anna und ich eine ähnliche Tragik zu verdauen. Unser Hausarzt Peter verstarb auf La Gomera bei einer Wanderung auf den Hausberg, dem La Merica, an einem Herzinfarkt.

Okay, das ist fünf Jahre her. Jetzt gelten meine Gedanken der in Ungewissheit schmorenden Vera. Sie sitzt auf heißen Kohlen und ahnt nichts, doch sie hat Anspruch auf die lückenlose Wahrheit.

Aber wer bringt sie ihr schonend bei? Wer übernimmt die Hauptrolle beim Canossagang? Der Spruch: Kommt Zeit, kommt Rat, ist ein mieser Gassenhauer. Hier und jetzt nicht anwendbar. Mit Würde muss jemand die Todesnachricht übermitteln. Das ist überfällig, so schwer es auch fällt. Meine Vermutung geht dahin, dass Vera einen Schock erleidet und zusammenbricht.

„Kommt, ihr Zwei, wir können nichts mehr tun", sage ich gequält zu Anna und Karla. „Aber wer erklärt es Vera? Eine von euch, das wäre vernünftig."

„Du, Richard, machst es. Deine Nerven sind stabil", schiebt Anna mir die Verantwortung rüber. Und Karla sieht's genauso: „Du bist abgebrüht und hast einen guten Draht zu Vera."

Das war zu erwarten. Die machen sich's einfach, denke ich. Wird es haarig, dann muss es ein Mann richten. Wo bleibt da die Gleichberechtigung? Aber wer sonst sollte es machen?

Mühevoll schlucke ich die Kröte runter und verabschiede mich von Gonzales: „*Buenos dias*, Herr Kommissar. Ich schicke die Freundin des Toten vorbei."

„Si, claro."

Seine Reaktion war abfällig gemeint, denn nebenbei habe ich die wegwerfende Handbewegung registriert. Der Oberbulle bleibt eine hundsgemeine Arschgeige.

Uns behäbig dahinschleppend verlassen wir das Gelände der Tat. Mir fällt siedend heiß ein: Gonzales hat den Besitzer des Grundstücks, also Kleber oder den Galeristen, flugs unter den Tisch fallen lassen. Das kann kein Zufall sein. Prompt bin ich bei der leidigen Korruption. Steckt dahinter System?

Ich weihe Anna und Karla in meinen Gedankensprung ein.

„Das ist euch sicher auch aufgefallen", beginne ich den Hinweis. „Der Oberbulle hat mit keinem Sterbenswörtchen den Galeristen erwähnt. Auch Kleber nicht. Warum? Hier ist ihr Revier. Urban ist verantwortlich für das, was auf dem Gelände stattfindet."

„Vor allem hat sich Kleber nicht blicken lassen", steuert Anna den wichtigen Beitrag bei. „Er muss die Tragik mitbekommen haben und ist sonst der Erste, der seine Macht und Überlegenheit demonstriert. Will er verhindern, dass er in die Unannehmlichkeiten des Mordes im Wohnwagen hineingezogen wird?"

Und danach bin ich wieder dran: „Außerdem wird mir immer klarer, das Kleber mit Gonzales einen Handlanger direkt vor Ort hat. Der Inselbaron macht sich insgeheim über uns lustig."

Nur Karla hält nichts von den Spekulationen. Sie sieht mir mit ihren blauen Augen ernst ins Gesicht, als sie mich auffordert: „Mach mal Pause, Richard. Jetzt ist der seelsorgerische Typ verlangt. Du brauchst Unmengen an Einfühlsamkeit, um Vera zu trösten."

Und damit liegt sie richtig. Ich kann mich vor dem Waterloo nicht mehr drücken.

Vera wartet an der Infostelle. Wir sehen sie nervös auf und ab gehen. Als sie uns sieht, stürmt sie auf uns zu. „Wo ist Georg?" Ihre Stimme überschlägt sich vor Sorge. „Wo ist mein Schatz? Warum habt ihr ihn nicht mitgebracht?"

Ich mache eine niederschmetternde Handbewegung, worauf sie zu torkeln anfängt, aber Karla fängt sie auf und nimmt sie in die Arme.

„Hör zu", sagt Karla. „Richard hat eine Nachricht für dich."

„Richard?"

„Ja, Vera."

Nun baumelt der Galgen über mir. Mir wird die Luft knapp. Das Unvermeidbare ist amtlich. Karla hat mich, so wie's vereinbart war, in die Seelsorgerolle gedrängt.

„Ja, so ist es", schlüpfe ich in die Rolle. „Du musst stark sein, ganz, ganz stark", sage ich sanft.

„Weshalb?

Vera verliert die Geduld. „Druckse nicht unnötig rum. Was hat Georg?"

Keinem normaltickenden Menschen sollte das Übermitteln einer Todesnachricht derart unvorbereitet zugemutet werden. Ich fühle mich von Anna und Karla im Stich gelassen.

„Herrgott noch mal. Nun helft mir doch", flehe ich sie an.

„Geht's Georg schlecht", kreischt Vera. „Sag's Richard, ist er im Hospital?"

„Nein, Vera. Georg ist tot."

O Gott, das war drastisch, aber es ist wenigstens raus. Ich denke, mein Herz bleibt stehen. Leider habe ich keine verharmlosendere Formulierung gefunden, doch der unvermutete Tod ist so drastisch. An ihm ist nichts verständlich, alles an ihm ist unsentimental.

„Bitte nicht ausflippen, Vera", versuche ich zu beschwichtigen.

„Georg ist an einem Knebel erstickt. Verstehst du?"

Wie soll sie das verstehen? Alle Zellen ihres Körpers wehren sich gegen das Unvermeidbare. Auch das „Wie" des Todes habe ich ihr wegen der Art und Weise seines Todeskampfes uneinfühlsam aufgetischt. Leider ist mir auch hierbei keine abgeschwächte Ausdrucksweise gelungen.

„Neiiiin! Das ist eine Lüge."

„Es ist wahr", bleibe ich standhaft. „Frage Karla und Anna."

Jetzt, wo's raus ist, klingt meine Stimme fest und sicher. In der Tonlage ergänze ich meinen Auftrag: „Warum wohl sind die Bullen an dir vorbeigefahren?"

Vom Donner gerührt hält Vera inne.

Doch das nicht lange, denn dann macht sie Tamtam. „Nein", schreit sie immer wieder. „Nein, nein!"

Ihre Beziehung zu Georg wurde in unappetitliche Einzelstücke zerlegt. Aus der zarten Knospe der Liebe war eine wunderschöne Blüte erwachsen, doch die wurde brutal abgeknipst oder abgerissen. Nichts an Vera ähnelt dem lebensfreudigen Bambi, das sie vorher war. Pure Ausdruckslosigkeit hat ihre Rehaugen matt gemacht. Vera hat den Halt verloren. Sie fühlt sich um die Zukunft betrogen. Mit leeren Händen steht sie am Schlund zur Hölle, und der ist die Hoffnungslosigkeit. Die Lebensfreude wurde von der sinnlosen Tat abgewürgt. Anzeichen von Irrsinn schleichen sich bei ihr ein. Warum bestraft ausgerechnet sie das Schicksal so grausam. Sie ist beliebt und hat niemandem was getan. Ich befürchte zurecht: Gleich kippt Vera aus den Latschen.

Karla hat ihr die Hände auf die Schultern gelegt und schaut ihr tief und mit viel Wärme in die Augen. „Vera", sagt sie seicht. „Ich gehe mit dir zum Wohnwagen, in dem Georg liegt. Verabschiede dich von ihm."

„Ja, Karla."

„Georg hat es jetzt gut da oben", redet Karla behutsam weiter und macht eine Handbewegung gen Himmel.

Abrupt wende ich mich ab. Ich halte mir die Hände vors Gesicht. Tränen schießen mir in die Augen. Das haut den abgebrühtesten Mann und die stärkste Frau um. Auch das Gesicht Annas wurde zum Spiegelbild von entsetzlicher Traurigkeit.

Vera schluchzt, dann weint sie bitterlich. Ihr unerträgliches Elend setzt eine Flut an Tränen in Gang, die gleicht dem Sturzbach in den Bergen nach einem Wolkenbruch. Flächendeckend verteilt sich der Schmerz auf ihrer Haut. Ihre Qualen stecken in jeder Pore des bildschönen Körpers.

Plötzlich schüttelt sich Vera. Forsch wirft sie den Kopf in den Nacken und greift nach Karlas Hand. „Komm", sagt sie resolut. „Georg wartet auf mich."

Sie staksen davon und tiefbetroffen sehen Anna und ich den in Trauer vereinten Frauen hinterher. Das Bild Veras als gebrochene Frau prägt sich bis in alle Ewigkeit in mich ein.

Karla und Vera sind hinter einer Hecke verschwunden. Anna und ich gehen Hand in Hand zur Promenade. Trotz der Tragik nehmen wir uns vor, dass unser Leben ein spannendes und vor allem von positiven Erlebnissen geprägtes Abenteuer bleibt. Das wollen wir in vollen Zügen genießen, denn jeder bewusst gelebte und verarbeitete Tag ist ein unbezahlbares Geschenk, auch wenn das im Moment leicht makaber klingt.

Aber so mir nichts, dir nichts, können wir nicht zum Urlaubsalltag übergehen. Und passend zum Trauertag tobt das Meer stärker als gewohnt. Sogar ein warmer Regenschauer ergießt sich über die Playa. Der ist zwar nur ein Tropfen auf den heißen Stein, aber die Einheimischen freuen sich über den kleinsten Niederschlag.

Wir setzen uns auf die Bank vor unserem Studio uns starren hinaus aufs Meer. Meine Gedanken drehen sich um Anna. Ich liebe meinen Schatz. Diese Frau hat mir der Himmel geschenkt. Anna zu verlieren wäre mein Untergang.

„Hör zu", kommt mir nicht unvermutet über die Lippen. „Wir werden den Tod Georgs rächen. Und wenn es das Letzte ist, was ich hier tue."

Meine Augen funkeln unternehmungslustig. „Den Täterkreis haben wir auf eine Mindestzahl eingegrenzt. Der besteht aus Pedro, Kleber, dem Galeristen und Alonso. Das sind samt und sonders die Schakale, die für den Tod Georgs in Frage kommen."

„Und Gonzales? Der ist für mich genauso verdächtig", schließt Anna den Scheißbullen nicht aus.

„Ach je", grummele ich mild und setze mein Plädoyer fort: „Das sehe ich anders. Der Oberbulle ist die nützliche Marionette eines Einflussreichen. Er verfährt nach dem Motto: Lieber den Spatz in der Hand, als die Taube auf dem Dach. Ha, ha, ha. Ein Schelm, der Böse dabei denkt."

Anna zeigt ihr gequältes Lächeln, womit sie mich zur Ernsthaftigkeit zwingt. „Na ja, ein Schelm ist Gonzales eher nicht", rücke ich das Verhalten des Bullen zurecht. „Fernando scheidet wegen seines Auftrittes am Campingwagen als Mörder aus. Und leider ist er verschwiegen wie ein Grab, doch der weiß mehr."

„Du willst also noch heute mit deiner Aufklärungswut weitermachen?"

Annas Frage klingt nach der Begeisterung, die bei einer vorsintflutlichen Schallplatte mit einem Sprung entsteht.

„Ich nicht. Ich bin am Limit", sagt die begeisterte Krimileserin. „Machen wir einen Strandtag. La Gomera ist eine Insel, da kann kein Mörder weglaufen."

Guter Gott, Anna hat recht, denke ich. Genauso wie das Argument mit der Insel stimmt, so schließt sich ihr auch das Wetter an, denn so rasant es zu regnen begann, so schnell sind die Wolken Vergangenheit und der Strand ist wieder trocken.

Wir holen die Strandutensilien und knallen uns in die Sonne, doch die Wellen sind turmhoch. Als schlechter Schwimmer traue ich mich nicht durch die tobende Brandung aufs Meer hinaus.

12

Aus Unvorsichtigkeit habe ich mir einen Sonnenbrand eingefangen, aber der ist harmlos gegenüber dem Schmerz, den die zerstörte Vera empfindet. Ein Abendessen im Baifo, zu dem uns Karla per SMS zusammengetrommelt hat, soll Klarheit über die weiteren Urlaubstage bringen. Dermaßen göttlich speisen wir sonst erst am Abschiedsabend.

Wir haben uns begrüßt und hingesetzt, schon sage ich rührig: „Ich werde Georgs Tod rächen."

Rumms. Meine Ankündigung steht wie ein Humpen Bier auf dem Tisch. „Und ich gehe fest davon aus, dass ihr mitmacht", ergänze ich. „Wir sind es ihm schuldig."

Vera schluchzt.

Dann springt sie auf und rennt zur Toilette.

„Wie und was gedenkst du zu unternehmen?" Karla ist erstaunt. „Und wen hast du jetzt im Visier?"

„Im Einschalten Fernandos sehe ich eine Erfolgschance", werde ich theatralisch. „Du Manuel aktivierst deine Verbindungen zu dem untätigen Ermittler. Schließlich ist er um ein paar Ecken mit dir verwandt."

Erst schweigt Manuel, dann äußert er sich doch: „Dicke Freunde wir nie waren. Eher Hund und Katze."

„Ja, gut." Ich klopfe ihm aufmunternd auf die Schulter. „Aber was nicht ist, das kann ja noch werden. Mensch, Manuel, schmeiß dich an ihn ran."

Vera kommt zurück. Trotz ihrer fragenden Augen sieht sie mit dem verheulten Gesicht verheerend aus.

„Bist du okay?"

Es ist eine saudumme Frage, dennoch drücke ich Entschlossenheit aus. „Dein Hero hätte von uns erwartet, dass wir den Mörder überführen. Georg zuliebe tun wir's."

„Danke, Freunde."

Vera kann ihre Tränen nicht zurückhalten. Bei ihr brechen alle Dämme. Bildlich gesehen spült uns ihr Weinkrampf wie Treibgut hinweg. „Aber bitte, ihr Lieben", schluchzt sie herzzerreißend. „Setzt euch keiner Gefahr aus. Das hätte mein Schatz auf keinen Fall gewollt."

Die Bedienung schnellt an unseren Tisch. „*Hola*! *Buenos noches*", begrüßt sie uns freundlich, unsere Gesichter sind ihr vertraut. „Habt ihr ausgewählt?"

„Einen Moment, bitte", antworte ich, doch Karla bestellt: „Vier mal Hühnchen Malaysia, einmal statt Chicken mit Fisch. Dann drei Gläser Rotwein und zwei große Claro."

„*Muchas gracias*", bedankt sich die junge Frau.

Alle staunen, bis auf Karla und Manuel. Warum hat Karla für uns mitbestellt?

Die Bedienung ist kaum weg, da steht Karla feierlich auf und klärt uns auf: „Hört zu, Leute. Manuel lädt euch herzlichst ein."

„Danke, Manuel. Hast du Geburtstag?"

Anna fragt das, ohne die geringste Ahnung über den Grund der Einladung.

„So ähnlich." Der Gute strahlt, dabei krächzt er verlegen. „Vor fünf Jahren ich mich in Karla verliebt."

„Oh lala. Sag das noch einmal."

Ich bin entzückt.

Und Manuel schwelgt weiter in seinem Liebestraum: „*Con gusto*, ich fünf Jahre superglücklich. Karla auch."

Von da an überdeckt die Freude über Karlas und Manuels Liebe den Trauerfall. Sogar Vera wird von der Atmosphäre der Liebe angesteckt. Somit ist Karlas Schachzug von Erfolg gekrönt, denn mit Raffinesse ist es ihr gelungen, dass Vera ihre Trauer für den Moment vergisst.

Die Getränke in Händen prosten wir Karla und Manuel zu. „Salute, und bleibt glücklich miteinander, und das noch viele wundervolle Jahre."

Genau das ist einer der Momente, der beweist, wie gut es mir auf La Gomera gefällt. Zu dieser Wohlfühlatmosphäre passt das Malaysia-Gericht. Das zu essen hat bei uns Tradition. Das Baifo serviert die erlesensten Bali Gerichte in ganz Spanien. Nach seinesgleichen habe ich Aachen abgesucht, ohne fündig zu werden.

Pappesatt streiche ich mir über den geschwollenen Bauch. „Hach, war das gut."

Manuel bezahlt. Wir verabschieden uns und wechseln den Standort. Allabendlich treibt es uns zur Casa Maria. Weniger wegen des Gitarrenspektakels. O nein, wieder einmal gilt unsere Aufmerksamkeit Fernando. Dem Spion incognito bieten wir die Zusammenarbeit an. Wir versuchen ihn auf unsere Seite zu ziehen. Manuel soll ihn weich klopfen, und zwar mit der Gradwanderung zwischen Sympathie und

Trauer. Sogar in Fernandos Seele hat Veras Schmerz tiefe Spuren hinterlassen, das war unübersehbar.

Ich setze auf die Karte Mitleid und mache Manuel heiß: „Also los, Junge, koche ihn weich. Hole alles aus dir raus. Drück auf die Tube, bis dir Fernando aus der Hand frisst."

Und das funktioniert.

Manuel versteht sein Handwerk. Zwei, drei Gläschen Wein mit Fernando getrunken, schon lädt er ihn in unsere Tischrunde ein, um ihn zu uns ins Boot zu holen. Ganz schön clever, unser Manuel.

Der Ermittler setzt sich zu uns. Zum Gruß pocht er mit den Handknöcheln auf die Tischplatte. „Hola", sagt er freundschaftlich und wird zutraulich wie ein Schoßhund. Zur vorgerückten Stunde kehrt Vertraulichkeit ein. Wir stecken die Köpfe zusammen, und Fernando bittet uns zuzuhören.

Er fängt geheimnisvoll an: „Ich haben dunkle Vorahnung."

Dann legt er den Zeigefinger zum Zeichen noch leiser zu sein auf den Mund.

„Psst", flüstert er. „Hört zu. Ihr dumm habt in Wespennest gestochen. Große Unruhe herrschen in Kreis von Drogen."

„Von wem sprichst du?"

Eigentlich kann ich's mir denken, daher ziehe ich die Frage zurück: „Schon gut."

„Nur Geduld", sagt Fernando und macht da weiter, wo er aufgehört hatte. „Ich stehe vor Aufklärung."

Er bittet uns noch enger aneinander zu rücken. „Hier haben Wände Ohren", sagt er, und dann noch leiser. „*Comprende*, ihr verstehen mich?"

„Absolut", erfährt er meine Unterstützung.

„Okay, dann weiter", säuselt er. „Ihr Deutsche verlassen bald La Gomera, aber Manuel hier bleiben."

„Was ist denn jetzt los", würgt Karla hervor.

„Wo soll er denn hin? Er gehört hierher", fährt sie im gleichen Ton fort. Sie ist wegen des Flüstertons total fickrig geworden.

Doch Fernando versichert: „Manuel in Gefahr. Er Arschkarte gezogen. Wissen zu viel, denken Mörder."

„Hol dich der Teufel, Fernando", schimpfe ich aufgebracht. „Bist du von allen guten Geistern verlassen?"

Erneut fallen wir in ein tiefes Loch. Nach Georgs Tod soll Manuel das nächste Mordopfer werden. Vera fängt abermals an zu heulen und Karla klammert sich weitaus intensiver an Manuel. Der Mann ist ihr heißgeliebter Schatz.

Manuel erkennt die Situation und wirft sich in die Brust. „Ich haben keine Angst vor Mordbande."

Das Publikum in den Arenen des Römischen Reiches hätte seine Anerkennung nicht verweigert. „Furcht ich nicht kennen", betont Manuel die Bereitschaft, der Gefahr ehrfurchtlos ins Auge zu sehen. „Mach keine Sorgen, Karla. Ich stark wie Stier. Schweine sich wundern."

„Toll, Manuel, und ob die sich wundern werden."

Karla himmelt Manuel an, als wüsste sie erst jetzt, dass sie einen erlesenen Fang gemacht hat. Mir aber ist das ganze Brimborium zu sehr von Heldenverehrung geschwängert. Außerdem ist es mir zu schwammig.

„Wenn wir Manuel schützen sollen, dann lass mehr rüberwachsen", spreche ich Klartext. „Rede, Fernando. Wen verdächtigst du? Wo steht der Feind?"

Aber der Ermittler wischt die Fragen verärgert vom Tisch. Meine Ungeduld geht Fernando gegen den Strich. Er und seine Deckung aufgeben? Niemals. Das fällt ihm im Traum nicht ein.

Dennoch verteidigt er sich, von seinen Fähigkeiten überzeugt: „Ich kurz vor Aufklärung. Ihr nicht gut, nur Reinpfuschen. Ich haben genug preisgegeben."

„Dann verrate wenigstens, zu wem die Spur heiß ist. Zu Kleber, zu Pedro oder zum Galeristen?"

Hartnäckig wie eine Klette bleibe ich an Fernando dran. Mich wird man so leicht nicht los.

„Ich kann sagen, ihr nahe", bestätigt Fernando. „Aber fehlen Beweise. Frische Tat und so."

„Du meinst, wir brauchen einen Lockvogel, und der Mörder verfängt sich in der Falle?"

„Das du sagen", winkt Fernando ab. „Ich jetzt gehen. Wir zu lange zusammen. Hoffentlich nicht auffallen?"

„Okay, ich verstehe", nicke ich ihm zu und lache verkniffen. „Die Wände haben nicht nur Ohren, sondern auch Augen."

„Kann nicht ausschließen", schwafelt Fernando und erhebt sich. *„Hasta pronto* und viel Glück."

Er klopft nochmals mit den Knöcheln der rechten Hand auf die Tischplatte, danach wendet er sich pomadig ab.

Doch bevor er in Richtung Vueltas verschwindet, begrüßt er einige Einheimische, dabei schwankt er wie ein überladener Laster. Uns als Gesprächspartner lässt er mit der Hiobsbotschaft zurück: Manuel schwebt in Gefahr.

Hilflos starren wir in den Nachthimmel. Unserem Empfinden nach stecken wir unter einer Glocke an Böswilligkeit. Bleibt es nicht beim Tod des bedauernswerten Georg? Wird der Urlaub von weiteren Todesfällen geprägt?

Glaubt man Fernandos Gerede, dann lebt Manuel gefährlich, denke ich. Und wie steht's um uns? Hat er nur einen Teil des Ausmaßes an Gefahrenpotenzial serviert? Sind Fernandos Hinweise ehrlich, dann können auch wir uns nicht sicher fühlen, das ist die Zwickmühle.

Offen aussprechen will das keiner. Anna möchte den Kram liebend gern hinschmeißen und abreisen. Und Vera hat die Schwelle der Angst längst überschritten. Der Tod macht ihr nichts mehr aus. Die Bedrohung ist ihr gleichgültig. Ihre Trauerzeremonie legt sie nicht ab. Und was machen wir?

Sollen wir uns verkriechen?

Alles, nur das nicht, denn Karla reißt das Heft an sich und bäumt sich auf: „So, Freunde. Fernando ist weg. Jetzt zum Ernst der Lage. Wie schützen wir Manuel vor einem Übergriff?"

„Ich 57 Jahre", zetert der, unsere Fürsorge kratzt an seinem Männerstolz. „In dem Alter ich brauche keinen Schutz. Ich auf mich gut aufpassen können."

„Wo er recht hat, hat er recht."

Ich verstehe Manuel und springe ihm bei: „Ihn rund um die Uhr zu bewachen ist unrealistisch. Das Trumpf-As hält der Mörder in der Hand."

„Halt", protestiert Karla.

Die kann und will sich nicht damit abfinden, das Manual ausradiert wird. „Drehen wir den Spieß um", meutert sie. „Erzeugen wir Druck auf Kleber und den Kunstfritzen. Dann werden wir ja sehen, wie stark die Nervenkostüme der feinen Herrschaften sind."

„Jesses Maria, das ist gut", feiere ich Karlas Intelligenz. „Fangen wir mit Kleber an. Mit dem Schmutzfinken habe ich sowieso noch ein Hühnchen zu rupfen."

Und Karla, die sich gebauchpinselt fühlt, legt scharf nach: „Du hast den Drohbrief bekommen, Richard. Erinnerst du dich?"

„Den habe ich weggeschmissen."

„Macht nichts", wischt Karla meine Bedenken weg. „Wir setzen ein ähnliches Machwerk auf. Nur soll Kleber denken, der Drohbrief käme aus dem Drogensumpf oder von seiner Konkurrenz."

Karla ist listig. Sie ist so was von ausgefuchst. Die möchte ich nicht zum Feind haben, denke ich für mich. Wenn man sie so ansieht, wer käme darauf, was sie neben ihrem Lehrerinnenjob noch so alles auf dem Kasten hat.

Karla ist sommersprossig, langbeinig und superschlank, aber das auffallendste Merkmal an ihr ist der blonde Lockenschopf, mit dem schlägt sie die Bewerberinnen eines Schönheitswettbewerbs um Längen. Besonders für die Spanier ist sie ein Fixpunkt. Sie verkörpert das Idealbild einer wunderschönen Deutschen.

Doch zurück zur Bedrohungssituation. Ich stelle Karla die wegweisende Frage: „Wie soll der Wortlaut aussehen? Und wie verfassen wir den? In Spanisch oder in Deutsch?"

Karla grübelt, dabei hält sie die Augen verschlossen. Wie gebannt starren wir der Nachdenkenden auf die Lippen. Und das dauert, und dauert. So vergeht vielleicht eine halbe Minute, dann hat sie ihn, den ultimativen Kick.

„Kleber ist Deutscher. Schreib also in Deutsch und nur einen kurzen Text. In etwa so."

„Warte", unterbreche ich sie. „Ich schreibe ihn ins Notizbuch."

Ich krame meinen Taschenkalender aus dem Fahrradrucksack, den ich wegen des geringen Gewichts außer bei Wanderungen bei mir trage, zücke einen Kugelschreiber und bin schreibbereit.

„Let's go, Karla."

Und die formuliert einen Satz, sehr zaghaft: „ICH WEISS ÜBER DICH BESCHEID", fängt sie an. „Ist das gut?"

„Ja, Karla. Weiter so."

Karla kneift ihre hübschen Augen zu Schlitzen zusammen. Kann sie so besser denken?

Sie setzt sich aufrecht, holt neu aus und ergänzt den Text: „STEL-LE DICH DER POLIZEI UND GIB DEINE VERFEHLUNGEN ZU, SONST BIST DU EIN TOTER MANN."

„Phantastisch", jubele ich. „Du bist die Königin unter den Erpressern. Schon beim Lesen schlottern mir die Knie."

„Und", wende ich mich an die Anderen. „Was sagt ihr? Äußert euch."

Mit meiner Lobhudelei habe ich mich an Anna, Vera und Manuel gewandt, die zustimmend nicken. „Toll, Karla. Wo nimmst du nur die Fantasie her?" Der Tenor zu dem Einschüchterungsmachwerk ist durchweg positiv.

Das Lob hat Karla verdient, trotz allem werde ich zappelig, denn Geduld ist eine meiner seltenen Gaben. Bei deren Vergabe bin ich eindeutig zu kurz gekommen. Deshalb presche ich vor: „Wisst ihr was? Ich gehe ins Studio rüber und setze das Machwerk in die Tat um. Danach jubele ich den Wisch dem Kleber unter."

„Hat das nicht bis morgen Zeit?"

Annas Frage erwischt mich, als ich auf dem Sprung bin. „Nein, meine Liebe", entgegne ich unruhig. „Das erledige ich jetzt. Es dauert eine halbe Stunde."

Ohne eine Erwiderung abzuwarten stürme ich über den ehemaligen Basketballplatz, dann vorbei an der Kugelweitwurfanlage und über die Promenade ins Studio. Dort lege ich mir den DIN-A4 Schreibblock zurecht und schreibe den Text, nur unwesentlich verändert. ICH WEISS ALLES ÜBER DICH: STELLE DICH DER POLIZEI UND GIB DEINE VERFEHLUNGEN ZU; SONST BIST DU EIN TOTER MANN.

Ich begutachte mein Machwerk und bin zufrieden. Es sieht perfekt und einschüchternd aus, lobe ich mich.

Den Drohbrief zusammengefaltet und unters T-Shirt gesteckt, hechte ich die Treppe hinunter und zur Haustür hinaus. Danach latsche ich in normaler Schrittfrequenz an den Tischgruppen der Piano-Bar und der Kellnerkneipe vorbei, alsdann lasse ich die Infostelle hinter mir und bin nicht weit von Klebers Haus entfernt, als ich verharre.

In Klebers Haus brennt Licht.

Ich sehe zwei Schatten, die aufgeregt und gestikulierend auf und ab gehen. In ihrem Bewegungsstil ähneln die Figuren zwei sich heftig Streitenden.

Sind das zwei Männer?

Natürlich, nun erkenne ich sie besser. Die Situation ist eindeutig. Es sind die vermuteten Männer, und der eine ist Kleber.

Mit der gebotenen Lautlosigkeit pirsche ich mich über den Parkplatz noch näher ans Haus heran, dadurch werden die Geräusche vernehmbarer. Unverkennbar sind es hektische Gesprächsfetzen, die mir entgegen schlagen. Wer kritisiert da wen? Wer ist der andere Mann? Kenne ich seine Stimme?

Die Hitzköpfe beschimpfen sich wie derbe Müllmänner. „Das war total unnötig", höre ich heraus. „Geschäftsschädigend", ist ein anderer Wortbeitrag.

Dann verstehe ich sogar einen kompletten Satz. „Natürlich war's nicht nötig, aber du kennst den Blödmann ja. Verflixt und zugenäht, es ist nun mal passiert. Zurückschrauben kann man's nicht."

Der Hausherr zieht den Vorhang zu. Schon erscheinen die Männer als schemenhafte Umrisse, verschwommen und bis zur Unkenntlichkeit verzerrt. Welchen Gast beschimpft Kleber?

Ich will alles verstehen und werde leichtsinnig, oder sagen wir mal wagemutig. Als hätte ich Indianerblut in mir schleiche ich zur Haustür. Dort drücke ich mein Ohr gegen die Verglasung.

O je, es wird haarig. Alarmstufe rot, der Gast will gehen.

Hastig bücke ich mich, schiebe den Zettel unter dem Türspalt hindurch und trete den Rückzug an. Oh, Mist. Der Gast schreitet sehr schnell auf die Haustür zu. „*Hasta luego*", höre ich ihn sagen, währenddessen bin ich flink wie ein Wiesel hinter eine meterhohe Hecke gehuscht.

„Hier liegt was", ruft der Gast ins Haus.

Er bückt sich. „Warte, ich gebe dir den Wisch."

Das ist das Letzte, was ich vom durch die Türöffnung getretenen Gast höre. Er hat meinen Drohbrief ins Hausinnere gereicht, dann schließt der Hausherr die Haustür von innen.

Es ist stockdunkel. Man kann nicht die Hand vor den Augen erkennen. Der Unbekannte kommt auf die Hecke zu. Ich bin aufgeflogen, denke ich. Mir schlottern die Knie. Es wird zur Rauferei kommen. Wie wird die ausgehen? Habe ich eine Chance gegen den Unbekannten?

Zum Kräfteaustausch kommt es nicht, denn der Unbekannte hat mich nicht bemerkt. Er geht an mir vorbei. Unnötig habe ich mich verrückt gemacht. Aber Scheiße, wie ärgerlich. Ich habe ihn nicht erkannt. Vielleicht kenne ich ihn ja gar nicht? Das kann auch sein. Der streitbare Besucher kann sonst wer sein. War's ein Deutscher? Oder eher ein Spanier?

Von der Aussprache her ein Deutscher. Prompt springt mir Alonso als mögliche Lösung in den Kopf. Der spricht perfekt deutsch, habe ich mir sagen lassen. Sein Akzent unterscheidet sich in nichts von den Deutschen. Leider sind mir die Sprachpraktiken des Galeristen unbekannt.

Tja, wer war's? Urban oder Alonso? Auch Pedro wäre eine Option. Einer von den mir stimmlich nicht vertrauten Personen könnte es gewesen sein, denn Gonzales scheidet von vornherein aus.

Ich luge aus der Hecke hervor. Die Luft ist rein. Über das Erlebte nachdenkend, verlasse ich mein Versteck und gehe mit strammen Schritten zur Casa Maria zurück. Dort haben sich die Freunde Sorgen gemacht, doch jetzt ist die Freude groß.

Die aus meiner Anna heraus sprudelnden Fragen gleichen einem Wortschwall: „Hat's geklappt? Aber warum dauerte das so lange?" Sie schmiegt sich erleichtert an mich.

„Kleber hatte Besuch. Ich musste vorsichtig sein", antworte ich ihr, sie fest an mich drückend.

Und die vorher so giftige Karla merkt an: „Jetzt ist der Kleber am Zug. Macht er einen Fehler, setzen wir ihn schachmatt. Ich kann den Gegenstoß gar nicht abwarten."

Nur Vera und Manuel halten sich zurück, was mich bei Vera nicht wundert. Aber warum Manuel? Ist die zunehmende Furcht ein verständlicher Grund?

„Ach Gott, bin ich müde", sagt Anna und gähnt, dabei räkelt sie sich ansehnlich. Wir stehen mit der versammelten Mannschaft mutterseelenallein vor der Casa Maria, deren Ausschank längst dicht gemacht hat. Und ich, ebenfalls nicht taufrisch, sage den letzten Satz zur heraufbeschworenen Situation: „Kleber hat alle Zeit, um über seine Vorgehensweise nachzudenken. Warten wir auf die Reaktion, denn irgendwas wird er tun. Auch dem Selbstgefälligen fällt nichts in den Schoß."

Und zu guter Letzt meldet sich die verbitterte Vera zu Wort: „Bitte, Karla. Nimm mich mit zu euch. Alleinbleiben ist Gift für mich. Bist du einverstanden?"

Die Rache wegen Georgs Tod ist manifestiert. Wir werden weiter in den Untiefen des Lebens auf La Gomera herumwühlen. Sehr bald durchbrechen wir den Nebel um die Morde. Aber wer hilft uns?

Gonzales kaum. Der macht nur was, kann er seine Fremdenfeindlichkeit ausleben. Ich bin mir bewusst, dass es heiß zugehen wird, so heiß wie auf der Kühlerhaube, auf der man sich sein Spiegelei brät.

13

Gegen neun Uhr von den ersten Sonnenstrahlen geweckt, rufe ich mir den gestrigen Tag ins Gedächtnis zurück. Verträumt kuschele ich mich an Anna, doch das Murmeltier reagiert nicht. Sie macht auch keine Anstalten aufzustehen. Vermutlich gehen ihr die unschö-nen Urlaubsabläufe auf den Geist.

Doch nicht nur sie, sogar ich leide durch den misslungenen Urlaub unter Stress. Der gleicht keinem Herbstmärchen, ähnlich dem Sommermärchen der Fußball-WM, sondern einem Horrorurlaub.

Seit unserer Ankunft auf den Kanaren wollten wir von Mord und Totschlag nichts mehr hören, doch langsam beginnt La Gomera die Insel des Grauens zu werden. Die sofortige Heimreise würden wir erwägen, hätte Georg sich nicht auf tragische Weise vom Leben verabschiedet.

Doch durch die Ungereimtheiten müssen wir durch. Noch bleiben fünf Tage bis zur Abreise. An denen sollten wir die Rachegelüste in geordnete Bahnen lenken, denn niemandem ist damit gedient, stößt einem von uns etwas zu. Bei den glücklichen Umständen, die es im Urlaub schlecht mit uns gemeint hatte, wären weiterer Nackenschlag keine Sensation.

Wir nehmen uns vor, das Pech nicht herauszufordern oder auf die Spitze treiben? O nein, das kommt gar nicht in die Tüte. Stattdessen werden wir mit Vernunft und Hartnäckigkeit die Apokalypse verhindern und den Unfrieden auf La Gomera beenden.

Whhouu, wie heroisch. Der Quatsch könnte aus einem schlechten Kitschroman stammen. Der Text erinnert mich an den Mist eines unbegabten Schriftstellers.

Wir sitzen beim Frühstück auf dem Balkon und bewundern die Meeresbrandung. Doch die wird uns prompt verleidet, denn es naht der Teufel in Menschengestalt. Es ist Kleber, der mit geballter Wut zu uns raufplärrt: „He, Bauingenieur! Was soll der Unfug?"

„Spricht da jemand mit mir?"

Ich frage das Anna, dabei habe ich absichtlich meine beste Unschuldsmiene aufgesetzt.

„Du geistig Behinderter hast mir ein Drohpamphlet unter die Tür geschoben. Gib es zu", mault Kleber unverschämt.

„Du, Anna", tue ich verblüfft. „Da behauptet doch jemand, dass ich ihn bedrohe. Der Mann spinnt."

„Wer soll's denn sonst sein?" Klebers Geduld ist am Ende der Fahnenstange angelangt.

Mir wird es zu blöd, also beende ich die Posse. „Warte, ich komme runter", rufe ich Kleber zu. „Das muss ja nicht die halbe Playa mitanhören."

Ich stehe auf und streife mir mein T-Shirt über. Dann drücke ich Anna so heftig, als sei's die letzte Umarmung, denn man weiß ja nie. Danach straffe ich mich und gehe aus dem Studio. Und die Treppe hinuntergehüft und zur Haustür hinaus, stehe ich einem Raubtier gleichend vor dem unwirschen Kleber, aber es tut sich nichts.

Erst einmal belauern wir uns.

Ich bin es, der ihn zu einer Reaktion auffordert: „Setzen wir uns auf die Brüstungsmauer. Das Meer tost so laut, da hört niemand mit."

Kleber stimmt nickend zu.

Wir latschen zur stabilen und sauber verfugten Brüstung hinüber, auf die wir uns setzen, prompt beginnt Kleber seine Vorwurfsarie zu flöten: „Was bezweckst du mit dem Drohgedöns?"

„Welches Drohgedöns? Ich verstehe nicht, was du meinst", lüge ich total überzeugend. „Und warum soll ich dich bedrohen?"

„Ganz einfach. Du machst mich verantwortlich für den Tod deines Freundes."

Ich schüttele den Kopf. „Ganz ehrlich, das tue ich nicht", setze ich mein Spiel routiniert fort. „Aber denk doch mal nach. Drei Tote in kurzer Zeit. Das ist das Werk eines Betrogenen."

„Und wer ist das?" Bei der Frage starrt mich Kleber wie ein seine Beute fixierender Puma an.

„Kennst du ihn nicht, wer sonst?" Ich weiche seinen Blicken und der Frage aus. „Du bist doch sonst über jeden informiert."

„Quatsch nicht dumm."

Klebers Miene verfinstert sich. Er ist verunsichert. Dann sagt er unbeherrscht: „Davon verstehst du nichts."

Ich aber bleibe am Ball: „O doch. Für mich ist ein Psychopath außer Kontrolle geraten, anders kann ich die Mordserie nicht deuten. Du kennst den Trottel. Wird dir nicht mulmig?"

Mein lieber Herr Gesangsverein, denke ich. Woher nehme ich die Dreistigkeit, Kleber mit Luftblasen zu bedrängen? Aber genau das ist mein Plan. Er soll mich als Drohbriefschreiber fallen lassen und sich auf den Dreifachtäter konzentrieren, wenn er's nicht selbst ist, oder auf andere mögliche Konstellationen, egal welche in seinem Kopf rumschwirren.

Aber auch Kleber hat hin und her überlegt, doch herausgekommen ist nur die einschüchternde Androhung: „Den Drohwisch habe ich an Gonzales übergeben. Wundere dich nicht, wenn er Fingerabdrücke von dir nimmt."

„Soll er doch." Mein Lachen klingt dreckig. „Ich habe nichts damit am Hut."

„Oho, Herr Bauingenieur."

Kleber pocht mir mit seinem Zeigefinger auf die Brust „So dreist, wie eh und je", sagt er verächtlich. „Das liebe ich an dir. Deshalb befolge meinen Rat und verschwinde, bevor Gonzales kommt und dich einlocht."

Scheiße, denke ich. Dummerweise war ich unvorsichtig. Ich hätte beim Schreiben Handschuhe überziehen müssen. Aber woher die Dinger nehmen? Wer hat die bei den Temperaturen auf den Kanaren dabei? Nun ja, die einfachsten Dinge übersieht man. Aber bei der lahmen Arbeitsweise eines Gonzales mache ich mir wenig Sorgen. Es kann dauern, bis die Spurensicherung bei uns auftaucht. Bis dahin vergehen Wochen und dann bin ich abgereist.

So gut, so schlecht. Aber fest steht, ich darf die Initiative nicht abgeben und muss am Drücker bleiben. Daher schufte ich mich wacker in die Debatte zurück, indem ich die unverschämte Frage stelle: „Du spielst dich gern als Patriarch auf. Aber bist du's auch?"

Kleber kneift die Augen zu dünnen Schlitzen zusammen, dann antwortet er ausweichend: „Keine Ahnung was du meinst. Was soll die Frage?"

Das Wirrwarr gefällt mir langsam, denke ich. Es ähnelt einem Tanz auf dem Vulkan. Man weiß nie, was als nächstes kommt. Deshalb blinzele ich ebenfalls und haue kräftig auf den Putz: „Man hat mir geflüstert, du hattest spät abends einen Gast?"

„Beobachtest du mich etwa?"

Ich gehe nicht auf Klebers Beobachtungsbezichtigung ein, nein ich greife an: „Jemand soll dir einen Papierwisch überreicht haben. Und nicht nur das, es hat einen heftigen Streit gegeben."

Die Konfrontation entspricht der Wahrheit, schließlich hat das Drohwischüberreichen eines Unbekannten an Klaus Kleber stattgefunden. Und die führt dazu, dass Klaus Kleber streikt. Er macht den Eindruck, als hätte ihn der Mut verlassen. Diesen menschlichen Zug habe ich am allerwenigsten erwartet. Kaum steigt er vom hohen Ross, wirkt er sympathisch. Karla hat mal gesagt, sie fände ihn nicht übel. Vielleicht stimmt ihre Wahrnehmung und Kleber ist nicht das vermutete Ekelpaket?

Das gilt es auszutesten.

Und zu Testzwecken begebe ich mich auf Schmusekurs: „Mensch, du Saukerl. Lass uns Frieden schließen. Du hast nicht mich und meine Freunde zum Gegner. Oh nein, dir will ein anderer ans Leder."

Kleber lacht gallig.

„Oh, oh, du kleiner Bauingenieur", antwortet er schmunzelnd. „Du spielst mit dem Feuer."

„Schon möglich", sage ich beherrscht. „Aber überlege mal. Wie eng kettet dich die Freundschaft an deine Busenfreunde, diesen Urban und Alonso? Sind die nicht diejenigen, die dir dein Geld und die Machtfülle neiden?"

„Die sind integer."

Wie aus der Pistole geschossen hat mir Kleber geantwortet und ich habe meinen Konter gesetzt: „Bist du dir da so sicher?"

„Hundertprozentig", sagt Klaus Kleber, doch mittlerweile klingt er viel kleinlauter.

„In meinem Sprachgebrauch nennt man dass Nibelungentreue", verwende ich den Literaturhinweis. „Wie bei der Sage sind deine Freunde bereit, dir das Schwert zwischen die Schulterblätter zu rammen, oder eine Kugel in den Kopf zu jagen."

Meine Vorgehensweise ähnelt einem Boxkampf, und bei dem befindet sich Kleber in der Ecke, in der ich ihn haben wollte. Aus der kommt er nur schwerlich raus. Er kann die Zweifel an seinen Vasallen nur ungenügend verbergen. Ich denke, Klaus Kleber wird vom Misstrauen aufgefressen. Sehr schade, dass Anna den Kampfverlauf nicht hautnah mitbekommt. Die beobachtet uns vom Balkon und drückt mir die Daumen.

Kleber erhebt sich. Doch bevor er geht gibt er mir zu verstehen: „Du bist in Ordnung, Bauingenieur. Daher hör auf mich und mache die Fliege. Schnapp dir deine wunderbare Frau und die Freunde und verdufte. Hier ist nicht nur die Erde verbrannt."

„Mein Freund ist praktisch verbrannt", erinnere ich an Georg. „Der war gern hier."

„Tut mir leid. Echt wahr", zeigt Kleber Verständnis. „So was darf nicht passieren. Der war viel zu jung zum Sterben. Jedenfalls bin ich heute geschäftlich in der Tamina. Erst spät abends bin ich zurück. In diesem Sinne, *adios*."

„Ja, ebenfalls *adios*", antworte ich und hebe die rechte Hand zum Abschiedsgruß.

Kleber erhebt sich von der Brüstungsmauer, dann setzt er seine Beine in Marsch, dabei grüßt er freundlich zu Anna hinauf: „Guten Appetit", sagt er ganz Kavalier der alten Schule und geht bis zum Ende der Promenade, dort biegt zu seinem Grundstück ab.

War das Gespräch fruchtbar? Ich bin im Denkmodus. Müssen wir uns vor Klaus Kleber fürchten? Definitiv weiß ich nicht, ob er als Bedrohung für Leib und Leben ausgeschieden ist oder nicht. Wir werden die Bemühungen verdoppeln, denn die Menge der Mordverdächtigen hat das Gespräch nicht gelichtet. Und weiterhin hängt Klaus Kleber dick drin. Der war von Anfang an als Auftraggeber in der Wahlurne.

Jedenfalls habe ich mit dem Drohschreiben erfolgreich gezündelt, denke ich. Der Streit in Klebers Haus war ein Vorgeplänkel. Leider hat er den Drohbrief gelesen, als der Unbekannte gegangen war. Wäre es mir gelungen, ihm den Wisch früher unterzujubeln, wer weiß, was sich dann abgespielt hätte? Aber hätte, wenn und aber zählt nicht mehr. Es bleibt hypothetisch, ob der Krach zwischen Kleber und seinem Gast eskaliert wäre. Die Frage muss heißen: Wer ist der störrische Unbekannte?

*

Ich gehe zu Anna hinauf auf den Balkon. Der hohe Wellengang hat die Jugendlichen mit ihren Brettern angelockt. Mit großer Begeisterung beobachten wir deren artistische Surfeinlagen. Doch bleiben die Wellen so furchteinflößend, traue ich mich nicht ins Wasser.

Ich bin ein Feigling, was das Wasser betrifft, und dazu stehe ich, denn ich bin vorbelastet. Als Kleinkind bin ich meiner Mutter am Dorfteich aus den Händen geflutscht und ich wäre fast ertrunken. So hat sie's mir erzählt und das hat mich geprägt. Ich habe mir das Schwimmen im Alter von dreißig Jahren in einem Pool auf einem Campingplatz bei Siena in der Toscana beigebracht.

Das zum Thema Schwimmen. Aber viel mehr beschäftigt mich der Tod des Freundes. In dem Zusammenhang erinnere ich mich an die Äußerung des Fremden. Welche Wortauswahl hatte ich belauscht? Das er gestorben ist war unnötig. Das waren seine Worte. Es war ein Versehen, so hatte es der Gast ausgedrückt. Aber war's keine Absicht, dann ist Georg wegen des Fehlers beim Knebeln erstickt. Ist diese Dummheit die Todesursache?

Mag sein, mag nicht sein. Ungeschicklichkeit allein rechtfertigt die verhängnisvolle Vorgehensweise keineswegs. Georgs Tod war dermaßen grausam, das will man sich nicht vorstellen. Es ist blanker Horror, um Luft ringen zu müssen, um das Minimum zu erhaschen. Das klitzekleine bisschen Luft zum Überleben blieb ihm verwehrt. So ist er jämmerlich erstickt. Barbarisch was das Unglück, anders kann ich es nicht bezeichnen.

Mit angeekelten Gedanken verlasse ich den Strudel des Wahnsinns, denn das Wortgeplänkel zwischen Kleber und dem Gast wirft ein verändertes Licht auf die Todesfälle. Zweifelsfrei waren die Morde an Walter und Erwin kriminell motiviert. Bei denen ging es allein um vorbereitete Gewalttaten im Zuge der Drogenverteilung, um das größte Stück vom Kuchen. Wer den Verteilerschlüssel bestimmt, der ist das Maß aller Dinge.

Georg dagegen ist aus Neugier wegen der Brandkatastrophe und durch Walters Tod ins Visier des Mörders gerückt. Ich bin mit Glück knapp Entkommen. Auf die Drogenszene sollten wir uns ermittlungstechnisch stürzen. Die PULG ist bestimmt nicht zimperlich, doch neigt sie zu Mord?

Gute Güte, was machen wir an dem schönen Tag? Vielleicht eine kleine Wanderung? Oder legen wir uns an den Strand und grübeln über die Gefahrenmomente nach? Noch etwas Sonne tanken wäre das Nonplusultra. Leider sind wir selten dazu gekommen, trotz allem ist die Bräune okay.

„Weißt du was", sage ich zu meiner Partnerin und reiße mich aus meinen Gedanken. „Ich rufe Karla an."

„Wenn du meinst."

„Ich will wissen, ob mit Manuel alles in Ordnung ist."

Anna reicht mir das Handy und sagt: „Ruf an. Und frage Karla, ob sie zu uns runter an den Strand kommt. Mit Vera natürlich. Das würde die Trauernde auf andere Gedanken bringen."

Der Vorschlag gefällt mir, also wähle ich Karlas Handynummer und habe Dusel, denn die Verbindung steht.

Tüt, Tüt, Tüt.

Karla meldet sich. „Ja, Karla? Ach du bist es, Richard. Ist was passiert?"

„Gott bewahre. Das Bisherige reicht."

„Das kannst du laut sagen."

Karlas Stimme wirkt nachdenklich.

„Hör zu", sagt sie bedrückt. „Vor einer Stunde lungerte Pedro hier in La Calera herum. Der fragt die Leute über Manuel aus. Zwar hat er sich inzwischen verdrückt oder unsichtbar gemacht, aber irgend eine Sauerei hat der auf der Pfanne."

„Genau das hat Fernando gemeint", erwähne ich die Warnung des Ermittlers. „Und? Wo ist Manuel jetzt? Ist er abgetaucht?"

„Selbstverständlich", trotz Karla, dann haspelt sie aufgeregt. „Aber in mir geht die Angst um. Seit Pedro pleite ist, hat der einen Schatten. Bei dem ist eine Schraube locker, glaube mir das."

Karla kennt sich mit den Einheimischen aus, denn als Residentin verbringt sie die Sommer-, Oster-, die Herbst- und die Weihnachtsferien bei Manuel. Sie kennt jede Eigenart der Gomeros. Keiner der Burschen macht ihr ein X für ein U vor. Pedros Beurteilung hat sicher Hand und Fuß.

Ich unterrichte sie über das Gespräch mit Kleber und wie ich es beurteile, dabei versuche ich mich quasi im Reinwaschen des Inselbarons: „Kleber ist eine Ratte, aber ob die abzockt? Bei ihm bleibt viel Zweifelpotenzial."

„Ja, deine Zweifel sind berechtigt", antwortet Karla. „So ähnlich schätze ich ihn auch ein."

„Vorsorglich habe ich mich ihm genähert. So was wie Freundschaft geschlossen wäre zu hoch gegriffen. Merkwürdig ist nur, dass Klaus Kleber zur Tamina gefahren ist und du sagst, Pedro ist auch weg. Ob der sich ebenfalls zur Tamina aufgemacht hat?"

Ich mache eine Denkpause.

Danach äußere ich mich gewagt: „Womöglich soll neben Manuel auch Kleber ins Gras beißen? Nach der Streiterei mit dem Fremden in seinem Haus wäre das nicht ausgeschlossen."

„Vorsicht."

Karla liest mir die Leviten. „Sei nicht zu gutgläubig gegenüber Kleber. Ich habe schon Pferde kotzen sehen."

Ich jedoch bin vom vermuteten Supergau überzeugt, deshalb verteidige ich die Spekulationen: „Gesetzt den Fall, der unbekannte Gast war Pedro. Verstehst du, was ich meine? Demnach könnte Klebers Vorwurf einem von beiden zum Verhängnis werden."

„Du übertreibst maßlos", nimmt sie die Luft raus.

Ich aber versuche meine Theorie durchzusetzen: „Nein, Karla. In der Tamina wird abgerechnet. Die Machtelite trifft sich zum Russisch Roulette. Ich wette, Alonso und Urban sind mit von der Partie. Das riecht nach Weltuntergangstag."

Karla atmet hart aus. Dann zieht sie ihren Atem pfeifend durch die Lunge ein. „Und noch was. Manuel treibt sich unten an der Playa herum und sucht nach Fernando", unterbreitet sie mir. „Er will den Spion bedrängen, Pedro aus dem Verkehr zu ziehen."

„Dann rufe Manuel an und sag ihm, ich miete ein Auto. Mit dem fahre ich zur Tamina", vermittle ich Karla mein Anliegen. „Beim reinen Tisch machen werden die Weichen für die Zukunft gestellt. Dort klären sich die Morde auf und ich will dabei sein."

„Bist du verrückt? Das ist wahnsinnig gefährlich", protestiert sie. „Und verstehe ich dich recht, dass du mit Manuel und Fernando hinfahren willst?"

„Klar", betone ich. „Ich brauche Unterstützung. Sag ihm bitte, das es eilt."

„Gut, Richard. Aber du solltest abwarten. Sobald ich mit Manuel gesprochen habe, rufe ich zurück."

Hatte ich die göttliche Eingebung?

Das stellt sich in der Tamina heraus. Ich will beim Treffen der auf die gepflegten Spielregeln scheißenden Giganten anwesend sein. Sie haben die Abläufe ihren materiellen Bedürfnissen angepasst. Derlei kapitale Malheure, wie der Tod Georgs, gehören gestoppt, und der Schusswaffengebrauch am Airport war ein diesbezüglicher Fehler. Aber mit Glück ziehe ich den Schlussstrich unter das Kapitel: Wer hat Georg auf dem Gewissen? Wer hat ihm den Knebel zu tief in den Rachen gestopft?

Die widerliche Bagage gehört hopsgenommen. Denen gehört das Licht ausgeknipst oder der Hahn zugedreht. Schon beim Gedanken an die Dreckskerle geht mir die Hutschnur hoch. Aber wie bewerkstellige ich es, dass mich Anna begleitet? Das wäre perfekt. Mit ihr als Mitglied des Rachekommandos werde ich die Mörderbrut in die Schranken weisen.

Eigentlich tut mir Anna leid. Sie findet nicht die erhoffte und benötigte Ruhe, schon gar nicht mit einem Partner wie mich, der sich das unmöglich Erscheinende in den Kopf gesetzt hat. Aber ich brauche sie. Sie ist der ruhende Pol in der Brandung und damit so was wie mein Schutzengel oder meine Lebensversicherung.

Postwendend betätige ich mich als Nervensäge und frage Anna mit unterwürfiger Gestik: „Fährst du mit mir zur Tamina? Bitte, bitte, fahr mit."

Doch Anna behandelt meine gespielte Unterwürfigkeit mit Galgenhumor. „Lass die Faxen", sagt sie. „Du weißt genau, dass ich mitfahre. Ich will mir hinterher keine Vorwürfe machen, nicht genug auf dich aufgepasst zu haben."

„Ich liebe dich. Weißt du das?"

„Ja, ja", wehrt Anna ab. „Aber haben wir die Verrücktheiten überstanden, dann ist Schluss mit derlei Fisimatenten."

Ich hebe die rechte Hand zum Eid. „Ehrenwort. Das verspreche ich. Es ist das allerletzte Mal."

„Wer's glaubt, wird selig", antwortet Anna, denn sie kennt mich und hat sich an meine Eskapaden gewöhnt.

Das Handy summt.

Anna nimmt es in die Hand und sieht auf dem Display, dass es die Blondgelockte ist. „Hey, du Lockenkopf", spricht sie hinein. „Alles paletti bei dir?"

„Sprich lauter, Karla", stammelt Anna. „Ich verstehe dich nicht. Die Verbindung ist schlecht."

Anna schüttelt das Handy. Hallo. Hörst du mich?"

„So, jetzt ist es besser. Was hast du gesagt? Manuel kommt mit Fernando im Smart nach? War's das, was du gesagt hast?"

„Warte." Ich mische mich dazwischen: „Frage Karla, ob sie mit uns fährt? Wir kommen in einer Stunde nach La Calera und holen sie ab."

„Hast du mitgehört, Karla? Ja?"

Anna gibt mir ein Zeichen still zu sein.

„Du fährst mit? Okay, dann in einer Stunde oben bei dir am Taxistand."

Anna hat das Handy abgeschaltet und weggesteckt. „Mach hin", knurrt sie mich an und macht mir Beine. „Besorge das Auto."

Mir steht vor Verblüffung der Mund weit offen. Das ist heute ein merkwürdiger Tag. Ist heute der Tag, an dem Blinde wieder sehen können? Das Energiebündel soll meine Anna sein? Sie kommt mir vor wie ein Wesen von einem anderen Stern.

*

Hecktisch betrete ich die Autovermietung und bekomme von der Herrin über hundert Mietwagen den roten Micra. Total problemlos und ohne großartiges Brimborium. Nicht mal meine Personalien will sie aufnehmen. Die hätte sie schon, erwähnt sie. Dafür schaut sie mich pausenlos schmachtend an.

„Übrigens herzliches Beileid", sagt sie tieftraurig. „Dein armer Freund. Du kommst trotzdem in den nächsten Ferien wieder nach La Gomera?"

„Mal sehen", antworte ich ausweichend. „Darüber muss ich ein paar Nächte schlafen."

Durch wen hat sie von dem Todesintermezzo erfahren? Und von wem wurde sie über Georgs Ableben unterrichtet?

Ich stelle keine unbequemen Fragen, denn mit ihr will ich's mir nicht verderben, schließlich habe ich bei der Frau einen Stein im Brett. Hatte ich das erwähnt?

Anna stößt zu mir mit einer Provianttasche in der Hand, als ginge es um ein Picknick. Sie hat belegte Brote und Äpfel eingepackt. Rührend, nicht wahr? Auch drei große Wasserflaschen hat sie im Rucksack und schleppt sich mit denen ab. Bei Temperaturen um die dreißig Grad ist das eine Mordschlepperei, doch gerade das Wasser ist unentbehrlich.

In unserem Urlaubssparstrumpf herrscht Ebbe, trotzdem steigen wir in die Blechbüchse und fahren los. Für große Sprünge reichen unsere Reserven nicht aus. Wir sind arm wie die Kirchenmäuschen. Aber das ist unwichtig. Geld allein macht selten glücklich, es soll allerdings beruhigen. Und diese Ruhe strahlt Anna aus, als wir oben in La Calera am Taxistand anhalten.

Karla steigt zu, die ich nach dem Befinden unseres Turteltäubchens frage: „Was macht Vera?"

Worauf Karla schnippisch antwortet, sie trägt das Herz auf der Zunge: „Vera besetzt die Terrasse und zieht einen Dauerflunsch. Sie ist geistig abwesend, nein, sie ist apathisch, genau das ist die richtige Bezeichnung für ihren Zustand."

„Oh je, ist das hart", seufzt Anna. „Die Verzweifelte möchte ich nicht andauernd um mich haben."

„Glücklicherweise habe ich ihren Mitfahrwunsch abgeschmettert", ergänzt Karla, dabei atmet sie sichtlich genervt aus vollen Backen aus. „Kopf hoch, Vera. So habe ich stundenlang auf sie eingeredet. Das Leben geht weiter. Es kommen schöne Tage. Aber umsonst. Ich weiß nicht mehr, wie's mit ihr weitergehen soll."

„Machs nicht zu dramatisch", korrigiere ich Karla. „Georgs Tod ist noch taufrisch."

Mir gefällt nicht, was ich aus Karlas Mund gehört habe. Immerhin geht es um unsere Freundin. „Bitte etwas mehr Feingefühl", stauche ich Karla zusammen. „Das ist nicht zu viel verlangt."

Mit der Äußerung vertreibe ich den verständlichen Unsinn aus Karlas Denkströmen. Und mit dem Kopf nickend bringe ich das Gespräch aufs richtige Gleis: „Konzentrieren wir uns auf das Unter-nehmen Rache. Klingt das geschwollen?"

Ich warte auf eine Antwort, höre und sehe aber keine Reaktion.

„Auch egal", fahre ich fort. „Und nun weiter im Text. Wir werden Klaus Kleber und Pedro in die Enge treiben. Und das habe ich mir folgendermaßen gedacht."

Karla unterbricht mich. „Entschuldige. Was meinst du mit Enge?" Sie scheint gedanklich noch bei Vera zu sein.

„Das will ich dir gerade erklären. Daher noch mal von vorn", setze ich neu an. „Ich habe mir gedacht, wir führen die Kampfhähne wie in einer Arena zusammen und lösen den Crash aus."

Anna schaut mich an. Sie ist baff. „In welcher Schublade war diese Räuberpistole verstaubt, sagt sie. Sie grübelt und stiert monoton auf ihre Füße, als sie zweifelnd fragt: „Und du meinst, die tun uns den Gefallen und geben die Morde zu? Einfach so? Warum sollten sie das tun?"

„Wir provozieren sie. Glaube mir, das wirkt", fahre ich ein über-zeugendes Geschütz auf. „Kleber hat eine Mordswut auf Pedro. Er denkt, das Drohpamphlet sei auf Pedros Mist gewachsen."

„Und dann?"

Es ist abermals Karla, die von der Rückbank ihre Bedenken anmel-det. „Was machen wir, wenn sich der Mörder durch eine Dummheit verrät? Wer nimmt ihn fest?"

„Tja, das ist dann Fernandos Aufgabe. Er als Geheimbulle macht den Sack zu. Schluss, aus, vorbei."

„Okay, in der Theorie hört sich's gut an. Aber was geschieht in der Praxis?" Karla gibt ihre Bedenken nicht auf. „Wie arrangieren wir den Zusammenstoß?"

Prompt hat sie mich in die Defensive manövriert. „Da fällt uns hof-fentlich was ein", antworte ich keinesfalls überzeugend. „Oft hilft der Zufall, oder wir helfen nach."

„Ach du heiliges Kanonenrohr", retourniert Karla mit einem Fluch und verschränkt unmotiviert ihre Arme vor der Brust. „Mensch, Ri-chard, glaubst du an den Weihnachtsmann?"

„Blödsinn. Mein Wahlspruch lautet: Immer optimistisch bleiben. Pessimismus führt zum sicheren Tod. Wir werden das Kind schon schaukeln."

„Ja, ja, so ist mein Richard", unkt Anna. „Höchst selten ist er um einen Spruch verlegen. Ist dein Manuel auch solch ein grenzenloser Phantast?"

„Andere Länder, andere Sitten", schäkert Karla kehlig. „Ist es nicht so?"

Tief in Gedanken versunken verläuft die Autofahrt ins Ungewisse. Auf der Höhenstraße registriere ich, dass man die Ampel abgebaut hat. Die Vorsichtsmaßnahme wegen der Schwelbrände ist hinfällig geworden. Am Parkplatz Palarito biegen wir ab, dann halten wir bei Montana an. Dort schauen wir erneut auf Walters Fundort hinunter. Quasi hat uns Walter den Urlaub kaputt gemacht, denke ich. Hätten wir den Kerl nicht gefunden, dann wäre der Aufenthalt in anderen Bahnen verlaufen. Wir wären gewandert. Ich hätte mit einem Eis am Baby Beach gesessen und das Schwimmen und Sonnenbaden an der Playa wäre nicht zu kurz gekommen. Gut erholt wären wir jetzt.

Der nächste Halt ist der Aeroporto. Und wieder ist nicht los. Eine Spurensuche ist eh zwecklos. Mancher Besserwisser bemängelt die unzureichende Überwachung der Drogenzufuhr auf dem Airport und verlangt nach einer Kurskorrektur. Aber wer will die totale Präsenz der Guardia civil? Von den Urlaubern im Valle niemand. Die hätte eine abschreckende Wirkung. Sind sich die sogenannten Experten darüber einig?

Und was machen wir? Wir gondeln wie die Briefzusteller durch die Pampa, immer die gleiche Strecke hin und her. Wir haben einen Pendelbetrieb zwischen dem Valle und Playa de Santiago eingerichtet. Und die Fahrerei hat wirklich nichts mit einer Inselsafari zu tun. Langsam stinkt es mir. Aber heute ist der Tag, an dem die Morde der Aufklärung zugeführt werden und damit basta.

Im gleichen Zusammenhang fällt mir der Satz George Bernhard Shaws ein. Den schrieb im Feuilleton der Süddeutschen Zeitung und der lautet folgendermaßen: *Dem Schicksal ist die Welt ein Schachbrett nur, und wir sind die Steine in des Schicksals Faust.*

Toll, nicht?

Ich stelle mir die Tamina als Schachbrett vor, darauf sind wir und die Gegner die Figuren. Welche Figur wäre ich gern? Es geht beim Schachspiel um die Sicherheit des Königs. Der spielt die Hauptrolle. Wir als die Weißen jagen den schwarzen König, denn der gehört schachmatt gesetzt. Und wer ist der schwarze König? Pedro, Alonso, Kleber? Wird das Schicksal auf der richtigen Seite sein? Werden wir die schwarzen Figuren zur Aufgabe zwingen?

Als ich das den Begleiterinnen erzähle, ist meine Anna natürlich die Dame. Karla bevorzugt Pferde. Daheim hat sie solch ein Exemplar auf der Wiese stehen. Für mich bleibt der Turm in der Schlacht. Die Türme sind die, die den Feind in die Zange nehmen und das ist eine Spezialität von mir. Ich werde den schwarzen König in seiner Ecke festnageln, bis er kapituliert. Oder befinden wir uns in der Hand eines hundsmiserablen Spielers?

14

Wir lassen den Aeroporto hinter uns und erreichen Playa de Santiago, dort halten wir am steinigen Strandabschnitt. Es ist ein unbe-schreiblich heißer Tag für die Jahreszeit. Die Rückenpartie meines T-Shirts ist nass geschwitzt. Nach einer frischen Meeresbrise hechelnd, reißen wir die Türen des Micra weit auf und setzen uns auf eine Brüstung. Damit ermöglichen wir es Karla, Manuel anzurufen, doch der geht nicht dran.

„Scheiße", flucht sie. „Wo treibt er sich rum?"

„Vielleicht hängst du im Funkloch?" Anna hat sich das gefragt und auf das Handy geschaut. „Sieh, Karla, du hast kein Netz."

„Tja, ihr Zwei, was machen wir jetzt", frage ich kleinlaut. „Warten wir in Ruhe ab oder gehen wir ohne Manuel und Fernando zum Angriff über?"

Ich bekomme keine Antwort, daher sehe ich meine missmutig vor sich hintriefenden Partnerinnen an und registriere, dass sie total unsicher sind.

Okay, sie fürchten sich, sehe ich ein, dadurch tendiere ich zum Abwarten.

Was nützt es Vermutungen anzustellen, wenn man nicht weiß, was drinnen in der Tamina passiert. Allerdings wissen wir, dass wir eine Entscheidung herbeiführen müssen, egal wie die ausfällt. Trotz gebremster Euphorie sind wir wild entschlossen, obwohl es die Partnerinnen nicht offen aussprechen. Wir werden die Reinheit der Fassade zum Bersten bringen. Mit unseren Mitteln werden wir den Wall an Verschwiegenheit zerbröseln. Mit Schmutz werden wir die Mörderbande besudeln, doch bis dahin ist es ein weiter Weg.

Aber erst einmal warten wir ab, dabei greift Karla andauernd zum Handy. Nichts, kein Netz. Liegt es am Sendemast oder wurde über La Gomera ein Handyverbot ausgesprochen?

Schließlich wird's mir zu bunt.

„Wir fahren zum Parkplatz vor der Tamina hinauf", erdreiste ich mich, das Weiterfahren anzuordnen. „Vielleicht hast du oben Empfang und du erreichst Manuel?"

Es erfolgt keinerlei Widerspruch, daher starte ich den Micra, in dem es erträglich geworden ist. Mit gezügeltem Elan fahren wir den steilen Anstieg zur Tamina hinauf. Die Anlage liegt rund zweihundert Meter über dem Meeresspiegel. Dort oben müsste es mit der Verbindung klappen.

Unentwegt spreche ich den Beifahrerrinnen Mut zu. Ich sporne sie mit einfachen Worthülsen an: „Wir sind gut. Wir schaffen es. Wir schnappen uns die Mistkerle."

Und auf dem schattigen und von der Tamina nicht einsehbaren Parkplatzbereich angekommen, lasse ich den Micra gemächlich ausrollen.

„Versuch es noch mal", bringe ich Karla auf Trab. „Das geht nicht mit rechten Dingen zu."

Sie drückt die Wahlwiederholungstaste.

Nichts.

„Mach schon. Nicht locker lassen."

Ich werde unausstehlich, bis sich Anna einschaltet. „Keine Hektik, Richard. Es ist höhere Gewalt. Karla gibt ihr Bestes."

Letztendlich ist es mit meiner Geduld vorbei. „Auf geht's, Anna", kreische ich. „Karla wartet hier und versucht es weiter. Wir peilen drinnen die Lage, dafür dringen wir vom Golfplatz über den Seitentrakt in die Anlage ein."

Ich wende mich Karla zu und sage, inzwischen wieder versöhnlich gestimmt: „Sind Manuel und Fernando eingetrudelt, dann treffen wir uns an der Pool-Bar. Alle weiteren Schritte machen wir zusammen."

„Wartet besser ab." Karla will uns aufhalten. „Zu zweit könnt ihr nichts ausrichten."

Ich aber bleibe uneinsichtig. „Nein, nein. Die Warterei bringt mich um. Ich kann nicht untätig rumsitzen. Anna und ich entern die Tamina."

Doch Karla ist widerspenstig. Sie gehört zu den Frauen, die sich nicht bevormunden lassen. „Nun wartet doch", knurrt sie und startet einen weiteren Versuch, den Freund zu erreichen. „Verdammte Hacke", schimpft sie. „Manuel meldet sich nicht."

„Siehst du", sage ich ohne Groll zu Karla. „Wir stehen mit leeren Händen da."

O ja, das Ergebnis ist beschämend. Was soll man sonst zu dieser Netzpleite sagen. Die Insel La Gomera ist ohne Funkkontakt, somit sind die Bewohner von der Außenwelt abgeschnitten.

Na dann, vielen Dank.

„Du siehst es ja selbst", wickle ich Karla ein. „Ich will nicht auf die Wunder der Kommunikation warten. Wir brechen auf. Das Schicksal will es so."

Danach setze ich Anna in Trab: „Ran an die Buletten, meine Liebste, die Pflicht ruft. Je schneller wir's hinter uns bringen, umso mehr Zeit bleibt für den Resturlaub."

„*Pronto, pronto.*

Ein letztes Mal stachele ich Karla mit Handbewegungen an, um ihre Anrufaktivität zu forcieren, worauf die antwortet: „Ja, Richard. Eine alte Frau ist ja kein Eilzug."

Die Hoffnung bleibt. Wir fügen uns ohne Widerspruch der höheren Gewalt, denn mein Plan ist gottgewollt. Mit dieser Formulierung hat sich mancher Feldherr um seinen Kopf geredet. Anna und Karla umarmen sich, dann schreiten wir zur Tat. Das bedeutet, ich gehe mit meiner Partnerin zur Straße nach Casas de Joradillo, und auf der ungefähr zweihundert Meter zurückgelegt, geht es auf einem Schwenk am Golfplatz vorbei.

Unterwegs bleibe ich stehen. „Hilf mir, Anna. Irgendein Fliegtier ist mir ins Auge geflogen."

Anne zieht ein Tempotaschentuch aus der Hosentasche, beugt sich über mein Auge und wischt darin herum. „Mach mal die Augen zu. Ist es nun besser?"

„O ja, das Viech ist weg. Danke, Anna. Jetzt habe ich wieder den notwendigen Durchblick."

Und den brauche ich, denn die Rache für Georg erledigt sich nicht von allein. Nur deshalb staksen wir hier um die Tamina herum. Ich trage den kleinen Fahrradrucksack, und anstatt der Adidasrenner die leichten Latschen. Wir sind schutzlos der gnadenlosen Sonne ausgeliefert. Bald fühlen wir uns matt und ausgelaugt.

Als wir nach einer halben Stunde den Böschungsrand oberhalb der Klippen erreichen, schauen wir auf den von der Sonne bestrahlten und dadurch glitzernden Atlantik hinunter. Der Ausblick ist ein Augenschmaus.

„Hast du Hunger, Anna?"

„Hm, so allmählich."

Ich nehme den Rucksack vom Rücken, dann setzen wir uns an den Böschungsrand. Eine Rast mit Imbiss ist fällig. Vor allem müssen wir unseren Wasserhaushalt den Verhältnissen anpassen.

Minuten später.

Es quietscht grell hinter unseren Rücken.

Ich drehe mich um. Vor mir steht ein schwarzer BMW. Aus der abgebremsten Karre schwingt sich ein Mann. Wer ist das?

Der Mann nähert sich uns mit einem Revolver in der Hand, abscheulich zischend: „Na, ihr Scheißer? Los, steht auf. Die Pfoten hoch und Abmarsch zur Kühlerhaube."

Er hält mir seine entsicherte Knarre vor die Nase.

Zum Henker, fluche ich in mich hinein. Wir Idioten stolzieren wie Dilettanten und für jeden sichtbar an der Tamina entlang. Dümmer geht es nicht. Ich verstehe mich zwar nicht auf Waffen, aber sein Gerät mit Schalldämpfer pustet uns die Gehirne aufs Meer, ohne dass es einer hört. Die Dinger kenne ich aus Fernsehkrimis.

Mir ist schwindelig, trotzdem gehorchen wir und stolpern zum BMW. An dem stellen wir uns breitbeinig auf, ich an den linken Kotflügel des Vorderrades. Pingelig tastet der Peiniger mir ohne Hast die kurze Jeans ab, als trüge ich eine für ihn gefährliche Waffe bei mir.

Er flüstert unheilschwanger: „Bau keinen Mist."

„So, und jetzt schert ihr euch an den Steilhang. Let's go. Und bitte kein Heldentum. Frechheit wird selten belohnt."

Es sind fünf Meter bis zum Hang, aber ans Aufgeben denke ich nicht. Noch ist nicht aller Tage Abend. Ich starre mit dem Ziel, den Mann in Sicherheit zu wiegen, Löcher in die Luft, dabei mosere ich mit erhobenen Armen und zitternden Stimmbändern: „Was hast du vor? Eine feige Hinrichtung?"

Der Mann antwortet nicht.

„O nein. Du bist nicht dumm", flehe ich ihn an. „Lade dir keinen Doppelmord auf den Buckel."

„Doppelmord? Wie makaber sich das anhört."

Der Unbekannte grinst. „Und ob ich mir den auf den Buckel lade. Für euch hört sich der Abgang allerdings hart an."

„Mach dich nicht unglücklich", appelliere ich und hoffe auf eine Schwachstelle. „Halt, lass den Finger vom Abzug. Wem nützen zwei weitere hinterhältig Ermordete? Dem Walter, Erwin und meinem Freund wohl kaum. Wer hat die ausradiert? Warst du's?"

Die Möwen schreien herzerweichend, doch für die hat der uns Fremde keinen Gehörgang frei. Der Mann ist stur. Der lässt sich nicht beirren. Wie beim Orgasmus eines Masturbierenden, so wirkt er bei seiner Vorgehensweise.

Unverschämt grinsend furzt er mich an: „Was ich anpacke, führe ich durch. Alles andere lasst meine Sorge sein. Ihr seid selbst schuld. Ihr hättet euch nicht einmischen müssen."

„Dann schieß endlich!"

„Gut gebrüllt, Löwe. Aber nein. Ihr springt hinunter ins Meer. So habt ihr eine klitzekleine Chance. Kommt Ihr lebend unten an, dann verschone ich euch. Das ist fair, oder?"

„Das überlebt keiner."

„Wieso nicht? Bemüht eure Glücksfee."

In mir fuhrwerkt es: Das hat er fein gedeichselt. Sich bloß nicht die Drecksgriffel schmutzig machen. Die Schmutzarbeit überlässt er der Natur. Sollte man uns dennoch finden, gedenkt er unseren Tod als Absturz zu verkaufen, möglichst den Fangschuss vermeiden.

Verrucht, oder?

Der drückt nur im Notfall ab, denke ich. Und darin liegt tatsächlich unsere Chance. Wie halte ich den Kerl hin, mit welcher Hypothese gewinne ich kostbare Zeit? Was macht Siggi Baumeister, der Held unzähliger Eifel Krimis, bei ähnlichen Konstellationen?

Anna fängt an zu weinen, doch der Bewaffnete verhindert mein sie in den Armnehmen. „Macht hin", knurrt er. „Mein Zeigefinger wird ungeduldig."

Der bevorstehende Tod ist keine Schmierenkomödie. Er ist bitterer Ernst. Das habe ich längst begriffen. Mir muss schnellstens etwas einfallen, aber mir fehlt die todabwendende Idee.

Prompt folgt die Eingebung, denn die Frage nach seinem Namen gewährt Aufschub.

Ich kontere: „O Mann! Reg dich ab. Du hast ja gewonnen. Aber sag uns wenigstens deinen Namen."

„Was? Ihr kennt mich nicht? Ich bin Urban, der Künstler mit der Galerie in Playa."

„Dir also gehören die Wohnwagen in Playa?"

„Ja, nebenbei vermiete ich Wohnwagen", gibt Urban bereitwillig zu. „Von der Kunst allein kann keine Sau leben. Aber jetzt, wo euer letztes Stündlein geschlagen hat, verrate ich euch noch was. Ich bin am Drogengeschäft beteiligt."

„Herr Gott noch mal, du bist der Drogenbaron?"

Ich kann meine Verwunderung nur schwer runterschlucken. „Und dir gehört der Wohnwagen, in dem unser Freund Georg grausam umgekommen ist? Demnach hast du ihn erstickt."

„Aber nicht doch, ich bin nicht der Drogenpate. Und das mit eurem Freund war keine Absicht", wehrt sich der Künstler. „Er hat den Knebel nicht vertragen. Und die kleinen Wichser hat ein Anderer erschossen."

„Das sollen wir dir glauben?"

In mir arbeitet es fieberhaft: Warum sollte der Künstler lügen? Er hält die Trümpfe in Händen, denke ich. Doch womit halte ich ihn hin? Helfen lobende Worte?

„Du wirst nicht schießen", starte ich einen Versuch. „Bei deiner Intelligenz wäre das absurd. Also steck deine Knarre weg. Das Ding brauchst du nicht."

„Ach, leck mich. Und ob ich das Ding brauche", faucht Urban. „Machst du Zicken, drücke ich ab. Durch den Tod eures Freundes habe ich meine Ehre verloren, verstehst du? Ich habe nichts zu verlieren."

Der Gallerist schwitzt und wird rüde. „Warum erzähle ich euch das überhaupt? Verabschiedet euch voneinander und springt."

Ich bin mit meinem Latein am Ende. Ich habe alles versucht. Nun ist Anna an der Reihe. Und die rattert gebetsmühlenartig herunter: „Verschone uns. Wenn du willst, bin ich ganz lieb zu dir. Was haben wir dir getan?"

Trotz der flirrenden Hitze und das sich Anbiedern Annas bleibt der Künstler kalt wie Marmor. „Macht schon", knurrt er erneut. „Springt endlich."

Bildlich gesehen hat der Galerist Schaum vor dem Mund. Er zeigt keine Geste der Barmherzigkeit. Jede Hoffnung auf Einsicht oder Mitleid ist vergeudete Liebesmühe. Das ist jetzt klar.

Ich klammere mich an den letzten Strohhalm. „Nur noch eins", sage ich, dabei habe ich die Hände zum Gebet gefaltet. „Gönne uns eine Abschiedszigarette? Den Wunsch schlägst du uns nicht ab."

Liegt in seinem Zaudern der Ausweg?

Die ihn blendende Sonne gilt es auszunutzen. Eine Nachlässigkeit seinerseits und ich stürze mich auf ihn, dabei entwaffne ich ihn. Und wenn's denn sein soll schmeiße ich ihn ohne zu zögern den Hang hinunter, komme ich nur nah genug an ihn rann. Was bleibt mir anderes übrig.

„Meinetwegen", nickt der Galerist. „In Gottesnamen."

Er kramt in der Hosentasche. Aus der fingert er eine Schachtel HB und sein Feuerzeug heraus. Seine Hände zittern. Ihm fällt beides vor Nervosität aus der Hand.

Er bückt sich.

David gegen Goliat. Normalerweise ein ungleicher Kampf.

Ich mache einen gewaltigen Satz.

Ratsch.

Ich erwische den Künstler am Ärmel seines T-Shirts, das zerreißt. Dem folgt ein hundsgemeines Gerangel, welches uns zwei Meter vor dem Abgrund zu Boden wirft. Das Terrain ist abschüssig. Peu à peu rollen wir dem Rand des Plateaus entgegen, dabei tritt Anna dem Künstler die Knarre aus der Hand.

Ein mit Ruhm bekleckerter Kämpfer bin ich keineswegs. So kann ich nicht verhindern, dass wir uns dem Abhang nähern und wir einen halben Meter vor dem Rand des Steilhangs verharren, ich mit dem Rücken zum Abgrund. Meine Ausgangslage ist bitterernst, mein Puls rast und mein Herzmuskel verkrampft sich, doch mein Körper bäumt sich auf vor nackter Angst, aber Urban ist saustark. Wie ein Ringer im griechisch-römischen Stil, genauso hält er mich fest in seiner Umklammerung.

Da, ein Biss von mir in seinen Unterarm.

Das hilft.

Der Haltegriff des Gebissenen lässt nach, worauf er sich erhebt und Anna sich ihm vor die Beine wirft.

Halleluja, der Galerist verliert den Halt. Wird er mich mitreißen?

Verzweifelt klammere ich mich an meine Partnerin, dann an ein sprödes Buschgeflecht. Dessen Wurzeln springen wie die Adern eines Handrückens aus dem staubtrockenen Boden. Halten die Wurzeln dem Druck stand?

Ein langgezogener Entsetzensschrei dröhnt durch die Hitze des Mittags, bis ihn das Rauschen des Meeres erstickt. Mächtige Steine rollen den Abhang hinunter und das unheilvolle Grollen verpestet die todesgeschwängerte Luft, danach herrscht gespenstische Stille.

*

Unkraut vergeht nicht. Anna und das Wurzelwerk haben mich gerettet, aber gottlob nicht den Galeristen. Der Kotzbrocken ist hin-über. Und was ist mit Anna? Die bewegt sich am Rande des psychischen Nervenzusammenbruchs. Sämtliche Symptome sprechen für einen Gehirnstillstand, was verständlich ist wegen der atmosphärischen Dichte der Ereignisse.

Ich drücke Anna fest an mich und rede einfühlsam auf sie ein. Ihre Tränen tropfen auf mein T-Shirt. „Es ist vorbei", flüstere ich sanft und streichle ihr übers blonde, lange Haar.

Weit draußen segelt eine Jacht friedlich vorbei, aber Anna sieht es nicht.

Ihr Verhalten ähnelt einem Pfad mit verschlungenen Verästelungen, denn völlig unvermutet plustert sie sich zum Racheengel auf und schleudert mir Ungeheuerlichkeiten und Gehässigkeiten an den Kopf.

„Nie hörst du auf mich, Richard", meutert sie. „Verschwinde aus meinem Leben. Ach, was rede ich. Das ist kein Leben. Das Beisammensein mit dir hat was von einer Wettervorhersage. Rein gar nichts stimmt daran."

Na ja, meistens lege ich derartige Äußerungen nicht auf die Goldwaage. Warum sollte ich es nach dem Verzweiflungskampf um das nackte Überleben tun?

Heuwägelchen. Ruhe bewahren, Abstand gewinnen. Ich denke an die Verarbeitung meines Herzinfarktes mit autogenem Training. Bla, bla, bla. Leichter gesagt als getan.

Irgendwann scheiße ich auf Annas Zustand. Die Mittagshitze und der Todeskampf haben mich geschafft. Ich belle aufgebracht: „Oh Anna! Auf einmal bin ich ein Klotz am Bein. Ich bin unschuldig an den fürchterlichen Grausamkeiten."

Aber mein Bellen ist Larifari, denn ich liebe diese Frau. Bombig haben wir uns verstanden. Vielleicht hat einer meiner Vorgänger ihre Vorwürfe verdient, ich nicht, denke ich. Besitzt meine Anna das Monopol auf ungerechtfertigte Anschuldigungen? Bekommt sie Mengenrabatt? Fest steht, sie hat sich im Tonfall vergriffen. Und dann mit welcher Rechtfertigung?

Nach einer ellenlangen Durchschnaufpause, dabei intensiv in mich hineingehört und über Annas Niederträchtigkeit nachgedacht, verstehe ich ihren Frust. Okay, das Handgemenge und den sicheren Tod vor Augen, das war zu viel für sie. Das wirft eine Frau aus der Bahn. Ansonsten gebührt ihr der Löwenanteil an meiner Existenz. Ohne ihr beherztes Eingreifen gäbe es mich nicht mehr. Meine Retterin allerdings auch nicht.

Alte Liebe rostet nicht, denke ich und flehe sie an: „Ich brauche dich. Du bist meine Kraftspenderin. Das mit der Wettervorhersage meinst du nicht so?"

Stillschweigen. Dann schimpft Anna, bis zum Hals beladen mit Emotionen: „Hau ab, du Arsch. Ich will dich nicht mehr sehen. Alles mit dir ist eine Qual."

Die Nebenwirkungen des knapp entronnenen Todes treten auf den Plan, wie bei einem verbotenen Medikament. Alles erinnert mich an eine Psychose. Ist Anna dem Wahnsinn erlegen? Eine normale Reaktion in Anbetracht der Ereignisse.

Ich richte Anna an den Oberarmen auf. Danach gilt mein Bemühen ihrer geistigen Gesundung. Meine Eindringlichkeit ist nur verliebten Menschen gegeben. Mit Engelszungen rede auf sie ein. „Lass es gut sein. Komm wieder zu dir. Der Mord an Georg ist aufgeklärt. Hast du gehört? Wir kennen den Mörder."

Anna schaut mich mit großen Kulleraugen an, immer noch in einer Art Trance. Und ich quatsche weiter: „Urban ist verantwortlich für Georgs Tod. Verstehst du? Aber der ist tot, mausetot sogar. Der kann uns nichts mehr antun."

Ich warte auf ein Signal. Kriegt sie sich wieder ein? Wird sie wieder die Anna, die ich kenne und liebe? Kann unser Leben weiterhin so glücklich verlaufen wie bisher?

Meine Begleiterin durch viele Jahre strafft sich. Sie schmeißt sich in die Brust, die dazugehörigen Brüste besitzt sie, übrigens wunderschöne. Ins blasse Gesicht kehrt der kecke Augenaufschlag zurück, mit dem sie schwarzhumorig sagt: „Komisch war's schon. Es war wie im Science Fiktion Film. Es fehlte nur das Ufo, aus dem Urban als grünes Männchen auf die Erde tritt und Jagd auf uns macht."

„Wunderbar, mein Schatz, endlich bist du's wieder."

Ich kann wieder von ganzem Herzen lachen. „Kneife mich, sonst glaube ich es nicht", fordere ich von Anna. „Haben wir das eben wirklich erlebt?"

Anna drückt mich fest an sich. Engumschlungen bilden wir ein Knäuel ausgelassener Glückseligkeit. Keine noch so ekelerregende Macht wird mich von meiner Liebsten trennen, erst recht nicht irgendein Trottel der Drogenmaffia. Anna und ich sind eins.

Es vergehen Sekunden, dann verlässt uns die Ausgelassenheit.

Anna wird todernst: „Jetzt zu was anderem. Haben wir uns mit Urbans Tod strafbar gemacht? Was meinst du?"

„Wieso strafbar?" Ich bin überrascht. „Das war Notwehr. Außerdem, wer ist der Tote überhaupt?"

„Das ist perfekt, Richard." Anna grinst. „Wir kennen den Toten nicht. Hast du jemals von ihm gehört?"

Meine grauen Zellen funktionieren und ich freue mich noch über den Gedankenblitz, schon nistet sich eine leichte Überheblichkeit bei mir ein. „Keiner kann uns was anhaben. Wir sind unangreifbar, halten wir dicht."

Und Anna haut in die gleiche Kerbe: „Wer hat uns je mit dem Galeristen auf La Gomera gesehen? Niemand. Findet man ihn unten im Wasser überhaupt?"

Wir schauen an der Böschung hinunter und sehen ihn nicht. Das Meer hat ganze Arbeit geleistet, denke ich. Nicht ein Fitzelchen von dem Verruchten liegt in den Klippen. Den Kunstbanausen haben die unbändigen Wellen des Ozeans verschlungen. Irgendwo wird der Tunichtgut als Wasserleiche angeschwemmt, aber das dauert Jahre, sollte es jemals der Fall sein.

Ich kann Gedanken lesen und sage zu Anna: „Es interessiert nicht, was aus dem Galeristen wird. Für uns hat der Mistkerl nie existiert. Punkt und Schluss."

Wir packen den Proviant aus. Es geht nichts über eine Brotzeit. Die Schinkenbrote schmecken hervorragend, danach trinken wir Unmengen an Wasser. Der Überlebenskampf hat durstig gemacht. Und gestärkt im Ermittlermodus, konzentrieren wir uns auf die kommende Schnüffel- und Beobachtungsaktion, denn Anna und ich, wir sind als Team einsame Spitze.

15

Fasse ich die abgelaufene Stunde zusammen, dann sind wir dem Tod rechtzeitig von der Schippe gesprungen, dagegen weilt der Galerist in Walhalla. Er ist sicher kein Verlust für die Menschheit, als Künstler sowie als Mensch. Er stand für den Konsum von Drogen. Wir dagegen sind bereit den Slogan, keine Macht den Drogen, mit Freude zu unterschreiben.

Dazu habe ich einen bestimmten Wortablauf im Ohr. „Ich habe Walter und Erwin nicht erschossen." So oder in ähnlicher Form hatte sich der Galerist ausgedrückt. Außerdem sei Georgs Ersticken ein Versehen gewesen. Hat er im Zuge seiner Dominanz die Wahrheit ausgesprochen?

Ich empfinde kein Mitleid mit dem Galeristen, der mehr aus seinem Leben hätte machen können, als ins Drogengeschäft abzurutschen.

Für mich ist er für Georgs Tod verantwortlich, auch wenn er's als bedauerliches Versehen hinstellt. Eine schlimme Wortwahl für das elendige Ersticken. Doch so schlimm der Todeskampf auch war, unweigerlich heißt das: Der Mistkerl, der die Morde an Walter und Erwin begangen hat, läuft weiter frei herum. Zwangsläufig ist er zu Mordaktivitäten in der Lage, zum Beispiel an Manuel. Da stellt sich uns die bange Frage: Wer ist der Todesschütze und wo hält er sich versteckt?

Und dann Urbans Lippenbekenntnis: Der Drogenpate bin ich nicht. Der Chef des Syndikats ist ein anderer. Auch den Appell hatte er mit der Knarre in der Hand abgegeben, also in einer Situation der Überlegenheit. Bei der sagt jeder die Wahrheit. War der Galerist ein ganz kleines Licht im Drogensumpf? War er der willenlose Befehlsempfänger?

Mich überrascht das keineswegs, denn in großem Reichtum hat der Künstler nie geschwommen. Er war alles andere als ein Dagobert Duck. Die Großverdiener am Drogengeschäft sind andere und die halten sich im Hintergrund. Die operieren aus dem Verborgenen. Von dort spinnen sie die Fäden zum perfekten Verteilungsnetz.

Und wem traue ich das zu? In meinem Kopf geistern Klaus Kleber, Alonso und Pedro herum. Ein dreiblättriges Kleeblatt, das seine Einnahmequelle nicht an die große Glocke hängt.

Doch es naht der Moment, an dem ich den Mörder überführe. Ich glaube einhundertprozentig an die Enttarnung des Mannes, der für den roten Hahn verantwortlich ist. Er hat die Spurenvernichtung durch das Abfackeln von Walters Depot auf dem Gewissen. Dieser vertrackte Vorgang hat das Branddilemma über die Insel gebracht, daran sind die allerletzten Zweifel ausgeräumt.

So was macht kein Einheimischer, höchstens er ist ein Psychopath. Der normalveranlagte La Gomera Bewohner liebt und hegt seine Ernährungsquelle, und die ist die Schönheit der Insel. Zweifelsfrei spricht das für einen deutschen Täter. Stimmt die Theorie?

Möglicherweise nicht, denn die wäre zu einfach, zumal Alonso ein Spanier ist, ebenso Pedro.

„Ei, was liegt denn da?"

Ich bücke mich nach dem Revolver des Galeristen. „Ist es die Waffe, mit der man Walter und Erwin in die Stirn geschossen hatte?"

Anna reagiert ängstlich: „Schmeiß das Ding in hohem Bogen ins Meer. Waffen bringen Unglück."

„Nicht so voreilig", antworte ich, obwohl ich im großen und ganzen ihre Meinung teile, doch im Moment passt mir das Wegwerfen der Knarre nicht in mein Konzept. „Es gibt ein Problem. Der Revolver ist ein wichtiges Beweisstück", interveniere ich. „Das müssen wir aufbewahren. Vielleicht brauchen wir ihn gegenüber Pedro und wer weiß wen sonst noch?"

„Oh, nein, Richard. Weg damit."

Anna will sich nicht mit unserem Besitz der Knarre anfreunden. „Bei der bekomme ich ein ungutes Gefühl", folgert sie. „So ein Ding fordert die Gewalt heraus. Verstecken wir das Ding lieber hier irgendwo."

Ich bin kein Waffennarr, trotz allem klammere ich mich an die Knarre. „Und was bringt das?", frage ich zurück. „Der Pedro macht kurzen Prozess, erwischt er uns. Ich aber renne nicht wehrlos ins Verderben."

„Dann steck den Schießprügel wenigstens in den Rucksack. Da sieht man ihn nicht", bietet Anna einen vertretbaren Kompromiss an. „Ich kann Waffen nicht ausstehen. Schon bei deren Anblick kriege ich die Krätze."

„Okay, Schätzchen", willige ich zufrieden ein. „Der Vorschlag ist gut. Und wie gehen wir jetzt vor? Auf halbem Weg verharren geht nicht."

Inzwischen gehen wir an einigen Bungalows der Tamina entlang, dabei raufe ich mir beim Überlegen die Haare. Es nützt nichts, die Situation schönzureden. Uns kann nur der Kollege Zufall helfen. Das Ei des Columbus zu finden ist wahrlich nicht einfach. Doch was ist schon leicht? Vielleicht eine Kreuzfahrtschiffreise buchen? Oder Delfine bei Exkursionen vor die Kamera zu bekommen? Aber Mörder einfangen, das ist ein außergewöhnliches Unterfangen, noch dazu bei gefährlichen Kalibern. Und als ob alles nicht haarig genug wäre, treiben sich die Kanalratten heutzutage in exquisiten Luxusanlagen wie der Tamina herum, und das Objekt für Reiche ist beileibe kein Dschungelcamp.

Auch Anna beendet ihren Denkvorgang. Meine Liebste ist angefressen von der Unsicherheit. „Was wäre, wenn uns nicht nur der Galerist gesehen hat? Ich denke da an Pedro?"

„Dann dampft die Kacke", gebe ich meine Unbedachtheit auf.

„Ja, ja, die Kacke ist gewaltig am dampfen", stimmt mir Anna zu. „Wüssten wir wenigstens, ob Manuel und Fernando inzwischen bei Karla eingetroffen sind und uns zu Hilfe eilen können."

„Nichts einfacher als das. Ruf sie an", mache ich Anna auf ihr Handy aufmerksam.

Anna macht das Geheißene und kramt umständlich ihr Handy hervor. Und sie hat es am Ohr, da sehe ich aus den Augenwinkeln, dass Pedro sich aus dem Essenssaal zu uns hinbewegt.

„Achtung! In Deckung", rufe ich Anna zu und zerre sie hinter die Außenwand eines Bungalows.

Es ist Gefahr im Verzug. Wir atmen schwer wegen der spontanen Aktion, und Anna zittert. Sie macht aus ihrer Bangigkeit kein Geheimnis, als sie gepresst fragt, die Hände vor den Mund haltend: „Hat der Lump uns gesehen?"

„Warte, Anna. Ich linse um die Ecke", antworte ich mit ähnlichen Horrorgedanken.

Langsam schiebe ich meine Augenpartie um die Außenbegrenzung des Hauses und schrecke zusammen. Schnurstracks nähert sich der Pleitegeier dem uns als Versteck dienenden Bungalow.

Was tun? Jetzt ist Holland in Not.

„Schnell um die nächst Hausecke", schnaufe ich und zerre Anna hinter mir her. Schaffen wir's rechtzeitig bis zur Hausfront, die uns Sichtschutz bietet?

O ja. Mit Ach und Krach hat es geklappt, doch die Gefahr ist nicht gebannt. Pedro kann uns auch hier vors himmlische Gericht bringen. Soll ich die Knarre aus dem Rucksack holen?

Ich sehe Anna fragend in die Augen. Und erneut spüre ich ihre Abneigung gegen den Waffengebrauch. Nicht nur ihre Arme sind von einer Gänsehaut überzogen. Nichtsdestotrotz greife ich in den Rucksack und ziehe die Knarre raus, die ich unbeholfen entsichere. Dann schiebe ich mich bis an die Eckkante des Bungalows.

Jetzt gilt es.

Rasant springe ich auf den Verbindungsweg mit dem Revolver im Anschlag.

Gähnende Leere. Wo ist Pedro abgeblieben?

Auf dem Weg ist keine Menschenseele, also lasse ich die Waffe sinken, denn ich habe weder Pedro noch irgendeinen Urlauber im Visier. Ganz in der Nähe hat er den Weg verlassen, und dafür kommen zwei Bungalows in Frage. In welchem ist Pedro? In welchem ist der Kerl untergetaucht? Er muss in den uns als Sichtschutz dienenden gegangen sein.

Nachdenklich kehre ich zurück in die Obhut der Hauswand und werde rappelig. Wie hoch ist Pedros Intelligenzquotient? Hat er uns bemerkt, dann schleicht er sich von hinten an uns ran. Der kennt die Räumlichkeiten der Umgebung und die Beschaffenheiten der Gestaltung. Wahrscheinlich ist der Bungalow, hinter dem wir uns verstecken, so etwas wie sein Hauptquartier? Wird hinter den Mauern der Drogenhandel organisiert?

Lassen wir die Gefahr außer acht, dann haben wir die Glücksgöttin Fortuna auf unserer Seite, denke ich. Wir überwachen das Gebäude und bekommen mit, was sich abspielt. Wer die Drogen anliefert und wer im Bungalow ein- und ausgeht, und so weiter. Gegebenenfalls können wir zuschlagen, was auch immer ich damit meine. Uns bietet sich jedenfalls die Möglichkeit dazu. Doch das erfordert viel Zeit, die wir nicht haben. Wir sollten auf Nummer sicher gehen und das Feld räumen, sonst knallt uns Pedro ab, bevor wir einen Pieps gemacht haben, und wir verschwinden auf nimmer wiedersehen auf dem Müll der Tamina. Einem wie Pedro traue ich jede Unverfroren-heit zu.

Andererseits kann er uns nicht einfach abknallen. Schüsse wären in der Tamina fatal. Nobeltouristen reagieren allergisch auf Lärm oder ähnlichen Kladderadatsch, doch das wird dem bis zum Hals im Schlamassel steckenden wahrscheinlich egal sein. Fred Olson, dem wahren König der Insel, wohl weniger, denke ich. Ob der ahnt, was in seinem Paradies so vor sich geht?

Okay. Durch Urban und Pedro haben wir viel Insiderwissen gesammelt. Die Zwischenfälle mit ihnen waren hilfreiche Kurzintermezzos. Und jetzt haben wir Pedros Bungalow fixiert, und der könnte ein Meilenstein zur Festnahme des Mörders werden. Auf diesem Grundwissen lässt sich aufbauen. Aber wichtig wäre der Kontakt zu Karla. Der hat absolute Priorität.

Ich stecke die Knarre in den Rucksack und drücke meine Partnerin, dann treten wir aus dem Schatten auf den sonnenüberfluteten Weg. Die Sonne blendet. Ich lege eine Hand zur Abwehr über die Augen, nehme Anna an die Hand und schreite mit ihr an Pedros Haus entlang. Es ist eine Provokation, doch bis auf Pedro wirken wir für die anderen Anlagenbewohner wie beliebige Urlauber, die kein Wässerchen trüben können.

Bumms, es kommt zur Konfrontation. Wie aus heiterem Himmel steht uns Pedro im Weg. Er mustert uns von oben bis unten. Man sieht ihm an, wie's in ihm arbeitet. Kann er uns zuordnen?

Richtig. Obwohl wir Langzeiturlauber auf der Insel sind, kennt uns Pedro nicht. Trotz des Zusammentreffens bei meiner Flucht auf dem Aeroporto hat sich mein Äußeres nicht in Pedros Gehirn eingebrannt. Bekannt sind ihm Manuel und Karla. Anna und ich sind für ihn beliebige Urlauber von der Stange. Tja, das beweist seine Unkenntnis?

Der Künstler hat ihn nicht in sein Observieren eingeweiht, nicht untypisch für den Galeristen. Glücklicherweise war er ein Eigenbrödler. Sein verhängnisvoller Alleingang war eine schicksalsträchtige Aktion, getragen von purer Überheblichkeit. Ja, so ist das mit dem Eigensinn. Die gerechte Strafe hat Urban bekommen.

Ich nicke Pedro zu, und der lacht offenherzig zurück. „Have a nice Day", wünscht er uns. Er hält uns für Engländer.

Die Gefahr ist gebannt. Aber eins verstehe ich nicht?

Der Mann, der an uns vorbeiging, hat ein herzliches Gesicht. Er wirkt sympathisch. Wer ihn sieht, der kann sich beim besten Willen nicht vorstellen, dass sich ein Mörder hinter seiner Fassade verbirgt. Pedro ist sogar ein abgebrühter Mörder, denn er hat zwei Menschen skrupellos über die Klinge springen lassen.

16

Mein Zittern und Zagen hat an Kraft verloren, denn ich bin wie in Siebenmeilenstiefeln und der Hilfe Annas besser als erwartet vorangekommen. Dass wir den als Drogenumschlagsplatz dienenden Bungalow kennen, in dem Pedro ein- und aus geht, werte ich als Riesenschritt zum Erfolg. Ein wichtiges Detail fehlt allerdings, und das ist die Verbindung Klebers zu den Drogen. Auch die Rolle Alonsos im Skandal bereitet mir Kopfzerbrechen. Und was mich außerordentlich stört, das ist die Unkenntnis über dessen Person. Wer ist der ominöse Mann? Wie sieht er aus? Wo lebt er und wo kommt er her?

Ohne auf Hindernisse zu stoßen, haben wir die Tamina verlassen. Kleber kam uns nicht in die Quere. Als wir am Micra eintreffen, hat Karla eine schlechte Nachricht.

„Es ist zum verrückt werden", jammert sie. „Manuel erreiche ich nicht. Entweder habe ich keinen Empfang oder er geht nicht dran. Das Problem habe ich noch nie erlebt."

„Okay, versuche es weiter", beruhige ich sie. „Irgendwann erreichst du ihn."

„Aber nun zu euch", wechselt Karla die Frequenz beim Inhalt ihrer Fragen. „Wie ist es euch ergangen?"

„Es war grässlich", sprudelt es aus Anna heraus. „Urban wollte uns zwingen, aus dreihundert Meter Höhe hinunter auf die Klippen des Atlantiks zu springen."

„Was? Der Galerist? Soweit hinunter? Unglaublich." Karla schlägt die Hände über dem Kopf zusammen.

„Ja, er wollte uns umbringen. Aber vorher hat er gestanden, ihm sei die Unachtsamkeit mit Georg passiert. Er war derjenige, der Georg den Knebel verpasst hatte."

„So ein Mistkerl", meutert Karla. „Sich mit einer Unachtsamkeit rausreden zu wollen. Das mit dem Knebel war kein Missgeschick, das war eiskalter Mord."

„Natürlich. Aber das Schwein war abgebrüht", haut Anna in die gleiche Kerbe. „Doch Richard hat gekämpft wie ein Löwe und hat ihn clever ins Meer bugsiert. Urban hat seine Radikalität mit dem Leben bezahlt."

„He, Richard. Du bist ja ein Hero."

Karla nähert sich zwei Schritte und klopft mir vor Bewunderung auf die Schultern. „Vor dir kann man ja Angst bekommen."

„Unsinn", wehre ich ab. „Da war Glück im Spiel. Und Anna hat die entscheidende Rolle gespielt. Wie sich Anna dem Mistkerl vor die Füße geworfen hat, das war erste Sahne."

„Chapeau", lobt Karla die Sahneschnitte überschwänglich, sodass Anna einen roten Kopf bekommt.

Doch dann lenkt uns Karla von der Beweihräucherung ab. „Ach so, bevor ich's vergesse", sagt sie bedeutsam, „der Umstand wird euch interessieren. Kleber ist im Lande. Vor circa zehn Minuten kam er an. Glücklicherweise hat er mich nicht gesehen."

„Sehr gut", bin ich erleichtert. „Und nun frisch von der Leber weg. Wie gehen wir vor?"

„Ohne meinen Manuel und Fernando unternehme ich nichts. Es ist zu gefährlich."

Karla schränkt ihren Handlungsspielraum auf ein Minimum ein. „Müssen wir unsere Wut überhaupt noch abreagieren? Der Mörder Georgs ist im Arsch, kaputt, mausetot. Das war unser Ziel."

„Logisch", sagt auch Anna. „Ist Georgs Tod gerächt, dann wird Urlaub gemacht. Das hast du, Richard, selbst gesagt."

„Ja, das habe ich gesagt", antworte ich zerknirscht. „Aber wo wir hier sind, sollten wir die Aufklärung zum zufriedenstellenden Ende bringen. Was ist daran falsch?"

„Das ist nicht fair", stöhnt Anna enttäuscht aus. „Warum bist du so hartnäckig? Immerzu muss alles perfekt sein. Du bist ein Pedant."

Sie zieht sich in ihren Schmollwinkel zurück. „Mach, was du willst, aber rechne nicht mit mir."

„Gilt das auch für dich, Karla?"

„Selbstverständlich. Anna spricht mir aus der Seele. Das Anliegen ist getilgt. Georgs Mörder hat seine gerechte Strafe bekommen und das war's."

„Ja, toll. Dann muss ich eben allein weitermachen."

Ich drehe mich mürrisch um uns setze mich in Gang. Meine letzten Sätze sind: „Ich schnappe mir Klaus Kleber. Immerhin habe ich Urbans Pistole."

„Nein, Richard. Bleib hier."

Anna zerrt an mir, doch ich drücke sie sanft weg. „Ich bin nun mal ein Gewohnheitstier und ziehe es durch. Schickt wenigstens Manuel und Fernando hinter mir her."

Dann deute ich mit Daumen und Zeigefinger ein paar Zentimeter an und knurre: „Ich bin so nah dran."

Ich weiß nicht, was mir ein Apotheker in der Ausnahmesituation rät, oder wie sich Privatdetektiv Matula verhält. Deren Ratschläge wären hilfreich, doch auf die kann ich nicht zurückgreifen, daher versuche ich mich mit einem eigenständigen Ermittlungsformat. Neue Besen kehren gut. Kommissar Richard tritt den Dienst an und bei dem Job geht es um das Herauskitzeln der Ehrlichkeit. Aber jede Arbeit hat ihren Preis. Ist meiner zu hoch? Werde ich meine Sturheit mit dem Leben bezahlen? Was werden Anna und Karla tun? Werden sie ihre Meinung ändern und mir folgen?

 Davon unbeeindruckt betrete ich die Empfangshalle. Die befindet sich im zweistöckigen Gebäude. Ohne eine Vorsichtsmaßnahme zu treffen schaue ich mich suchend um, und sofort nimmt mein Kopf die Denkfunktion auf. Meine Logik ist hellwach. Wäre ich Kleber, wohin wende ich mich? Wo halte ich mich in der Anlage auf, wenn ich was zu sagen hätte?

Als Mitinhaber der Riesenanlage hat Kleber sicher ein Büro. Den Gedanken halte ich schon mal fest. Aber wo befinden sich derartige Räumlichkeiten? Normalerweise im Bereich des Empfangs und da halte ich mich gerade auf.

Als nächste Option betrachte ich den Empfangstresen. Der ist mit zwei Personen besetzt. Erst einmal gilt: Das Personal darf keinen Verdacht schöpfen, dazu krame ich eine Illustrierte aus dem dafür zuständigen Ständer und setze mich in einen gemütlichen Sessel. Es ist die deutsche Ausgabe des Magazins Stern. Ich wundere mich: Der liegt sogar am Ende der Welt aus.

Im Artikel, den ich lese, geht's um Berlin. Dort wachsen die Bäume nicht in den Himmel, schon gar keine Palmen. Die Eröffnung des Hauptstadtflughafens wurde abermals verschoben, Brandschutzprobleme als Grund. Die hat man auf La Gomera auch, aber anders gelagert, doch das nur nebenbei.

Beim Lesen bewegt mich die Frage: Ist das große Deutschland die Bananenrepublik oder die kleine Insel La Gomera? Die eklatante Unfähigkeit, Großprojekte umzusetzen, die zieht sich wie ein roter Faden durch die Heimat. Der Hauptstadtflughafen, Stuttgart 21 und die Elbphilharmonie, überall explodiert die Bausumme. Werden endlich fähige Fachleute geholt und in die Pflicht genommen? Ich als ehemaliger Kommunalpolitiker wundere mich über die Begriffsstutzigkeit in der Politik. Nun ja, schließlich ist der Bund mit seinen Drecksgriffeln präsent.

Ich blicke kurz auf und sehe, dass sich um mich herum nicht viel verändert hat. Trotz meiner legeren Kakihose und dem in olivgrün gehaltenen T-Shirt falle ich in der Luxushochburg nicht auf. Und das Modell meines Treckingrucksacks gehört zur Grundausstattung des Urlaubers auf La Gomera, besonders dann, ist er dem Wandern zugetan. Nicht recht dazu passen wollen die Jesuslatschen, ansonsten ist mein Outfit okay.

Es vergeht eine halbe Stunde, bis dahin ist kein Kleber in der Halle erschienen, auch kein Pedro, keiner der Halunken hat sich blicken lassen. Alonso würde ich nicht erkennen, obwohl ich mir ein Bild von ihm mache. Zünftig spanisch stelle ich mir ihn vor, schwarzhaarig, mit einem kräftigen Schnauzbart versehen, und leicht gedrungen, vielleicht etwas dicklich. Wie man sich als Deutscher den gestandenen Spanier eben so vorstellt.

Die Zeitschrift weggelegt, denn bis auf den Bericht zur Flughafenaffäre ist der Inhalt langweilig, suche ich die Toilettenanlage auf. Die ist in Parterre im Treppenbereich zum Obergeschoss. Überall im Gebäude ist es höllisch warm. Auch der Toilettentrakt ist nicht klimatisiert. Ich nutze das Waschbecken und mache mich frisch. Das tut gut. Und nun weiter im Text. Ich will hinauf ins Obergeschoss und das schaffe ich nur über die Treppe.

Die Tür zum Toilettenraum einen Spalt geöffnet und zum Tresen gespäht, wirkt die Konstellation ideal. Die Frau dreht mir den Rücken zu und telefoniert, der Mann hat sich tief über das Anmeldebuch gebeugt. Der Moment ist stimmig. Ich öffne die Tür ganz und schiebe mich hindurch, dann schleiche ich auf leisen Sohlen die zehn Meter bis zum Treppenschlund.

Geschafft.

Niemand hat aufgeblickt. So steige ich geräuschlos Stufe für Stufe hinauf ins Obergeschoss und stehe im langen Gang. An jeder Seite sehe ich sieben Türen, das sind vierzehn Zimmer, und bis auf zwei Agavenstauden ist Grünzeug eine Mangelware. Der Gang ist kahl und trist. Er bietet kein Versteck. Tritt Kleber unverhofft aus einer der Zimmertüren, dann hat sich das Kommissar spielen erledigt.

Was soll's. Das Risiko entdeckt zu werden gehe ich ein.

Demnach schleiche ich an der Wand entlang durch den Gang und lausche an den vorderen Türen. In den Zimmern höre ich kein Geräusch. Nicht mal das monotone Klackern einer Tastatur. Dann stehe ich vor der Zimmertür ganz hinten links, hinter der jemand spricht.

Wer ist es?

Es ist Klebers Stimme? Telefoniert er oder hat er einen Besucher? Zum Henker mit ihm.

Klaus Kleber hat den Lautsprecher angestellt, denn jetzt sind es zwei Stimmen, die ich vernehme. Mit Pedro spricht er nicht. Dessen Stimme klingt anders und ist des Deutschen nicht so mächtig.

Und Urban hat sich ohne Halali in die ewigen Jagdgründe abgeseilt. Außerdem hat sich der Haupteigentümer und Reeder Fred Olson aus der Organisation der Tamina zurückgezogen. Er ist nicht der Jüngste, deshalb hat er seine Geschäftsgewalt auf Klaus Kleber übertragen.

Stimmt es, oder ist das ein Gerücht?

Was wäre, wenn Klaus Kleber den Allmächtigen über die achthundert Betten der Tamina nur spielt, doch anstatt seiner ist Alonso der Kommandant? Herrgott noch mal. Wann lichten sich die Nebelschwaden um das Kleeblatt auf?

Die nächste geniale Idee trifft mich wie ein Bienenstich. Und die beinhaltet Folgendes: Ich bestelle Pedro in Klebers Büro, wobei er Alonso mitbringen soll. So kommt die Sippschaft an einen Tisch und kann sich die Köpfe einschlagen. Das wäre mein frommer Wunsch. Aber wie gelingt mir das Unmögliche?

Unbekümmert zu Pedro in den Bungalow marschieren und ihm die Aufforderung übermitteln, er möge zu Kleber kommen und Alonso mitbringen, das geht absolut nicht. Mir bleibt nur der Weg über das Telefon. Das wäre das eine, die Frau der Anmeldung zu überzeugen anzurufen, das andere. Wenn doch Anna und Karla bei mir wären. Die würden unauffällig auf die Rezeptionsfrau wirken. Plausibel könnten sie das Anliegen übermitteln. Beide sind Lehrerinnen und des Spanischen mächtig. Sie beherrschen ihr Metier perfekt, und zu dem gehört ein überzeugendes Auftreten.

Sei's drum. Ich habe schlimmere Krisen überstanden. Mich haut nichts um. Mein Selbstvertrauen habe ich mir als Fraktionschef und als Bioladeninhaber erworben, auch als Chefplaner in einem Büro für Rennstrecken, doch das Metier war ein Ausrutscher. Mich beschäftigten die Umweltbelange, worin ich noch heute beruflich tätig bin. Mit dem Hintergrund gehe ich nicht vor der Tante an der Rezeption in die Knie.

Schluss mit dem Überlegen. Ich lebe meinen Übermittlerjob aus. Und wieder den Gang entlanggeschlichen, erreiche ich die Treppe. Vor der ersten Stufe straffe ich mich. Dass ich dabei zittrig bin, ist nicht der Rede wert. Wer wagt, der gewinnt, sage ich mir, danach galoppiere ich lässig die Stufen abwärts.

„Buenas tardes. Que tal?"

Überaus liebenswert habe ich die Frau der Anmeldung gegrüßt, die mich neugierig anschaut, und freundlich zurückfragt: „*Puedo aydarle?* Und Ihnen? Geht es Ihnen gut?"

„O ja. Mir geht's hervorragend", strahle ich Wohlbefinden aus, denn es gibt keine Sprachbarriere, da die Frau Deutsch spricht. Ich frage demnach in Deutsch: „Kennen sie einen Herrn mit dem Namen Pedro?"

„Natürlich", antwortet die Frau, vermutlich ist sie die Telefonistin. „Er heißt Pedro Hernandez und ist hier, ja nennen wir es Mädchen für alles."

„Ja, den meine ich", gebe ich mich souverän. „Bitte bestellen Sie ihm, er hätte unverzüglich Herrn Klaus Kleber aufzusuchen und den Herrn Alonso mitzubringen. Es ist dringend. Bitte rufen Sie ihn an. Er ist doch in der Anlage?"

„Davon gehe ich aus", antwortet die Empfangsfrau und greift zum Hörer. „Ach, wie war noch Ihr Name?"

„Richard Franzen, aber das tut nichts zur Sache. Herr Hernandez kennt mich nicht."

Sie wählt eine Nummer auf der Tastatur. „Oh, ich verstehe das nicht", stellt die Frau mit überraschten Gesichtszügen fest. „Herr Hernandez meldet sich nicht. Meistens ist er anwesend. Ich versuche es weiter."

„Ja, ich bitte darum. Tun Sie das", breche ich das Gespräch ab. „Ich muss weiter."

„Dann einen schönen Tag, Herr Franzen", flötet die Anmeldetussi hinter mir her.

„Ihnen auch", grüße ich galant retour und begebe mich von der Empfangshalle in den Aufenthaltsbereich.

Jesus Maria, worauf habe ich mich da eingelassen. Haben mich alle guten Geister verlassen. Die Drogenkiste ist gefährlich und ich stecke mittendrin im Wespennest. Die Chose ist verdammt heiß, aber ich habe es gewollt und denke an ein Uraltzitat: Niemand heilt durch Jammerei seinen Harm, und das stimmt noch heute, denn ich jammere auf höchstem Niveau.

Bisher habe ich mit Akribie ausgelotet, wer als Drahtzieher hinter den Schweinereien stecken könnte. Wenn's gut läuft, dann stelle ich den Mörder in den kommenden Stunden zur Rede. Mit der Beteiligung meiner Helfer Manuel und Fernando werde ich ihn in die Schranken weisen, denn seine Frist ist abgelaufen. Ihm bleibt keine Wahl. Ha, ha, ha, Humor ist, wenn man trotzdem lacht.

Manchmal bin ich ein Phantast. Dann leide ich an Wahnvorstellungen, und die bestehen aus Wünschen. Das Phänomen kommt oft vor bei Überdrehten. Oder ist es so, dass mich der Henker beim Wickel hat? Zieht der mich an den Hammelbeinen in eine an Finsternis nicht zu überbietende Zelle, und die nennt man Hölle?

*

Langeweile vortäuschend sitze ich in einen Plüschsessel in der Aufenthaltshalle. Plötzlich zucke ich zusammen, denn Klaus Kleber schwingt sich in den Sessel neben meinem. Ich hatte ihn nicht Kommen gehört. Denkt man an den Teufel mit dem Pferdefuß, dann ist er nicht weit.

Kleber taxiert mich missmutig. Und das Taxieren abgeschlossen spielt er die Unschuld vom Lande, womit er dem Fass den Boden ausschlägt.

„Mein Gott, der Bauingenieur." Dann fragt er: „Was willst du in der Tamina? Ich dachte, du wärst längst abgereist. Zumindest bin ich davon ausgegangen."

„Irren ist menschlich", antworte ich wenig geistreich, zu sehr bin ich in der Überraschung erstarrt.

Und Kleber orakelt weiter: „Der Tod deines Freundes hat dich also nicht überzeugt, endlich Land zu gewinnen?"

„Sollte ich das?"

Ich schaue ihm wie ein nach Minen suchender Hund tief in die Augen und frage rotzfrech: „Wo warst du eigentlich, als wir Georg tot im Wohnwagen gefunden haben?"

„Na hier", trumpft Kleber auf. „Ich nenne dir duzende Zeugen, wenn's dich beruhigt. Willst du Namen hören?"

Er korrigiert seine Augenpartie, dabei überzieht ein freches Grinsen seine Visage. Die stammt von einer ruhelosen Nacht. Mit wem?

„Ach, lass man. Die Zeugen kenne ich", lasse ich ihn auflaufen. „Ich nehme an, dahinter verbergen sich Pedro und der unsichtbare Immobilienmakler Alonso."

„Wieso unsichtbar?" Kleber verzieht keine Miene.

„Nun ja. Ich lernte den berühmten Mann nie kennen. Gibt es ihn überhaupt? Oder verbirgst du dich hinter dem Namen? Stell mir deinen Alonso doch mal vor."

Kleber überlegt.

Und das dauert.

Er will keinen Fehler begehen, das merkt man ihm an, denke ich. Zappelig reibt sich Kleber mit der rechten Hand übers Gesicht, dabei lümmelt er unruhig im Sessel herum. Zu guter Letzt massiert er sich gar seine Wadenmuskulatur.

„Ist alles okay?", frage ich unvermittelt um das verrückte Schauspiel zu beenden.

„Ja, ja", antwortet Kleber und vertieft sich ins Nachdenken.

Nach geraumer Zeit fragt er in einem Anfall von Weitsicht: „Weißt du was? Wenn's genehm ist, dann stelle ich ihn dir am Nachmittag vor. Er ist nämlich in der Anlage."

Ich weiß nicht, ob Kleber mir meine Freude ansieht, denn ich stehe kurz vor meinem Ziel. Ich frage ihn, ohne ein Wort hervorzuheben: „Wann und wo kann das stattfinden?",

„Sagen wir drei Uhr im Speisesaal", schlägt Kleber vor. „Dann ist der Rummel vorbei. Kannst du dir eine Immobilie in der gehobenen Preiskategorie überhaupt leisten?"

Ich klopfe mir stolz auf die Brust. „Selbstverständlich", sage ich, eitel wie ein Pfau. „In Deutschland bin ich kein armer Mann. Und in ein paar Jahren will ich auf La Gomera überwintern."

„Na dann", bekräftigt mein Gegenüber. „Du bist der richtige Mann. Leute wie dich als Kunde benötigt Alonso."

Das klappt ja bestens, denke ich. Kleber hat angebissen. Nun aber dranbleiben, also rede ich nicht lange um den heißen Brei herum.

„Ich bin mal gespannt. Ist der Mann korrekt und fair?"

„O ja", freut sich Kleber. „Alonso ist vor allem kompetent. Bei ihm laufen alle Drähte zusammen. Ich kenne kein Geschäft ohne seine Beteiligung."

„Das hört sich gut an. Also gebongt", beende ich den Sketsch. „Dann grüß ihn von mir."

„Das tue ich."

Eigentlich ist das Gespräch beendet, doch bevor wir uns trennen, teile ich Kleber kurz mit: „Und sag ihm, ich hätte Fragen wegen der Sicherheiten beim Immobilienkauf auf La Gomera. Darüber wüsste ich gern mehr."

Daran war nichts Verräterisches, denke ich. Man könnte es aber auch als zweideutig werten, doch Kleber nimmt es ohne mit der Wimper zu zucken hin.

„Darin wird er dich beruhigen", macht er das undurchsichtige Spiel problemlos mit. „Übrigens noch ein kleiner Tipp, bevor ich gehe, nimm dich vor Pedro in Acht."

„Weshalb?"

Was soll diese Andeutung? Ich misstraue meinem Gehörvermögen, doch ich habe es richtig vernommen, denn Kleber säuselt: „Der ist nicht der Hellste und hat einen Sprung in der Schüssel. Das sagt er sogar von sich selbst."

„Und deshalb soll ich mich vor ihm in Acht nehmen?"

„Ist nur eine Warnung", sagt Kleber, dabei schaut er unerfreulich ernst. „Bis nachher am Nachmittag. Dann kannst du deine Freunde mitbringen. Wo hast du die eigentlich versteckt?"

Es ist ein dreckiges Kichern, mit dem Kleber in Richtung der Pools verschwindet.

*

Als Anna kreidebleich zu mir an den Tisch tritt und mich anstupst, habe ich Klebers Kicherei noch im Ohr. Sie schaut mich bitterböse an. „Gib endlich auf", schimpft sie. „Die Sorge um dich ist nicht auszuhalten."

„Ach, Anna. Das ist lieb von dir. Aber deine Angst ist unbegründet. Nichts wird so heiß gegessen, wie's gekocht wird. Ich habe gerade mit Klaus Kleber gesprochen und bin für den Nachmittag mit Alonso verabredet. Dann ist er kein Phantom mehr für mich."

Doch Annas Sorgenfalten werden markanter. Sie setzt sich in den Sessel neben mir und heult auf: „Mensch, Richard! Wach endlich auf. Ich traue dem Braten nicht."

Annas Fürsorge liegt mir auf dem Magen. Und das besonders, weil sie das Wort „Braten" erwähnt hat und ich einen Bärenhunger verspüre. Mir ist grottenschlecht, als ich antworte: „Worin siehst du das Problem?"

Meine Partnerin ächzt.

Mit Magengrummeln startet sie ihre Schlussoffensive: „Kleber ist listig. Er stellt dir eine Falle. Merkst du das nicht?"

„O doch", antworte ich. „Dennoch bleibe ich beim eingeschlagenen Weg. Das Risiko gehe ich ein."

Ich stehe auf und setze mich zu Anna auf deren Sessellehne, und sie legt einen nackten Arm auf meine Oberschenkel, als sie verkniffen sagt: „Übrigens sind Manuel und Fernando eingetroffen."

„Na endlich", freue ich mich. „Das wurde auch Zeit. Sind sie bei Karla auf dem Parkplatz?"

„Ja. Seit zehn Minuten."

Ich strahle, denn im Nu mehrt sich meine Zuversicht. Mit Manuel und Fernando steigen die Erfolgsaussichten. Den Spion brauche ich, sobald sich einer aus dem dreiblättrigen Kleeblatt eine Blöße gibt. Meine Bewaffnung legitimiert mich nicht für eine Festnahme.

Und Anna berichtet weiter: „Beide warten auf eine Nachricht von dir. Was soll ich ihnen sagen? Das du die Aktion abbrichst?"

„Nein, Anna. Im Gegenteil. Sag ihnen, dass der Erfolg nahe ist und ich Pedro geortet habe."

„Mehr nicht?"

„Nun warte doch", fordere ich Geduld. „Sag ihnen, dass ich nachmittags um drei Uhr den Termin mit Alonso wahrnehme und ich es toll fände, wenn sie den gut versteckt überwachen würden."

„Wo bitte findet der noch mal statt?" Annas Pupillen geraten außer Kontrolle.

„Im Speisesaal", weise ich sie nochmals ein. „In dem sollen sie sich unsichtbar machen und abwarten. Mal sehen, was draus wird?"

„Und was machst du bis dahin?"

Anna legt ihre Beklommenheit ab, sodass ich über sie nachdenke. Ist mit ihr wieder zu rechnen? Kann ich sie ins eventuelle Beschatten oder Bespitzeln einbeziehen? Und vor allem, will ich sie der Gefahr überhaupt aussetzen?

Einerseits heiße ich ihre Nähe im Gefahrenbrennpunkt nicht für gut. Es genügt, wenn ich mich im Grenzbereich zwischen Leben und Tod bewege. Georg hat die Aufklärungswut mit dem Leben bezahlt. Seither ist Vera alleinstehend. Und wenn ich nicht gehörig aufpasse, blüht Anna ein ähnliches Schicksal. Andererseits will ich nicht auf Anna verzichten. Hier und jetzt in der Tamina geht's um die Wurst. Die Endabrechnung steht bevor. Im Moment zählt jeder Kopf, um den Erfolg zu gewährleisten.

„So, Anna", beziehe ich sie in die nächsten Schritte ein. „Bitte geh zu den anderen und erkläre ihnen meine Vorgehensweise. In einer Stunde ist es zwei Uhr, dann treffen wir uns hier am Tisch."

Doch Anna bleibt die Hartnäckigkeit in Person: „Ich gehe erst, wenn du mir sagst, was du vorhast?"

„Na gut", gebe ich nach. „Ich versuche rauszubekommen, wo sich Kleber nach dem Treffen mit mir hinbegeben hat."

„Und was bringt das?"

„Mal schauen. Insbesondere interessiert mich, ob sich Kleber mit Pedro oder Alonso getroffen hat und so weiter. Wenn möglich, filze ich Pedros Bude."

„Okay", runzelt Anna die Stirn. „Du gehst also aufs Ganze. Und du meinst, du findest bei Pedro Beweisstücke, die zu Klebers Überführung reichen?"

Das war die erste Frage, doch damit begnügt sich Anna nicht, denn die zweite folgt sogleich: „Welchen Beweis erhoffst du dir? Dass auch Klaus Kleber in Drogen macht? Den hebst du mit Pedros Drogenlager nicht aus dem Sattel."

„Vielleicht doch. Zumindest erhoffe ich mir Hinweise, die Kleber überführen."

„Und dafür begibst du dich in die Hölle." Annas Tonoktaven sind angestiegen.

„Psst, nicht so laut", flüstere ich. „Vielleicht kann ich beweisen, dass Pedro Klebers Handlanger ist?"

„Und was verstehst du unter Handlanger?" Anna ist jetzt ebenfalls zum Flüsterton übergegangen.

„Die Empfangsdame hat mir erzählt, Pedro sei Klebers Mädchen für alles. Und wir wissen, Pedro ist ein Dealer. Schließt das Klebers und Alonsos Beteiligung an den Drogengeschäften automatisch mit ein?"

„Natürlich nicht", bestätigt Anna. „Es bleibt eine vage Vermutung, und die beweist gar nichts."

„Ich muss die Hasardeure in flagranti erwischen", mache ich auf zuversichtlich. „Am besten mit einer Ladung Stoff. Bei Pedro klappt das. Aber wie nagele ich Kleber fest?"

„Tja, wie? Und wie stellst du dir das vor?"

„Eben das weiß ich nicht. Immerhin habe ich einen Termin mit dem Immobilienmenschen. Vielleicht gelingt mir da ein Coup? In etwa so, dass ich nicht nur als Käufer einer Immobilie auftrete, sondern auch als Kokaininteressent?"

„Bitte sei vorsichtig."

Anna hat mich rustikal an den Schultern gepackt und schüttelt mich. „Du musst mir nicht beweisen, dass du ein toller Hecht bist."

Das mit dem Hecht war gut. Ich lache und drücke Anna fest an mich. „Sei ein braves Mädchen", hauche ich ihr etwas albern ins Ohr, weil ich weiß, dass sie diese Bezeichnung hasst. Dann küsse ich sie aufs Ohrläppchen. „Bis nachher. Ich verlasse mich auf dich und die anderen."

Ich löse mich von meiner Liebsten, worauf die schleppend zum Parkplatz hinausgeht. Ich sehe an ihrer Körperhaltung: Wohl fühlt sich Anna nicht dabei.

Auch ich gehe hinaus, aber über den Speisesaal in den Poolbereich. Dort orientiere ich mich hin zu Pedros Bungalow. Der Dealer ähnelt einer Gleichung mit mehreren Unbekannten. Löse ich die Gleichung und ziehe die Wurzel daraus, was ergibt das? Was erwartet mich an der Behausung? Bezieht der Begriff „Mädchen für alles" auch einen weiteren Mord mit ein?

17

Unterwegs begegne ich wenigen Urlauberpärchen. Die Ferienanlage ist nur schwach gefüllt. Für meinen Geschmack reicht der Andrang, denn mehr Gäste am Pool und im Speisesaal, da bekäme ich Platzangst.

Vor dem Brandspektakel hat man geführte Wanderungen als eine gern gebuchte Abwechslung angeboten, doch nach der Sperrung so mancher Routinestrecke im Brandgebiet hat das Interesse am Wandern nachgelassen. Momentan vergnügen sich die Leute beim Golfspielen, sie planschen im Pool, oder sie düsen im Mietwagen über die Insel.

Zwanzig Meter vor Pedros Bungalow bleibe ich stehen. Inzwischen kenne ich mich in der Anlage so lala aus, allerdings gleicht ein Flachbau dem anderen, wie sich Eier gleichen. Sogar deren Grundrisse sind identisch, denn alle haben eine Terrasse zum Meer. Aber es soll Unterschiede geben. Sind's vergoldete Wasserhähne?

Mein Ziel ist es, auf Pedros Terrasse zu gelangen, und das über die Nachbarterrasse, aber das wird schwierig. Die benachbarten Bungalows sind bewohnt. Außerdem macht es nur Sinn, wenn Kleber zu Pedro in dessen Bungalow geeilt ist. Wie verschaffe ich mir Einblick ins Innere des Drogendepots? Kann ich eventuell ein Gespräch belauschen?

Um die brennenden Fragen aufzuklären, muss ich hinter das Haus, koste es was es wolle, andernfalls trete ich auf der Stelle. Leider fällt mir nichts Glorreiches ein. Bin ich demenzkrank oder zu schusselig? Doch prompt folgt die Erleuchtung. Meine Idee, die Nachbarn des rechten Nebenhauses in den Speisesaal zu beordern, ist zwar kein Bravourstück, aber immerhin verdient es eine Zwei mit Stern.

Beherzt klingele ich am Bungalow.

Ich warte und setze mein freundlichstes Lächeln auf.

Ein älterer Mann öffnet

Den weise ich darauf hin, dass man ihn mit seiner Frau im Speisesaal erwartet. Es gäbe eine Formalität zu klären und sei reine Routine, erwähne ich abgebrüht. Derweil würde ich den Abfluss im Bad checken. Ich schwindele perfekt, und das mit einem unpassenden Rucksack auf dem Rücken.

Der Mann zuckt unschlüssig mit den Schultern und ruft nach seiner Gattin. Als die erschienen ist, begeben sie sich ohne Aufhebens auf den Marsch ins Hauptgebäude.

Puh. Die bin ich los.

Ich stöhne nach vollbrachter Tat. Jetzt aber rein in die gute Stube, die Horcherchen geschärft und dann raus auf die Terrasse. Dort gehe ich an einem von Pedros Bungalow nicht einsehbaren Platz in Deckung.

Deutlich höre ich Gesprächsfetzen.

Klaus Kleber quasselt aufgeregt mit Pedro im Hausinneren. Der hat die Terrassentür aufgelassen, wie unvorsichtig von ihm. Demnach schließen die Gesprächsteilnehmer, dass man sie belauscht.

Es ist mucksmäuschenstill.

Was fragt Kleber da? Leicht vernehmbar nehme ich wahr: Er erkundigt sich nach Urbans Verbleib.

„Wo ist unser Gelegenheitskünstler abgeblieben?"

Das war die Frage des Überfliegers. Nach einer Wertschätzung für den Galeristen hörte sich das nicht an. Und die nächste Frage ist von Unsicherheit geprägt: „Hast du eine Vermutung?"

„Urban ist Trottel. Der Mann ist Eigenbrödler", antwortet Pedro mit unverhohlener Verachtung. „Er macht was will. Das mit deutschen Urlauber war ja wohl dickes Ei."

„Hör auf damit, verstanden", schimpft Kleber. „Der ist nun mal tot und von eurem Zwist um den Drogenkram will ich nichts hören. Was ich nicht weiß, macht mich nicht heiß. Mir geht's ganz allein um den Urlauberzuspruch. Durch den verdiene ich mein Geld."

„Ja, ja", jammert Pedro, „so ist immer. Urbans Eigenmächtigkeit dich nicht interessiert." Er riskiert sogar die dicke Lippe. „Du kennst nur eins, die Drecksarbeit überlassen schön anderen. Dann hat Mohr Schuldigkeit getan."

„Na und?" Klaus Kleber gefällt sich in der Rolle des Entscheiders. „Davon profitieren wir alle."

Worauf Pedro nölt: „Aber du am meisten. Du haben die lukrativen Appartements und machen Kohle."

„Ich bin halt cleverer als du. Kappier das endlich", macht Kleber reinen Tisch. „Und nun zu dem Drohwisch."

Es hat zwar lange gedauert, aber jetzt wird Kleber ungemütlich. „Ausgerechnet du bedrohst mich, ausgerechnet du."

„Was meinen du?"

Pedro scheint zu staunen.

Und Kleber legt nach: „Was wärst du ohne mich, he?"

Doch da ihn Pedro nichtssagend anstiert, beantwortet sich Kleber seine Frage gleich selbst. „Du würdest ohne den Job am Hungertuch nagen. Ja, wer hat dich überhaupt auf die Schnapsidee mit dem Pamphlet gebracht?"

„Was für Pamphlet?"

Pedro versteht anscheinend nur Bahnhof.

„Na das, das du mir neulich gereicht hast", herrscht Kleber den Verduzten an.

„Der Wisch nicht von mir war", erwidert Pedro kleinlaut, was nicht sonderlich geistreich erscheint.

„So, so, nicht von dir. Von wem denn sonst? Ich sage es dir zum letzten Mal, füge dich in deine Rolle und das meine ich ernst. Ist das ein für allemal klar?"

Kleber hat Pedros Ambitionen unmissverständlich einen Riegel vorgeschoben. Er hat den Pleiteheini in der Hand, denn er ist der Boss. Kleber bestimmt die Hierarchie auf der Insel. Er braucht keinen Gott, denn zu dem hat er sich selbst ernannt. Oder gibt es die eine oder andere Machtfigur über ihm?

Anderseits verwundert mich an Pedro, warum ihm nicht der Kragen platzt. Wie lange erträgt er diese Herabstufung? Besteht der Mann aus Minderwertigkeitskomplexen? Warum scharrt er als ein Kerl wie ein

Baum nicht mit den Hufen? Weshalb gleicht er nicht einem Vulkan kurz vor der Eruption? Mit Unterwürfigkeit verschafft er sich bei Kleber keinen Respekt.

Der raffgierige Klaus Kleber beherrscht die Figur des Wolfes im Schafspelz. Mit seiner Intelligenz behält er jederzeit den Überblick. Mit der beendet er Pedros Anschiss: „Hast du's kapiert? Und nun zu deinen Aufgaben."

Er stellt sich vor Pedro und bringt mich ins Spiel. „Der zweite Deutsche, du weißt schon, ist hier in der Anlage. Ich erwarte von dir, dass du dich seiner annimmst."

„Aber wie? Sag mir wie?"

Kleber bestimmt, ohne deutlich zu werden: „Jedenfalls so, dass er für immer das Maul hält."

Von da an herrscht Funkstille. Der Informationsfluss reißt ab. Immerhin ergattere ich Pedros letzte Mitteilung: „Da ist übrigens noch was Wichtiges", sagt er leise. „Der blöde Gallerist ist mit meiner Knarre unterwegs."

Und so sehr ich auch die Ohren spitze, es schallt kein weiteres Fitzelchen zu mir rüber. Es herrscht totale Geräuschlosigkeit, denn die Gesprächsbrocken sind verstummt. Einer von beiden hat das Terrassenfenster und die Tür geschlossen.

Ich bin trotzdem zufrieden, denn das Gefasel war informativ und aufschlussreich. Ich weiß nun einhundertprozentig, dass mir Kleber den Unwissenden vorgespielt hat und er über jeden Kladderadatsch unterrichtet ist. Und ich Trottel war bereit, ihm das Unschuldslamm abzukaufen, und nicht nur ich. Aber auch Kleber ist nicht allwissend, denn Urbans Ableben ist ihm unbekannt. Dessen Attacke auf Anna und mich war tatsächlich der dumme Alleingang.

Nun gut. Kleber hat nicht zur Waffe gegriffen, aber ist er deshalb besser als der Mörder an Georg, Erwin und Walter? Wenn es so was wie Gerechtigkeit auf La Gomera gibt, dann kommt Kleber in den Knast. Er hatte die Macht, die Morde zu verhindern. Mitwisserschaft ist ein schlimmes Verbrechen. Zwar nicht so abartig wie ein Sexualdelikt, dennoch gehört Kleber an den Pranger gestellt. Den superreichen Spaniern erkennt man mildernde Umstände zu, faseln sie was von Reue. Aber Kleber ist ein Deutscher. Der bekommt sicher eine saftige Strafe aufgebrummt.

Und das gilt es schleunigst zu bewerkstelligen, nur wie? Mit welchem Bluff spiele ich Klaus Kleber dem verdeckten Ermittler in die Hände? Ist Fernando überhaupt der, den wir uns erhoffen? Von einem Glaubensbekenntnis an seine Ehrlichkeit bin ich Lichtjahre entfernt.

Aber okay, Klebers Verhaftung ist Zukunftsmusik. Momentan habe ich zwar freie Fahrt, aber das ohne Rückfahrticket. Noch kann ich partout nicht wissen, was mich an der Endstation erwartet.

Langsam wird mir der Boden unter den Füßen zu heiß, denn im Haus der Nachbarn kann ich nicht bleiben. Die Bewohner kehren jeden Moment zurück. Es gilt zu verduften. Ich gehe zur Tür, vergewissere mich, dass kein weiterer Redeschwall von nebenan zu erwarten ist, und will das Haus verlassen, doch das Ehepaar kommt mir durch die Eingangstür entgegen.

„Was sollte der Quatsch?" Der Mann ist höllisch geladen und stiert mich mit ernstzunehmenden Blicken an. „Im Speisesaal wusste man von nichts."

„Wirklich nicht?"

Ich bleibe locker, obwohl ich mir eine Lachsalve verkneife, stattdessen täusche ich Erstaunen vor. Und das verstärke ich mit einer Verbeugung.

„Tja, dann entschuldigen Sie die Störung", sülze ich. „Es handelt sich wohl um einen Irrtum."

Ich winke freundlich und gehe schmunzelnd am verwirrten Ehepaar vorbei. Anschließend husche ich zur Tür hinaus. Nur schnell weg, ist die Prämisse. Ausgerechnet Klaus Kleber sollte mir hier nicht in die Quere kommen. Das Schwein hat mir Pedro auf den Hals gehetzt, doch dem fehlt die Schusswaffe, denn die schlummert friedlich in meinem Rucksack.

18

Ich bin mit meiner Liebsten im Aufenthaltsraum verabredet, doch den Zeitpunkt des Termins habe ich verpasst. Anna sitzt ungeduldig wartend in einem der Plüschsessel. Sie macht sich zum Absprung fertig. Als sie mich kommen sieht, springt sie erleichtert auf und umarmt mich liebevoll. Danach überschlagen sich ihre Fragen. „Wie war's? Was gibt es Neues? Erzähle."

„Wie man's nimmt", beginne ich vorsichtig. „Es war zumindest ein kleiner Durchbruch."

„Mein Gott", flucht Anna. „Spann mich nicht auf die Folter."

„Nun ja, es war ein Drahtseilakt. Mit einem Allerweltstrick, die Bewohner des Nebenhauses würden im Speisesaal verlangt, habe ich sie weggeschickt und mir Zugang zu deren Haus verschafft. In dem bin ich auf die Terrasse vorgedrungen um Pedros Bungalow zu beobachten."

„Donnerwetter. Das habe ich dir nicht zugetraut", lobt Anna meine Aktion über den grünen Klee. „Du bist ja ein Tausendsassa",

„Aber hallo."

Ich akzeptiere das Lob und steigere den Spannungsgehalt. „Aber es wird noch besser, denn ich habe ein Gespräch zwischen Kleber und Pedro belauscht. Und das war wichtig."

„Super", sagt Anna. Danach ist sie nicht mehr zu halten und fragt mir Löcher in den Bauch: „Na und? Was haben sie gesagt? Weißt du jetzt mehr? Wie weit ist deine Recherche?"

„Die ist sehr weit", antworte ich diplomatisch: „Der doppelzüngige Kleber ist der Boss. Er ist in die Schweinereien eingeweiht. Aber der richtet niemanden hin. Die Morde gehen zu Lasten eines anderen."

„Also gehen sie auf Pedros Kappe?"

„Jein", drücke ich mich um eine klare Aussage herum, doch dann lege ich mich fest: „Ja, ja, höchstwahrscheinlich. Aber der Knüller ist, ich habe Pedros Pistole und die ist mit Sicherheit die Tatwaffe. Stimmt das, ist er dran."

Vor Verblüffung kriegt Anna ihren Mund nicht mehr zu. „Mensch, Richard", haucht sie, mich bewundernd. „Gut, dass du nicht auf mich gehört hast."

Meine Anna ist stolz wie Oskar auf mich, stelle ich gedanklich fest. Von nun bis in alle Ewigkeit genieße ich bei ihr Narrenfreiheit. Ab dem jetzigen Datum kann ich mir fast alles erlauben, nur übertreiben sollte ich es nicht.

„Schön, dass du's einsiehst."

Obwohl ich eitel reagiere, gehe ich auf sie ein. „Ich hoffe nur, ich muss mit dem Ding nicht rumballern. Aber wo sind Karla, Manuel und Fernando?"

Ich schaue mich suchend um.

Nichts.

Mich wundernd über das Wegbleiben der Mitstreiter, will ich Anna dafür verantwortlich machen.

„Psst, Richard."

Anna legt mir ihren Zeigefinger auf den Mund. „Die haben sich unauffällig im Speisesaal verteilt."

„Herrgott noch mal", fahre ich aus der Haut. „Meinen die wirklich, sie bleiben unerkannt?"

„Deren Verstecke sind fantastisch", nimmt mich Anna in die Pflicht. „Du hast sie schließlich dazu angeregt. Das warst du. Weißt du das nicht mehr?"

„Ach ja? Dann ist es stimmig."

Worauf Anna betont: „Trotzdem tut der Ermittler so, als sei er der Initiator des Belauschens. Das sei auf seinem Mist gewachsen. Er wollte uns weismachen: Es sei eine Errungenschaft typischer Polizeiarbeit. Er hätte hervorragende Erfahrungen in seiner Karriere damit gemacht."

„Okay", schnaufe ich aus. „Wenn's der Sache dient, dann soll's mir Recht sein."

Mit dem Wissen um meine Mitstreiter im Hintergrund, und auf eine hoffentlich erfolgreiche Verhaftungsaktion, verschmerze ich Fernandos Eigenliebe. Immerhin ist die Henkersmahlzeit angerichtet, denke ich, die Lücke im Aufklärungspuzzle schließt sich. Und kommt nichts Unvorhergesehenes dazwischen, sind unsere letzten Stunden in der Anlage der Promis angebrochen. Danach will ich die Luxusanlage nie wiedersehen, denn die ist nicht meine Welt. Die braucht kein Mensch. Aber leider gibt es viele Andersdenkende und solche, die das nötige Kleingeld besitzen.

Okay, jedem das Seine.

Kaum habe ich meine Weissagung zu Ende gedacht, steht einer der anders Geratenen vor mir. Einer mit viel Dreck am Stecken. Einer, dem das Morden zu liegen scheint.

„He, Deutscher", quatscht mich Pedro überheblich an. Ein Schwall an Fragen prasselt auf mich ein: „Was ich hören gemusst? Du Ärger machen? Was du wollen? Eins aufs Maul?"

Pedro befolgt die Instruktion Klebers, gar keine Frage, schließlich habe ich es in Ansätzen mitbekommen. Inwiefern und mit welchen Auswirkungen, das blieb mir durch das Schließen des Fensters und der Balkontür verwehrt. Tja, was soll ich dem Faulenzer antworten?

Es entsteht eine ellenlange Pause.

Und die beendet Pedro. „Rede, Kerl. Machen du Mund auf", droht er. „Ich dich haben was gefragt."

Ich tue, als stünde ich auf der Leitung, und denke nach. Dass sich Pedro an Kleber reibt, davon ist nicht auszugehen. Pedro tanzt nach Klebers Pfeife. Der Bescheuerte ist der geborene Handlanger und hält wie Pech und Schwefel zu Kleber, obwohl er von ihm schikaniert wird. Hat er Walter und Erwin auf Befehl Klebers umgenietet? War Klaus Kleber der Auftraggeber? Und vor allem, was hat Pedro sonst in petto?

Egal, was es ist. Pedro gehört aus seinem Wolkenkuckucksheim in die Realität geholt. Ich beschließe, ich werde ihm Kleber madig machen. Pedro muss aufhören, mit dem Wolf zu heulen, erst dann mache ich drei Kreuze. Aber solange Pedro in Hörigkeit schwelgt, bleibt er ein ständiger Gefahrenherd.

Taktisch klug antworte ich nicht, stattdessen stelle ich ihm eine Gegenfrage: „Du bist Pedro. Richtig? Ich habe sehr viel über dich gehört."

Okay, der Anfang ist gemacht. Ich darf keine Furcht durchblicken lassen. Forsch rühre ich in Pedros Gemütszustand. „Und du glaubst anscheinend alles, was man dir vorsetzt? Hat dir das, ich würde Ärger machen, dein Patron suggeriert?"

„Und wenn schon?" Pedro sieht irritiert aus. Und die Unsicherheit nutze ich. „Nur mal so unter uns Pastorentöchtern", schwätze ich ungereimten Quark. „Seit deiner Pleite macht Kleber mit dir, was er will. Stört dich das nicht?"

Pedro ist verunsichert. Jetzt hängt er in der Luft. Mit dem Begriff Pastorentochter kann er beim besten Willen nichts anfangen.

Um abzulenken schaut er Anna begehrlich an, wie ein Junkie auf Entzug. Gefällt sie ihm?

Ich nutze Pedros Unsicherheit aus und frage beherzt: „Hat dich Kleber zu den Hinrichtungen angestiftet?"

„Welche Hinrichtungen?"

Es war eine verdatterte Reaktion, doch dann wird Pedro fies. „Ich eigener Herr. Ich mich lassen nicht missbrauchen", mault er. „Nicht von Kleber, nicht Alonso, von niemand. Du verstehen?"

„Natürlich", erwidere ich.

Pedro hat seine Verteidigungsarie kaum beendet, schon wird er bösartig und fragt mich hinterhältig: „Ist die deine Frau?" Er schaut Anna noch gieriger an. „Du keine Angst, dass Männer dir Senora wegnehmen?"

„Was soll der Quatsch", meckere ich. Mit der Bewunderung für Anna hat mich der Wichtigtuer überrumpelt.

„Sie hübsch", schmalzt Pedro. Genüsslich gleitet die Zunge über seine Unterlippe. Seine Augen strotzen vor Geilheit.

Auf La Gomera gibt es sexuelle Übergriffe auf Frauen wie überall auf der Welt, aber die sind selten. Gewalt gegen Frauen passt nicht zur Insel der Freaks und Durchgeknallten, allerdings gibt es auch Ausnahmesituationen. Neigen Einheimische zu Abartigkeiten?

Ich wehre mich gegen jede Art von Vorverurteilung, aber mir vorzustellen, wie Pedro meine Anna vergewaltigt, das ist Horror pur.

Und der verstärkt sich, als Pedro ergänzt: „Und wenn vergreift sich jemand an Frau, du sehr traurig?"

Annas Gesicht wird starr vor Entsetzen. Ihre Mimik ist eine Brutstätte für das Grauen. Von dem Lustmolch eingeschüchtert, hat sie sich hinter mich gestellt und drückt sich an meinen Körper.

Ich verschränke die Arme vor der Brust und würge mit funkelnden Augen hervor: „Von wegen, Freundchen. Das wagst du nicht."

„Und ob ich wage."

Entgegengesetzt zu mir hat Pedro seine Hände zu Fäusten geballt, als er wutentbrannt knurrt: „So, wie du mit Galerist umgesprungen, du mit mir nicht machen."

Womit wir wieder beim Mordthema wären.

Mir kommt sofort unsere Taktik in den Sinn, daher leugne ich scheinheilig: „Welchen Galeristen? Ich kenne keinen."

Ich denke nach: Die eigentliche und entscheidende Frage ist, durch wen hat Pedro Wind vom Tod des Galeristen bekommen? Wer war derjenige, der uns beobachtet hat? Von wem und wann hat er von seinem Tod erfahren? Jedenfalls stecken Anna und ich bis über beide Ohren im Schlamassel.

Pedro steht selbstgefällig vor uns und knetet sich lüstern die Eier.

„Ja, ihr beobachtet wurdet. Jetzt ihr wüsstet gern von wem", bemerkt er gallig. „Ihr nicht allein hier?"

Pedro klopft sich mit Triumph in der Stimme auf die Brust. „Tja, meine Helfershelfer hier überall sitzen."

Doch was ist das?

Es ist mehr ein Luftzug.

Wurde da eine Tür geöffnet?

„Halt die Klappe!"

Es läuft mir eiskalt den Buckel runter, denn die barsche und brutale Zurechtweisung liegt wie ein Donnerhall über dem Aufenthaltsraum. Kein Geringerer als Kleber ist dem verduzten Pedro über den Mund gefahren. Wo kommt Kleber so plötzlich her?

„Herrje, du alberner Trottel", gibt Kleber seiner Verärgerung über Pedro Freigang. „Warum plärrst du in die Weltgeschichte hinaus, dass du ein zweifacher Mörder bist? Und dann die Frau einschüch-tern."

Entdecke ich Spott darin?

Und Kleber labert weiter: „Pfui. Wo sind deine Manieren? Sei ein Gentleman."

Ist Klaus Kleber ein Spaßmacher, ein Satiriker, oder wurde aus dem Saulus ein Paulus?

Schön wär's, doch mit Kleber wurde der Bock zum Gärtner. Das ist eine Tatsache. Früh morgens war Klebers Drogenbeteiligung noch Utopie, später dann Sciencefiction, und nun ist sie raue Wirklichkeit. So schnell rennt die Zeit.

Zwei im Aufenthaltsraum sitzende Pärchen sind aufgesprungen und verlassen fluchtartig das Refugium, was die Situation verschärft. Jetzt sind wir mit Kleber und Pedro allein. Das Urlaubervolk isst im Speisesaal. Vom Personal keine Spur.

Kleber ist sich seiner Sache sicher, denn er hat die Ruhe weg. Er zieht seine Jacke aus, hängt sie sich über den Arm und nähert sich uns. „Ach, Bauingenieur", seufzt er. „Eigentlich bist du sympa-thisch, aber auch unvernünftig. Wie oft habe ich dir gesagt, halte dich aus allem raus?"

„Von einem Schmierlappen wie du einer bist lasse ich mir nichts sagen", kontere ich.

Ich fühle mich wegen der Waffe im Rucksack überlegen.

Aber Kleber raunt: „Oh, oh, auch noch arrogant. Herr Gott noch mal, quatsch keine Opern und gib mir den Rucksack. Wir wollen doch nicht, dass du saudumme Sachen machst."

Anna und ich weichen Schritt für Schritt zurück. Und Kleber wiederholt seine Aufforderung, noch energischer, dabei bewegt er sich drohend auf uns zu. „Wollen wir das? Natürlich nicht."

Sein Abstand beträgt zwei Schritte und auch Pedro ist uns nahe auf die Pelle gerückt. Die Szenerie gleicht einer Schmierenkomödie mit dem treffenden Titel: Aussichtslosigkeit. Das unschuldige Paar und die bösen Halunken.

Und wie enden derartige Kriminalgeschichten? Was unternimmt Münsters Privatdetektiv und Antiquar Georg Wilsberg in brenzligen Situationen? Auch der greift gelegentlich zur Waffe, ist es unver-meidbar. Ich muss die Kanone blitzschnell aus dem Rucksack her-ausfingern, daran führt kein Weg vorbei.

Anna versucht den Rucksack zu öffnen, in dem Moment überfällt mich ein Schwächeanfall. Das ganze Remmidemmi war zu viel für mich. Ich taumele, was der Nichtsnutz Pedro erkennt. Brutal nutzt er meine Kraftlücke und reißt mich zu Boden, dabei zieht er mir den Rucksack über den Kopf. Und noch im Liegen reicht er ihn triumphierend an Kleber weiter.

Tja, das war's mit der Waffe. Was folgt, ist ein Zweikampf, und der sieht vor: Zwei Männer gegen einen Mann und eine Frau. Das wird ein Wirbelsturm, kein Sturm im Wasserglas. Die Kampfstrategie kehrt in die Urform der Steinzeit zurück, denn mit Pedro steht mir ein fuchsteufelswilder Nachfahre des Stammes der Guanchen gegenüber, denn mit Brachialgewalt hat er mich beim Wickel. Mit den Armen hält er mich im Klammergriff wie ein Catcher, dabei dröhnt es mir in den Ohren: „Gib auf, sonst ich dich fressen mit Haut und Haaren."

O Gott, wo führt das hin? Was haben die Halunken vor? Aber ja, selbstverständlich. Erschießen kann uns das Pack nicht. Bloß keine Schüsse in der Tamina. Die lösen eine Panikwelle unter den Touris aus. Der Not gehorchend müssen uns Kleber und Pedro ohne Aufsehen zu erregen überwältigen und anderweitig entsorgen. Aber wie und wo?

Das Erfolgsrezept der Schakale heißt: Uns mundtot machen. Und das geht Kleber nicht zimperlich von der Hand. Brutal drückt er meine Anna gegen die Eckvertäfelung. Entgegen seinem üblichen Gequatsche ist die Vorgehensweise ein Armutszeugnis. Er verhält sich wie ein Aussätziger, bei dem ist die Geduld am Ende der Fahnenstange angelangt. Kein Mensch würde einen Pfifferling auf uns wetten. Zu eindeutig spricht der Handlungsverlauf gegen Anna und mich, denn wir befinden uns im Engpass, aus dem es kein Entrinnen zu geben scheint. Oder trügt der Schein und irren ist menschlich?

„*Porce dia*!"

Von wem stammt der Fluch?

Alle an der Rauferei beteiligten halten inne.

Es ist Manuel, der sein Versteck verlassen hat, und seine Wut herausschreit. Wie ein Pirat, der ein Schiff entert, brüllt er: „Halte durch, Richard!"

Auch Karla mischt mit und kümmert sich um Pedro. „Du Schwein erlebst dein blaues Wunder", bedroht sie ihn mit einem umgedrehten Stuhl.

Aus dem Nichts sind unsere Retter aufgetaucht und springen uns bei. Mit Manuels tatkräftiger Hilfe balge ich nun mit Kleber um den Rucksack, wobei ich die ungewohnte Überlegenheit genieße.

Karla knallt dem zurückgewichenen Pedro den Stuhl vor die Füße, dann springt sie ihm mit Elan auf seinen Rücken. Diese Action verleiht auch meiner Anna einen Satz Flügel. Mit zwei wahrhaftigen Furien am Hals ist der Mistkerl zu bedauern.

19

Oft gleicht das Leben dem Inhalt einer Wundertüte. Gerade jetzt, da sich das Blatt gewendet hat. Wir profitieren von der Rückkehr der Gerechtigkeit auf La Gomera, denn die ist gottlob nicht abhanden gekommen, obwohl es zeitweilig so aussah. Man darf den Kopf nie hängen lassen. Wer zuletzt lacht, und so weiter, wer kennt den Spruch nicht. Mut und Standhaftigkeit werden in der Regel belohnt. Aber ist das tatsächlich so? Oder haben wir die Rechnung ohne den Wirt gemacht?

Wer ist der Wirt, der das Verwicklungsgeflecht in die für uns ungünstige Ausgangslage manövriert?

Der wahre König ist da, denn Alonso erscheint auf der Bildfläche. Mein Traum wird Wirklichkeit, aber so wollte ich den großen Unbekannten nicht gegenüber treten. Und das schon gar nicht mit einer Knarre in seiner Hand, die er auf uns richtet.

Ach du Schreck, was für eine Erscheinung. Dieses Individuum ist also Alonso. Der Mann ist mit seiner Größe und seinem Gewicht imposant im herkömmlichen Sinne, aber ein Adonis ist er keinesfalls. Um mit dem männlichen Schönheitsideal zu konkurrieren, fehlt es ihm an der Herkulesfigur und am Charakterkopf. Positive Merkmale vereint er weiß Gott nicht auf sich, denn sein schwabbeliger Körper ist rekordverdächtig abstoßend. Ich erinnere mich nicht, in über fünfzig Lebensjahren einen ekelhafteren Bauch gesehen zu haben. Und dann seine blutunterlaufenen Augen. Igitt, igitt, einfach unvorteilhaft. Trotz allem ist er es, seine Majestät Alonso.

„Aufhören", knurrt das fettleibige Ungeheuer wie eine Bulldogge. „Schluss mit dem Unfug!"

Und als hätte er das elfte Gebot ausgerufen, kehrt Erfurcht ein.

Im Aufenthaltsraum bleibt die Zeit stehen. Es herrscht gespenstische Stille. Kein Luftzug rührt sich. Nur das Geschrei der Möwen, die über der Anlage kreisen, passt nicht in die Endzeitidylle. Zudem hätte zu Alonsos Auftritt eine Einmarschhymne, wie sie bei Boxveranstaltungen übliche ist, hervorragend gepasst.

Aber jeder Anwesende im Raum spürt, für den Fettmops gibt's nur das Eine: Je mehr ich habe, je mehr will er.

Der Mann muss schleunigst Abspecken. Immerhin ist er erstaunlich schwippe und kriegt den Arsch hoch. Doch die Negativkrönung an ihm ist seine unappetitliche und verheerende Aura. Mit dem Ekelpaket ist nicht zu spaßen, das ist jedem Betroffenen klar. Aber was macht Alonso zur Autorität? Warum tritt er arrogant und von sich überzeugt auf?

Er hat vor Jahren in Hamburg Wirtschaftswissenschaften studiert, dadurch sein akzentfreies Deutsch. Aber er hat auch andere deutsche Tugenden, unter anderem die Ellenbogenmentalität. Die hat ihm imponiert, die setzt er rigoros ein, und das konsequent und mitleidslos, daher setzt ihm kein Gomero Widerstand entgegen.

Das allerdings gilt nicht für Manuel, denn der wagt es, den Dicken flatterhaft anzusprechen: „He, Alonso. Wo du hast gesteckt?"

Für den Machtmenschen ist Manuel unwichtig, also antwortet er nicht. Stattdessen fuchtelt er mitleidslos mit der Pistole vor unseren Nasenspitzen herum. Er strahlt Eiseskälte aus, die einem das Blut in den Adern gefrieren lässt. Mit seiner ungesunden Hautfarbe, im weißen Hemd, das aus den Nähten platzt, und der Bügelfaltenhose, wie sie Kellner in Spelunken tragen, wirkt er altbacken.

Für mich ist er die schlechte Kopie eines Gerd Fröbe. Doch der hatte wenigstens Stil, als er die Weltbedrohung in dem Bond-Streifen „Goldfinger" verkörperte. Darin war Gerd Fröbe eine furchterregende Besetzung. Ist das in seiner Rolle auch der fette Alonso? Ist der Allmächtige ähnlich gefährlich? Ist er so hemmungslos und skrupellos, wie er aussieht?

O Gott, was heißt skrupellos? Auf den Fettmops gemünzt ist das ein harmloser Begriff. Die Einschätzung reicht nicht bei dem Widerling und trifft den Nagel nicht auf den Kopf. Das massige Ungeheuer ist menschenverachtend und brandgefährlich.

„So, ihr beschissenen Deutschen", kläfft er und fletscht mit seinen Beißern. „Das Handgemenge war ja recht lustig anzuschauen. Ich hoffe daher, ihr habt euch ausgetobt."

Wie ein Brigadekommandeur baut sich der potthässliche Mann vor uns auf, dabei vibriert sein Schwabbelbauch wie die Asphaltdecke, die von Presslufthämmern malträtiert wird. Seine Speckschwarten drängen sich massiv über den Rand der Hose, bis hinunter zu den Oberschenkeln. Er trägt Hosenträger, denn nur mit einer derartigen Haltevorrichtung bekommt er das Beinkleid in XXXL in den Griff. Aber das ändert nichts daran, dass der Mann weiß, wie der Hase läuft.

Das Monster ist nicht auf den Kopf gefallen, denke ich, als der Dicke mit knorriger Stimme befiehlt: „Ab jetzt macht ihr, was ich euch sage. Stellt euch der Reihe nach auf."

Ohne mit der Wimper zu zucken richtet er seine Waffe auf Pedro. „Du auch", schleudert er seinem verdutzten Gehilfen an den Kopf, wobei er mit der Knarre wedelt.

„Wie bitte?"

Pedro ist fassungslos. In seinem Inneren werden sich rätselhafte Verschwörungstheorien bilden: Warum wirft mich Alonso mit den Unruhestiftern in einen Topf? Bisher war ich sein Mann fürs Grobe. Und nun? Wie soll ich den Gesinnungswandel deuten?

„Ja, du auch, Pedro", betont der Fettsack mit Nachdruck. „Du hast zuviel Mist gebaut."

„Na hör mal."

„Oh doch, Pedro."

„Und warum?" Pedro will es nicht wahrhaben.

„Nun überlege mal."

Alonso ist sauer und richtet die Waffe gezielt auf seinen Kopf. „Du Idiot steckst die Insel in Brand, nur um Walters Drogenversteck von der Landkarte zu radieren. Das war Dilettantismus pur."

„*Por supuesto*. Das Scheiße", verteidigt sich Pedro. „Das ich geben zu. Mit Feuerlegen ich kennen mich nicht aus", spielt er den Brand herunter. „Was du hättest an meine Stelle gemacht?"

Die Stimme des Dicken bekommt den traurigen Überzug.

„Mir als Gomero hat das Herz geblutet, als die Brände in den Bergen tobten", schluchzt er. „Meinetwegen hättest du alles mögliche tun können, zum Beispiel dich aufhängen, oder dir die dummen Finger abhacken, nur nicht La Gomera anzünden. Alles, nur das nicht. Der Brand durfte nicht passieren."

Pedro schaut ratlos aus der Wäsche. „Das mit Aufhängen du meinst nicht ernst?"

„Aber ja doch", knurrt der Dicke. „Leider bist du pleite, sonst würde ich dich dazu verdonnern, den Verlust durch das Wegbleiben der Urlauber aus der eigenen Schatulle aufzufangen. Normalerweise belange ich einen Schwachkopf, der das Geschäft mit den Drogen gefährdet. Mensch, Pedro, das liegt brach."

Der Beschuldigte schweigt.

Und der Schwabbelbauch scheint mit ihm fertig zu sein, denn er dreht sich zu Kleber um. „Gib mir den Rucksack, dann schleichst du dich. Geh in den Speisesaal und versuche, die Gäste zu besänftigen. Erzähl ihnen, ich hätte eine Diebesbande dingfest gemacht."

„Natürlich, Alonso."

215

Kleber gehorcht. Der Waschlappen hängt sein Mäntelchen stur nach dem Wind, denke ich. Und erstmals schwant mir: Das Leben mit den Drogen hat Ähnlichkeit mit dem in einer Spielhölle. Mal gewinnt man, mal verliert man. Der Gewinner ist immer die Bank. In meinen Gedanken ist Alonso der Drogenpate und Klaus Kleber ein limitierter Mitläufer, der stillhält. Kleber hat mehr Respekt vor dem Dicken, als es die Polizei erlaubt. Kneift er aus Furcht vor dem Fettmops die Arschbacken zu? Momentan sieht's ganz danach aus. Der Rollmops ist der Dompteur dieser Raubtiernummer. Zur Stunde ist er der Star in der Manege, dabei verbreitet er nur Angst, anstatt Glanz.

Gelobt sei, was hart macht, heißt es sinnbildlich. Da der Fettmops einem feuerspeienden Drachen ähnelt, ist die Härte eines mutigen Drachentöters gefragt. Ängstlich wie die Maus vor der Schlange zu verharren ist nicht angesagt. Ich weiß zwar nicht, wie's weitergeht, nur dass uns der Ekelhafte beseitigen wird, das steht außer Frage. Viele Ängstliche würden in Anbetracht des Totenglockengeläutes in Untergangsstimmung verfallen. Ich nicht, denn ich raffe meinen Mut zusammen und stelle Alonso die knappe Frage: „Sage mir nur noch eins. Wozu die vielen Toten?"

Der Gefragte grunzt perfide. Er verspürt wenig Lust zu antworten, doch er gibt sich gönnerhaft, als er erwidert: „Das willst du wirklich wissen? Okay. Walter hat Russisch Roulette gespielt. Das Ergebnis kennst du. Der wollte zuviel. Vom kleinen Dealer zum Boss, das war mehrere Nummern zu groß für ihn."

Ich hake nach: „Und warum Erwin?"

„Tja, der war ähnlich gestrickt. Die Intelligenzbestie wollte mich erpressen", berichtet der Chef im Ring frisch von der Leber weg. „Die Ratte hat mir die Pistole auf die Brust gesetzt."

„Das kann nicht sein", bezweifle ich die Darstellung. „Woher soll er sich die Knarre beschafft haben?"

„Das war symbolisch gemeint", grinst Alonso, doch danach wird er penibel: „Meine Geschäfte mit den Drogen wollte er an die große Glocke hängen. Stimmung wollte er gegen mich machen, dabei war ich ihm wohlgesonnen gestimmt. Nun ja, das hat er davon."

„Und nur wegen der Lappalie musste er sterben", ergänzt Karla, worauf der Dickwanst antwortet: „Selbstverständlich. Kakerlaken lasse ich liquidieren. Verräter richtet man."

„Das musste nicht sein", widerspreche ich ihm, worauf der Dicke bekräftigt: „Tut man's nicht, verliert man an Achtung. Dann kann man sich gleich ins Altersheim verkriechen."

Die Begründung war schäbig, weswegen sich Anna einschaltet und es mit der menschelnden Masche versucht. „Gewissensbisse kennst du wohl nicht? Ich hätte den Menschen rausgekehrt und Erwin außer Landes geschafft."

Aber auch beim Thema Menschlichkeit bleibt der Schwabbelbauch unbeeindruckt, denn er rechtfertigt sich: „Den Drogenjob habe ich mir nicht aus Spaß ausgesucht. In den bin ich wegen meines Aussehens hineingeschliddert. Geld gleicht jeden Makel aus."

O ja, dieser Fettwanst hat eine Menge Makel. Hat er jemals was dagegen unternommen? Eventuell eine Abmagerungskur?

Ich vermute nicht, doch das weiß nur er.

Dennoch protestiere ich: „Dein Verhökern von Drogen ist ein gewinnbringender Job. Mich würde das menschenverachtende Gewerbe traurig stimmen?"

„Aber Drogen machen reich. Du bist nur neidisch", triumphiert der Dicke, dabei hat sich der Herr über Leben und Tod den schelmisch wirkenden Gesichtsausdruck aufgesetzt.

Dann schaltet er einige Stufen höher und lacht sich kringelig. „Ha, ha, ha, die Deutschen sind Witzbolde. Gerade ihr lebt doch wie die Maden im Speck."

Worauf sich meine Wut unermesslich steigert: „Nein, Alonso. Die Drogen und die Macht haben dich versaut. Geld allein macht aber nicht glücklich."

„Aber es beruhigt. So sagt man doch?"

Die erhofften Impulse durch den Dialog haben aus dem Dicken keinen Erzengel gemacht. Eher im Gegenteil. Das Gelaber hat ihn zu einem Lachanfall veranlasst, bei dem er sich jede einzelne Träne vom Lachen aus den Augen reibt. Danach murkst er brutal mit dem Schalthebel im Seelengetriebe herum. „Übrigens hat euch Kleber gewarnt. Aber umsonst, wie ich sehe. Ihr steht weiter auf der Seite der

Dummen. So und nun Schluss mit dem Gequatsche. Ihr geht brav zum Nebenausgang, dabei macht ihr keinen Aufstand. Ja, so ist es richtig. Immer schön hintereinander und Abstand halten."

Unser Waterloo beginnt, denke ich. Es ist vorbei mit der Augenwischerei. Ich erahne, was der Fettsack vorhat und wie er uns das Fell über die Ohren zu ziehen gedenkt. Ratlos sehe ich Anna und Karla an. Auch in ihren Augen sehe ich die entscheidende Frage: Wo bleibt Fernando?

Wegen dessen Wegbleiben zucken sie unruhig mit den Schultern und treten von einem Bein auf das andere. Außerdem hat Manuel riesengroße Probleme, nicht aus der Haut zu fahren. Er als feuriger Spanier hat sich dem Fettsack unterzuordnen und das verletzt seinen Stolz. Heroisch spricht er den Schwabbelbauch an, indem er auf die Verbundenheit unter Landsleuten pocht.

„*El Hombre*, Alonso", muckt er auf. „Du Landsmann. Ich dich auffordern in Namen von Landesleuten, lass Deutsche frei."

Aber auch Manuels Versuch verpufft kläglich, da das Kind längst in den Brunnen gefallen ist. „Tut mir leid, Kumpel."

Ohne Manuel anzusehen würgt ihn der Dicke rigoros ab, immerhin huscht ein Hauch an Mitleid über seine hässliche Visage, was die Atmosphäre noch unansehnlicher macht. Dann sagt er knüppelhart und humorlos: „Nimm es mir nicht übel, aber auch deine Lebensuhr ist abgelaufen."

Manuel ist Katholik, also ein gläubiger Mensch. Enttäuscht bekreuzigt er sich. Allerdings ist er auch ein Stehaufmännchen und bittet den Fettsack um Milde für seine Karla. „Zeige Herz. Lass Freundin gehen." Er wird nicht müde zu betonen: „Sie zuverlässige Senora. Sie kann schweigen wie Grab."

Die Liebe Manuels zu Karla ist grenzenlos. Wäre die Situation nicht im Chaos versunken, hätte ich laut losgeheult. Aber auch ich denke an meine Liebste und haue in die gleiche Kerbe: „Die Frauen bedeuten keine Gefahr. In ein paar Tagen reisen sie zurück in die Heimat."

Doch die Fresse des Dicken wird vor Wut puterrot. „Wollt ihr mich für blöd verkaufen? Ja, wollt ihr das? Nein, das wollt ihr nicht. Dann lasst gefälligst die Kirche im Dorf."

Er schwitzt wie ein Schwein und erweitert seinen Kommentar: „Verschone ich die Weiber und ihr seid tot, rennen sie den Bullen die Tür ein."

„Dann lass uns alle Laufen, bis auf Pedro", will ich Klarheit schaffen. „Bringst du uns um, wäre das wie mit Kanonen auf Spatzen schießen. Wir haben kein Interesse daran, dich zu verraten."

„Herr Gott noch mal", kontert der Dicke. „Gebt endlich auf und macht, was ich euch sage."

Ich erinnere mich an das Verhalten einer Filzlaus, so hartnäckig bleibe ich: „Und sind wir in Deutschland, wächst Gras über die Sache", nötige ich ihn. „Was aus Pedro wird ist uns egal. Der hat sowieso lebenslänglich verdient."

Bis dahin war die Hoffnung lebendig, doch das Flehen ist vergeblich. Es ist pure Zeitverschwendung, denn der Fettsack deutet das die Kehledurchschneiden an. Er macht eine barsche Bewegung mit der Hand unter dem Kinn entlang und meckert: „Ihr auch. Jeder von euch bekommt lebenslänglich von mir aufgebrummt, denn das Urteil ist der Tod und danach die Hölle."

Ich werde blass. „Du willst uns tatsächlich alle erschießen?"

Die rhetorisch korrekte Frage war töricht, denn ich kann das Gras wachsen hören. Und das Grünzeug sagt mir: Ähnlich wie bei Urban will uns Alonso mit dem Sprung in den Abgrund bestrafen. Das Verfahren entwickelt sich bei den Verkäufern der Drogen zur Wahnvorstellung. Diese Todesursache wird die Häufigste auf der Insel der Sanftmut, das ist absehbar.

Doch der Fettmops reagiert allergisch auf ablenkendes Geschwafel. „Welchen Tod ich für euch vorgesehen habe, das seht ihr gleich", beantwortet er meine Frage. „Und nun Abmarsch. Wir benutzen den Nebenausgang, dann bringen wir's hinter uns."

Wo steckt Fernando?

Der schmale Weg hinter der Anlage ist von der Tamina aus nicht einsehbar. Wir zwängen uns eng hintereinander an allerlei Kraut und Rüben vorbei. Und aus der Not geboren, verleitet mich der heckenähnliche Bewuchs dazu, den anderen zuzuflüstern: „Wie bekommen wir meinen Rucksack in die Finger?"

„Haltet die Klappe", droht Alonso.

„Wir müssen ihn angreifen", flüstere ich noch leiser. „Sofort und hier im unüberschaubaren Gelände. Am Steilhang zum Atlantik ist es zu spät."

Und das zu spät kaum ausgesprochen, ist es das Signal für Manuel. Der sieht in der Aufforderung sein Pflichtpotenzial. Er dreht sich ruckartig zu Alonso um und schnellt wie ein Gepard auf ihn zu.

Und der Dicke schießt, ohne Vorwarnung, worauf Manuel taumelt und sich an die linke Schulter greift. Die entsetzte Karla leidet dabei an einer Wahrnehmungsstörung. Wie man einen KZ-Wächter verächtlich anstiert, mit dem Blick sieht sie Alonso an.

Dann schreit sie wie von der Tarantel gestochen: „Du Schwein! Ich mache dich kalt!"

Karla stürmt auf den Fettwanst zu und ich schließe mich ihr an. Sogar Anna wird beim Einstürmen auf Alonso aktiv. Doch der Weg ist knifflig und bei dem zu befürchtenden Nahkampf droht Absturzgefahr.

Doch dann.

Die Tragödie geht in den letzten Akt. Alles Glück und die große weite Welt haben sich gegen uns verschworen. Die Luft ist vergiftet. Ich rieche förmlich den Tod. Werden wir die Löffel abgeben?

Einen Platz auf dem Friedhof beanspruche ich nicht. Mir genügt eine unscheinbare Urne, denn die muss ja wohl sein. Eine neue Wende bahnt sich an, es ist zum verrückt werden. Entgegen jeder Prognose kommt uns Pedro zuvor.

Ausgefuchst und artistisch tritt er dem Rollmops die Knarre aus der Hand und entreißt ihm den Rucksack, aus dem er blitzschnell den aufbewahrten Revolver zieht und ihn auf uns richtet.

„Oh, ho, *astras,* bleibt ihr weg. Ich euch widerliche Kakerlaken zerquetsche", zürnt Pedro. „Ihr legen Rückwärtsgang ein und hoch Flossen."

Wir gehorchen widerwillig und weichen vor dem vom Wahnsinn getriebenen Pedro zurück, der triumphierend mit der Knarre vor uns rumhampelt. Seine Augen strahlen mit dem matten Glanz eines Verwirrten, das macht ihn unberechenbar, denke ich. Gleich lässt der Bekloppte die Katze aus dem Sack und erschießt uns.

Und tatsächlich wird Pedro todernst. „Ich nicht gehen in Knast", sagt er unbehaglich. Die Augen zu Schlitzen geformt, nimmt er die versammelte Belegschaft mit der Knarre aufs Korn. „Ihr alles wissen über mich, also ihr sterben. Auf paar Tote mehr oder weniger nicht ankommen."

Ich bin bestürzt. O Gott, die Erde wird zur Scheibe und wir purzeln runter, denke ich. Da hilft auch kein Galgenhumor, denn Pedro ist jenseits von Gut und Böse. Den Mann hat der Schwachsinn übermannt. Mit schlotternden Gliedern gehe ich zu Manuel rüber. Der lehnt betrübt und gekrümmt an die flache Begrenzungsmauer, von der rührigen Karla gestützt. Verzweifelt drückt sie ihm mit einem Stofftaschentuch fest auf die Wunde. Er stöhnt vor Schmerz und viel Blut quillt hervor.

Mit den Beiden leidend mache ich ein paar Schritte auf Pedro zu und knurre: „Manuel muss sofort ins Krankenhaus."

„Nichts da", entgegnet Pedro. „Ihr schleppt ihn mit."

Dann stiert er Alonso an.

„Und du vorgehen, fettes Schwein. Tja, was anfangen, das ich Ende führen. Versäumnis du mir hast vorgehalten. Wir jetzt machen unter anders Vorzeichen."

Alonso gehorcht, dabei wird er mit sich hadern, Pedro unterschätzt zu haben. Gehässigkeiten sprudeln aus ihm raus: „Du taugst nichts, aber ich wollte es nicht wahrhaben. Ich hätte dir Position Walters nie anvertrauen dürfen."

„Ach ja?"

Pedro spuckt abfällig in eine Agave. „Aber als Mordferkel ich gut. Ne, Alonso, spare Gesülze für Pforte an Himmel. Vielleicht erhört dich da oben der."

Pedro zeigt mit der Knarre zum Himmel, dann macht er ruckartige Bewegungen mit der Waffe, womit er uns deutet, dass Eile angesagt ist. „Los, vorwärts, Mistviecher."

Er treibt uns an wie ein Ziegenhirte. „Ich beenden Vorstellung. Bringen wir hinter uns."

Warum Pedros Eile? Er hat zwei heimtückische Morde begangen und fünf weitere sollen folgen, da kommt es auf ein paar Minuten nicht an, denke ich. Behagt ihm das Eintreffen der Dunkelheit nicht? Sieht er darin die Gefahr, dass er die Kontrolle verliert und wir ihn überrumpeln?

Gerade unter der afrikanischen Sonne werden Schwachsinnige vom Massenhinrichtungstrieb befallen, wobei der Psychopath Pedro als Beispiel dienen kann. Ebenso befallen vom Hinrichtungswahn ist der sich vom Leben ungerecht behandelt fühlende Fettmops. Auch der Galerist trug das Gen der Vernichtung in sich. Gegen Gräueltaten derart Verblendeter hilft keine Lebensversicherung. Nicht mal, wenn sich's um Extremfälle handelt.

Gebe Gott, dass den Unheilsbringern das Handwerk gelegt wird, aber zuerst zur Gegenwart zurück. Welchen Hebel kann ich zu unserer Rettung umlegen? Welche Weichenstellung führt uns aus der Misere? Haben wir überhaupt eine Chance, dem Unheil zu entrinnen? Kommt Zeit, kommt Rat, und alles zu seiner Zeit.

20

Für Pedro läuft alles wie am Schnürchen.

So stehen wir nach fünf Minuten mit dem vom Blutverlust gezeichneten Manuel, der seine Arme über meinen und Karlas Rücken gelegt hat, am zweihundert Meter hohen Abhang zum tobenden Meer. Weiter rechts von uns liegt die steinige Bucht der Ortschaft Playa de Santiago.

Ich schaue in die sich wild und ungezähmt gebärdende Gischt hinunter, dabei überfällt mich ein Schaudern, und Anna wird von Todesangst gequält. Sie bekommt ihre Gliedmaßen nicht gebändigt. Das Schlottern dürfte sogar Pedro nicht entgehen.

Tja, da haben wir den Salat. Das Unheil nimmt seinen Lauf.

Hätte ich meinen Schatz bloß einmal ernstgenommen. Anna hat mir den Spruch „Schlafende Hunde soll man nicht wecken", bis zum Erbrechen vorgekaut. Und was habe ich gemacht? Ich aber sie ignoriert. Mit meiner Neugier und dem Trieb nach Aufklärung habe ich mehrere Bulldoggen geweckt. Und solche zähnefletschenden Viecher sind Alonso, Kleber und Pedro, die ich auf uns gehetzt habe. Das dass nicht gut ausgehen kann, liegt in der Natur der Sache.

Es ist schrecklich, denke ich. Wegen meiner unsäglichen Veranlagung werden die Freunde und ich mit dem Tod bestraft, dabei haben wir noch so viele Pläne. Beispielsweise will Anna ein Sabbatjahr einlegen, für das haben wir eine Weltreise eingeplant. Das wäre unsere phänomenale Zukunft. Und jetzt?

Schall und Rauch. Um Alonso wäre es nicht schade. Der Dickwanst hat sich als Karikatur der Boshaftigkeit bloßgestellt. Von wegen hervorragender Immobilienmakler. Ein stinknormaler Verbrecher ist er, mit dem Hang zur Grausamkeit.

Doch weshalb ist Fernando nicht auftaucht?

Das verstehe wer will. Hat er Schiss bekommen? Ist er nicht im Bilde? Haben wir uns in ihm getäuscht und er ist Mitglied des Mordkomplotts? Hat er aus niederen Beweggründen die Aufklärung der Brandkatastrophe verschleppt und sie dann unter den Teppich gekehrt?

Ich will und darf nicht daran denken. Kleber hatte eine abwertende Andeutung über Fernando fallen lassen, aber an Klebers Geschwätz glaube ich prinzipiell nicht mehr. Sein Ruf ist verbrannt. Er ist zwar kein Mörder, dafür aber der Mann von trauriger Gestalt. Was ist aus dem stolzen Aushängeschild für Erfolg geworden? Ein billiger Geschäftemacher und beliebiger Vermieter etlicher Appartements. Zu mehr taugt er nicht.

Pedro baut sich schussbereit hinter uns auf, doch er zögert. Der Befehl: Ihr sollt springen, kommt nicht. Worauf wartet er? Hat er eventuell doch Skrupel?

Die Hoffnung erlischt zuletzt, denke ich, doch das Kapitel mit dem Hoffen endet oft ohne Happyend und tieftraurig, denn Pedro spielt nicht mit.

Er verliest das erste Todesurteil. „Manuel, du springen zuerst. Du gut wie tot", sagt er ungerührt.

Es passiert nichts. Manuel rührt sich nicht.

Und das bringt Pedro in Rage, denn der schreit mit einer geballten Ladung Verärgerung in der Stimme. „*Què pasa*. Du mich nicht verstehen? Du springen. *Surtero*, oder ich müssen einen nach anderen abknallen?"

Was hilft jetzt noch? Nur verdammt viel Glück, möglichst die Doppelpackung davon, doch der Dusel hat sich ein anderes Betätigungsfeld gesucht.

„Peng."

Pedro hat aus einem Wutanfall heraus vor mir in den Boden geschossen. „Machen du Anfang", herrscht er mich an.

„Halt!"

Was war das?

Ist der Zufallsgenerator angesprungen?

Und noch mal.

„Halt! Stopp!"

„*Bastante*, Pedro. *Esto no me gusta nada*. Ich dich in Visier. Machen kein Mist und heben die Arme."

Erscheint uns der Leibhaftige in Menschengestalt?

O nein. Es ist nicht das Ebenbild Christi. Es ist der verdammt lebendige Ermittler Fernando. Na endlich. Wie der Leibhaftige tritt er aus der schutzbietenden Hecke hervor und richtet seine Pistole auf den verdutzten Pedro.

Und der ist so geschockt und entsetzt, dass ihm seine Knarre aus der zitternden Hand fällt.

„Was für Ratte geworden aus dir", knurrt der herbeigesehnte Spion. Pure Verachtung knallt Fernando mit seiner von Abscheu geprägten Stimme dem physisch angeschlagenen Pedro an den Kopf.

„Du bist gewesen ehrenwerter Mann."

Pedro rollt mit den Augen. Er gibt eine erbarmungswürdige Figur ab. Jetzt schlottern ihm die Knie. Hat er mit sich und der Welt abgeschlossen?

O nein. Wer das denkt, der kennt das Aufbäumen eines Spaniers in Verzweiflungssituationen nicht. Pedro bückt sich. Er will doch nicht etwa den Schießprügel aufheben? Ist er total übergeschnappt?

Fernando reagiert geistesgegenwärtig. Er stellt seinen Fuß auf die Knarre und faucht: „Finger weg. Lassen das Ding liegen."

Der Vorgang erinnert mich an eine Szene in der Serie Kriminalsonderdienst.

„Du bist festgenommen", schiebt Fernando das entgültige Aus für Pedro hinterher.

Doch Pedro reagiert nicht wie erwartet. Er will die Verhaftung nicht akzeptieren und bemüht sich, die Knarre unter Fernandos Fuß hervorzuziehen, was auch gelingt.

Dann entsichert er den Revolver, dabei sieht er steinalt aus, wie ein hundertjähriger Greis. Dem Geistesabwesenden hängt sein schwarzes, volles Haar wirr in die Stirn. Sein T-Shirt ist triefendnass vom Schweiß.

„Lass das Ding fallen! Ich haben dich verhaftet", schreit Fernando. „Machen keine Dummheit, *kapito?*"

„Verhaftet?"

Der Verwirrte lacht schrill und hebt den Revolver an. Sein Lachen klingt tatsächlich nach dem eines Irren. „No, no, Fernando. Noch ein *broma,* und ich dich umlegen", knurrt Pedro.

Der Mistkerl hat die zweite Luft bekommen, denn er lächelt weiter bitterböse. Ihm ist alles scheißegal.

Nicht so Fernando, denn der weiß was er tut. Er bleibt unbeeindruckt. „Das kein Scherz war, also du mir geben Waffe", herrscht er den Verrückten an, wobei eine Hand auf den Handschellen an seinem Gürtel liegt, die in der Sonne blitzen.

Pedro reagiert ironisch: „Spinnen du? Du mir Dinger wirklich anlegen wollen?"

„Und ob ich tun das, also keinen Aufstand", quakt unser rettender Engel und das imposant. „Du bist zweifachen Mord überführt. Dazu kommt Brandstiftung mit Verlust von Regenwald und Häuser in El Guro."

„Ist viel kaputt gemacht."

Pedro lacht noch immer. „Ja, ja, das ich getan haben?"

Die Antwort des Ermittlers klingt formell: „Auf Befehl Alonsos du hast gemacht zwei Morde. Ich sagen nur Hinrichtung mit Schuss in Kopf."

„Und wenn nicht?"

„Du dich nicht rausreden. Den Brand du hast zum Vertuschen des Mordes an Dealer Walter gelegt. Du auch Schuld an Tod deutschen Urlaubers. Du hast in Kauf genommen."

Pedro zuckt wie elektrisiert zusammen. „*Entonces*, ist viel schief gegangen."

Hat er endlich kapiert, dass er erledigt ist? Dass er sich ein Weiterleben in Freiheit abschminken kann? Das ist für ihn in weite Ferne gerückt. Auf ihn wartet die Zelle, alles andere wäre ein Verdrehen der Rechtsprechung.

Doch trotz der zu erwartenden Schontrennkost hinter Gittern glotzt Pedro listig und hinterhältig, dabei strahlt die Missgeburt das Gefahrenpotential eines Giftmischers aus. Ihm wurde der Starrsinn in die Wiege gelegt. Woher nimmt er das wertlos gewordene Selbstvertrauen? Hat er die realistische Selbsteinschätzung eingebüßt?

Egal, was Pedro alles in sich vereint. Normal ist der Mann nicht.

Was hat er vor?

Ich glaube an alles mögliche bei dem Ganoven, nur aufgegeben hat er sich nicht. Sein krankes Hirn brütet irgendeine Möglichkeit des Umsturzes aus, das spüre ich.

Und so ist es, denn Pedro stammelt: „Ich verhaftet? So, so. Tja, ich nicht glauben?"

Dann lacht er noch verwirrter und kollabiert. Behutsam setzt er einen Fuß vor den anderen, wie ein mechanischer Roboter. Schritt für Schritt, nähert er sich Fernando. Und der hebt langsam seine Knarre und schreit erneut: „Du bist verhaftet! Bleib stehen!"

Ich halte die Luft an und denke. Mensch, Fernando, knalle den Kerl ab. Der Schweinehund hat's verdient. Warum zögerst du? Pedro gehört in die Hölle, zumindest in den Knast. Worauf willst du hinaus? Warum schießt du nicht?

Mein Gedankenaufkommen gleicht dem einer Datenbank, mit der ein Hochgeschwindigkeitsrekord aufgestellt wird. Mein Puls ist der eines Fußballers beim Elfmeter. Von meinem Herzschlag will ich gar nicht reden. Wann beendet Fernando das Schauspiel? Ich kann nicht hinsehen, denn die Spannung ist mit Fingern zu greifen.

„Gib auf, Pedro. Du hast keine Chance", mische ich mich ein, um Pedro zu irritieren und Fernando den Abschuss zu erleichtern.

Aber Pedro erahnt die Absicht und ignoriert meinen gutgemeinten Ratschlag. Stagnation ist ihm fremd. Von wegen, sich von deutschen Urlaubern Vorschriften machen lassen. Das kratzt an seiner Ehre, so denkt er sicherlich. Die schmeißen mit ihrer Knete um sich und spielen die Supermänner, doch dahinter ist nur heiße Luft.

Als sich Pedro dem Ermittler bis auf zwei Meter nähert, ist's vorbei mit Fernandos Gelassenheit, denn Pedro liefert ihm den Anlass, den Helden rauskehren zu können.

Fernandos Zeigefinger krümmt sich.

Schießt er zuerst?

Oder doch Pedro?

Die Schüsse fallen zeitgleich.

Ein Schrei... , dazu das Röcheln.

Wen hat's erwischt?

*

Der Herr im Himmel hatte ein Einsehen, denn gerechterweise wälzt sich Pedro mit einem Bauchschuss im Dreck. Unter ihm bildet sich eine Blutlache, und er stöhnt vor Schmerz. Zum Glück für den heldenhaft auftretenden Fernando hat Pedro eine Fahrkarte geschossen.

Es war ein merkwürdiges Duell. Aus unerfindlichen Gründen hatte Fernando unser Nervengewand über Gebühr strapaziert, aber bis auf Manuel sind wir Gefangene gottlob heil geblieben. Noch ist der Sensenmann arbeitslos und kann unverrichteter Dinge abziehen.

Neben Manuel ist auch Pedro schwer verletzt. Beide ringen mit dem Tod, aber sie leben.

Das Drama mit dem vermeintlichen Todeskampf ist ausgestanden. Beim freudigen Umarmen meiner Liebsten spüre ich den wummernden Herzschlag. Sie kann die glückliche Fügung schlecht in Worte fassen.

„Endlich ist's vorbei", jubelt sie. „Endlich ist ehrlicher Urlaub angesagt."

Und was macht Karla? Die denkt natürlich nur an ihren Manuel und hat bereits ihr Handy am Ohr. „*Prego*", brüllt sie ungeduldig hinein. „Einen Krankenwagen zur Tamina. Es geht um Leben und Tod."

Es herrscht ein unvorstellbares Durcheinander am Tatort, von dem sich das Schwabbelmonster unauffällig davonschleichen will.

„Nein, Freundchen. Du schön bleiben", bremst ihn Fernando aus. „Ich rufen Kollege und der buchtet ein dich."

„Weswegen? Ich habe nichts getan."

Alonso schüttelt vor Unverständnis den Kopf. Seine Lachnummer gerät aber zur Grimasse, danach gackert er unsicher, als er mit Nachdruck fragt: „Was wirfst du mir vor?"

„Pardon? Da haben ich viel."

Der Spion zählt an fünf Fingern auf. „Da ich haben versuchten Mord, dazu Anstiftung zu Mord und Drogenhandel. Das reichen für hinter schwedische Gardinen."

Währenddessen hebe ich die am Boden liegende Pistole auf und reiche sie dem Ermittler, dazu erwähne ich mehr beiläufig: „Und hier was für die Ballistik. Das Beweisstück für die Hinrichtungen an Walter und Erwin."

„Das war ich nicht", winselt Alonso.

Der Dickwanst hat zugehört und reckt flehend die Hände gen Himmel. „Die Tötungsdelikte hat Pedro eigenständig begangen."

„Quatsch. Du hast die Morde befohlen", kontere ich ihn aus und wende mich an den Spion. „Herrgott noch mal, du warst spät dran. Warum hast du nicht früher eingegriffen?"

Fernando schaut mich spöttisch an. „Ich und spät? Ich schnell wie Blitz", scherzt er voller Überschwang.

„Dazu ich haben schwer gearbeitet", grummelt Fernando und unterdrückt einen Lachanfall. „Du gut gewesen, ich das gesehen. Ich Beweise haben gesammelt."

„Du und dein Arbeiten. Das darf nicht wahr sein", stöhne ich augenzwinkernd und klopfe Fernando -ganz Kamerad- auf die Schulter. „Ganz schön gewagt, du Halunke."

Danach bin ich derjenige, der herzzerreißend lacht, aber es ist ein befreites Lachen. Dem schließt sich meine Anna an, die dazu noch etliche Freudentränen vergießt, schließlich hat sie durch den gelungenen Ausklang viel Frohsinn getankt. Das Brandinferno, Mord und Totschlag mit Geiselnahme, das alles hat ein zufriedenstellendes Ende genommen.

Die eingeleiteten Schritte am Tatort gleichen der Präzision eines Uhrwerks. Alonso wird von der herbei telefonierten Polizei mit auf die Wache genommen, und von dort der Kripo übergeben. Und was wird aus Klaus Kleber? Kommt der ungeschoren davon?

Klaus Kleber hatte sich, als es heikel wurde, in Richtung Valle aus dem Staub gemacht. Ob man gegen ihn ein Anklageverfahren eröffnet, das muss Fernando verantworten, aber so recht will ich nicht an das gerichtliche Nachspiel glauben. Klaus Kleber hat einiges auf dem Kerbholz, aber das ist ihm schwer nachzuweisen.

Im Eiltempo bringt der Krankenwagen die angeschossenen Pedro und Manuel ins Hospital. Selbstverständlich steigt auch Karla hinzu. Die hält Manuels Hände und spricht ihm Zuversicht zu. Und im spärlich eingerichteten OP-Raum der Hauptstadt San Sebastian angekommen, sind Notoperationen fällig. Manuel und Pedro haben Unmengen an Blut verloren. Ihr Leben steht auf der Kippe. Haben sie eine Überlebenschance?

*

Anna und ich plaudern mit dem umtriebigen Fernando. Nach den Gehässigkeiten beim Beschnuppern vor der Casa Maria, hat sich einiges geändert. Es hat sich verständnisvolle Vertrautheit in unseren Umgang eingeschlichen.

Danach heißt es Lebewohl sagen..

Ich drücke dem verdeckten Ermittler freundschaftlich die Hand. „Tut mir leid, dass ich an dir gezweifelt habe", sage ich zu ihm mit der angesagten Reue in der Stimme.

„Aber eine Bitte habe ich an dich", setze ich ihn sofort unter Druck. „Sorge als Belastungszeuge dafür, dass die Halunken möglichst lange in den Knast wandern. In den nächsten Osterferien sind wir wieder vor Ort und starten ein Wiedersehensgelage. Dann lassen wir es krachen. Okay?"

„Versprochen. Wir dann lassen die Sau raus", antwortet der Spion und das sogar fast fehlerfrei. „Und viel Dank."

Ich frage erstaunt: „Wofür der Dank?"

„Du und Freunde, ihr haben Drogenmafia ausgerottet. Alonso und Pedro *perfecto* an Messer geliefert", betont der Spion. „Ohne dein Draufgängertum wäre meine Recherche in Sand gelaufen."

„Verlaufen", verbessere ich ihn prompt, worauf ich ihn frage: „Du warst nah dran, hast du behauptet."

„Na ja. Das war flunkert. Sagt man so bei euch?"

„Geflunkert, Fernando. Aber was soll's. Die Hauptsache ist, du warst rechtzeig da."

Der Ermittler nimmt mich in die Arme und will sich verabschieden: „Alles Gute. Ich kommen für Protokoll an Abend zu Casa Maria. Und in Nacht steigen Fiesta. Du ölen Knochen."

„Ach ja, die Fiesta. Die hatte ich glatt vergessen."

Ich halte Fernando auf und befrage ihn nach seinen Tanzqualitäten: „Bist du ein guter Tänzer?"

Auf meine Frage rollt er vielsagend mit den Augen, doch dann grinst er und antwortet: „Du dich überraschen lassen."

„Okay. Wenn das so ist, dann vertraue ich dir meine Anna an. Aber bitte entführe sie nicht. Auf eine neuerliche Befreiungsaktion habe ich keinen Bock."

Der Ermittler reibt sich vor Lachen den Bauch.

„*Perfekto*, ich Angebot annehmen", sagt er und grinst verschmitzt, dabei klimpert mit den Augenlidern zu meinem Schätzchen rüber.

„Bis später", säuselt er. „Du zuckersüße Fee."

Fernando macht verliebte Augen, dabei knufft er mich kumpelhaft. Dann dreht er sich um und hebt die rechte Hand zum Abschiedsgruß.

Wie der einzige Überlebende auf einem Schlachtfeld, so schreitet er erhaben davon.

Das Mörderschnappen und Verhaftungsprozedere auf der Freilichtbühne La Gomera war spannungsgeladen. Angstschweiß in extremster Form hat uns manchen Urlaubstag unlebenswert gemacht. Zwei lange Wochen hat uns das Verwirrspiel um die Tötungsdelikte in Atem gehalten, ja, selbigen sogar abgeschnürt. Doch das Fürchten ist ausgestanden.

Anna und ich blicken Fernando lange hinterher, danach gehen wir engumschlungen zum Parkplatz, wobei ich mich gedanklich mit Georg beschäftige. Innerlich bin ich bei meinem Freund. Er war ein phantastischer Kerl. Hätte ich meine Neugier gezügelt, würde er noch leben. So aber zwinkert mir auf der Heimfahrt in den Dörfern und hinter jedem Felsen der lebenslustige Geselle zu.

Und ein letztes Mal wechseln sich wunderschöne Eindrücke mit den Zerstörungen des unvergesslichen Regenwaldes ab. Doch La Gomera wird bald wieder in voller Pracht erstrahlen. Die Brandwunden werden verheilen. Aber auch so hat unsere Trauminsel nichts an ihrem Reiz eingebüßt. Dennoch spüre ich überdeutlich, dass das Treiben um die Morde den letzten Saft aus uns herausgepresst hat, denn ich bin platt wie ein spärlich belegter Pfannkuchen.

Und zurück im Valle gran Ray geht das Urlaubserleben seinen gewohnten Gang. Hat es die Morde überhaupt gegeben?

Nur Vera wandelt unentwegt, wie ein Mahnmal gegen das Verbrechen, durch die vier Ortsteile des Valle, doch wir versuchen sie behutsam aufzubauen.

Die Herrin über die Mitwagen schaut mir weiterhin schmachtend hinterher. Und Klaus Kleber tut so, als kenne er uns nicht. Wie eh und je geht er seinen fragwürdigen Geschäften nach.

Das Verhalten Klebers wird sich gewiss wieder ändern. Durch und durch ist er Geschäftsmann, der den Kontakt zu den Urlaubern sucht. Er lebt von seinem Stargehabe, denn das ist in ihm verwurzelt, wie bei dem unvergessenen Götz George. Und was die Casa Maria betrifft, da lässt Pepe auch in Zukunft die Puppen tanzen. Das beliebte Musikspektakel darf niemals sterben. Es gehört zu La Gomera wie seine sagenhafte Berglandschaft mit den Wanderwegen der besonderen Qualität.

Da bleibt nur noch der Verbleib unseres lieben Georg. Was geschieht mit dem Leichnam des guten Freundes?

Der wird im Krematorium im oberen Tal verbrannt, worauf seine Urne per Luftfracht zu den Verwandten überstellt wird. Ob die Leute unsere Vera überhaupt kennen und ob sie ein Mitspracherecht bekommt? Das muss Vera mit sich und den Angehörigen klären.

Der Tod hat uns Georg genommen. Sobald wir auf La Gomera sind, werden wir an ihn erinnert. Die gemeinsamen Erlebnisse mit ihm haben sich wie Brandmale in unser Herz eingebrannt. Die bleiben wichtige Bestandteile einer wunderbaren Freundschaft. Und was Vera betrifft, mache ich mir wenig Sorgen. Hat sie Abstand gewonnen, dann findet sie eine neue Liebe, dessen bin ich mir sicher.

Erfreulich ist der Gesundheitszustand des tapferen Manuel. Über den sind ausschließlich Fortschritte zu vermelden. „Er wird wieder", erzählt uns Karla in ihrer zuversichtlichen Art. „Mein Schatz kann sogar lachen und fragt andauernd nach euch."

Karlas Freund liegt zur Genesung im Hospital in San Sebastian, wo sie ihn regelmäßig besucht, und das bekommt dem Angeschossenen saugut. Dagegen hat man den Fettsack Alonso in ein Gefängnisspital auf Teneriffa verlegt.

Wird uns der Schurke jemals wieder über den Weg laufen?

Wer weiß, wer weiß?

Jedenfalls ein „dreifach hoch", oder ein kräftiges „*Salute*" auf die gemeinsame Heldentat. Uns, also Anna, Vera und mir, bleiben drei Tage der Erholung im Valle. Und die haben wir nach verheerenden Erlebnissen des Schreckens auch bitter, bitter nötig.

Zeitfracht Medien GmbH
Ferdinand-Jühlke-Straße 7
99095 Erfurt, Deutschland
produktsicherheit@kolibri360.de